EDI GRAF & VERONIKA WIELAND

TRÜFFEL TO GO

Veronika Wieland ist im Schwabenland geboren, lebt in Rottenburg und ist in der Touristikbranche zu Hause. Die Autorin hat ihre Wurzeln in einer slowenischen Winzerfamilie und lässt mit ihrer Ortskenntnis und den Gaumenfreuden traditioneller istrischer Küche die drei Heldinnen trendig und hip zwischen Schwarzwald, Mallorca und Kroatien agieren. Getreu ihrem Spruch »Wenn die Küche zum Tatort wird, werden Heimchen zu Heldinnen und die Küche zum Place-to-be …« sorgt die Autorin und Ideengeberin mit selbstironischem Augenzwinkern und Begeisterung für Trends und moderne Küche auch im neuen Unterhaltungsroman des Autorenduos wieder für genügend weibliche Intuition. *Trüffel to go* ist ihr zweiter Roman.

Edi Graf lebt ebenfalls in Rottenburg, arbeitet als Autor, freier Redakteur und Moderator im öffentlich-rechtlichen Rundfunk und liebt Afrika. So schlägt er im ersten Roman des Autorenduos *Maultaschen in Love* die Brücke von einem südafrikanischen Weingut zu den Sterneköchen im Schwarzwald. Der Naturfreund, Verfasser von Schwarzwald-Reiseführern und Herausgeber zweier Kochbücher hat sich von der atemberaubenden Landschaft und den kulinarischen Kostbarkeiten Istriens zu neuen Abenteuern von Sabrina, Belinda und Isabel inspirieren lassen.

Edi Graf & Veronika Wieland

Trüffel to go

Roman

SILBERBURG

Handlung und Personen sind – bis auf die im Vorwort genannten – frei erfunden. Nicht jedoch die Hintergründe.

1. Auflage 2023

Umschlaggestaltung: Björn Locke, Nürtingen.
Coverfoto: Veronika Wieland.
Satz und Layout: DÜDE Satz und Grafik, Odenthal.
Lektorat: Michael Raffel, Tübingen.
Druck: CPI books, Leck.
Printed in Germany.

ISBN 978-3-8425-2383-8

Für die Familie Berlin in Zavelstein.
Ihr habt uns von Beginn an begleitet, unterstützt und an uns geglaubt. Besonders »unser« Sternekoch Franz Berlin, der vom kreativen Partner zum Freund geworden ist.

krone lamm ****S
König sein in Zavelstein

»Trüffeljagd liegt mir immer noch im Blut, es ist eine Leidenschaft. Die Liebe zu unserer istrischen Trüffel habe ich zu meiner Lebensaufgabe gemacht.«

Giancarlo Zigante, 07. April 2022, Livade, Istrien

Zigante tartufi

GRÜSSLE VOM SCHWARZWALD-BOTSCHAFTER

Die kulinarische Reise durch unsere »grüne Oase des Glücks« geht weiter. Nach dem sensationellen Erfolg von »Maultaschen in Love« führen dieses Mal die Spuren einer verschwundenen, wertvollen Weißen Trüffel aus der Schwarzwälder Sterneküche in die mystischen Wälder von Motovun in der Trüffelregion Istriens.

Ich wünsche den LeserInnen erneut viel Spannung und großen Lese-Genuss und dem Roman »Trüffel to go« ebenso viel Erfolg wie seinem Vorgänger.

Ihr Hansy Vogt,
offizieller Schwarzwaldbotschafter

»IN TARTUFI«

»Was darf es sein?«, haben wir uns gefragt, als unser Verlag uns um einen Nachschlag in Form eines weiteren Romans »nach Art des Hauses Veronika & Edi« ersuchte. Die »Maultaschen« waren erfolgreich »in love« verspeist, die Schwarzwurst stand nach wie vor nicht auf der literarischen Speisekarte, und so landete schließlich eine kulinarische Köstlichkeit aus der Heimat Veronikas im Titel unseres zweiten Romans.

Nach dem Motto »Never change a winning team« war es für uns klar, dass wir unsere drei Powerfrauen Sabrina, Belinda und Isabel diesmal als »Drei Engel für Trüffel« wieder auf eine kulinarische Reise schicken und es erneut um große Gefühle, hinterhältige Intrigen und raffinierte Kochkunst geht.

Wir danken besonders Franz Berlin, Sternekoch des *Gourmetrestaurants Berlins KroneLamm* in Bad Teinach-Zavelstein für seine Unterstützung und Freundschaft.

Neben dem Schwarzwald liegt ein wichtiger Handlungsort im Land der istrischen Diamanten, wohin uns eine unvergessliche Recherche führte. Vor Ort durften wir die wahren Hintergründe kennenlernen und erfahren, welche Halbwahrheiten und Machenschaften rund um die Trüffeln weltweit kursieren, aber auch Gastfreundschaft, Vertrauen und Trüffeln in allen Varianten genießen.

Unser Dank in Kroatien und Slowenien gilt Sebastjan Kocjančič von *ZIGANTE Tartufi* in Koper, Suzana vom *San Canzian Village & Hotel* in Buje, Alen Begagić vom *RESTAURANT ZIGANTE tartufi ENOTEKA* in Livade, Trüffeljäger Ivica Kalčić, Tanja Zigante von *ZIGANTE Tartufi* in Plovanija (Istrien), Igor Pucer, der uns im verlassenen Dorf Sažoni »Unterschlupf« gewährt hat, und Gregor Gunjač vom Healthy House Glamping in Bonini / Koper. Unvergesslich bleibt uns die persönliche Begegnung mit Giancarlo Zigante in seinem Trüffelrestaurant in Livade.

Danke auch Andreas Rademacher vom Hotel *Der Kleine Prinz* in Baden-Baden, dem Wirtshaus *Zum Klosterwirt* in

Friedrichshafen, der *Flughafen Friedrichshafen GmbH* und der Luftaufsicht des *Bodensee-Airport Friedrichshafen* sowie dem *Kompetenzzentrum für Hubschrauberflüge* in Neumarkt für die Unterstützung bei der Recherche.

Der Trüffelkönig Giancarlo Zigante sowie Sternekoch Franz Berlin, unsere »gute Fee« Catrien und Hotelier Andreas Rademacher spielen sich in diesem Roman selbst.

Die Orte Höllisbach und Ödswald wird man auf der Schwarzwald-Landkarte vergebens suchen, ebenso einen *Lichtentaler Hof* in Baden-Baden. Alle anderen Hotels und Restaurants sind hingegen real und sehr zu empfehlen.

Eines noch vorweg: FRAU weiß sehr wohl, in welchen Schritten man sich ein Handy-Profilbild erschleicht; der im Buch beschriebene Trick wurde mehrfach erprobt. Erfolgreich.

Nicht zuletzt danken wir Nicole Mittnacht für ihren scharfen Blick ins Manuskript, dem Silberburg-Team mit Bettina Kimpel und Gaby Schuska für ein immer offenes Ohr und besonders unserem wunderbaren Lektor Michael Raffel, der uns davon überzeugt hat, statt – wie umgangssprachlich verbreitet – vom männlichen Trüffel zu sprechen, die Trüffel korrekt feminin und im Plural mit »n« zu schreiben.

Und nun wünschen wir unserer Leserschaft eine spannende Reise auf der Suche nach der Königin der istrischen Wälder …

Veronika Wieland & Edi Graf
Rottenburg, 26. August 2022

PROLOG

Novigrad, istrische Adria, Kroatien

Die tief stehende Septembersonne Istriens verlieh der Wasseroberfläche einen goldenen Glanz, in dem sanft wogende Wellen wie schwarze Bänder zu tanzen schienen. Nur wenige Fischerboote waren um diese Zeit in der Novigrader Bucht unterwegs, die meisten hingen vertäut an den Mauern des kleinen Hafens an der istrischen Adria, um bei Morgengrauen auszulaufen.

Vor den Tavernen und Freiluftrestaurants am Stadtstrand von Novigrad mischte sich der Duft von gegrillten Doraden und frittierten Calamari mit der salzigen Meeresluft und dem tranigen Geruch der Fischabfälle.

Auf einer der Terrassen saßen schweigend zwei Männer. Ihre zusammengekniffenen Augen starrten ins Leere, und der Ernst ihrer Mienen verriet Anspannung. Der ältere Kroate, der soeben seinen Bierkrug abgestellt und sich eine Zigarre angezündet hatte, nahm das herbe Aroma in einem tiefen Atemzug in sich auf. Sein wettergegerbtes, von einigen unschönen Narben gezeichnetes Gesicht entspannte sich langsam, als er die Holznoten des Rauchs genüsslich inhalierte.

Durch die aufsteigenden weißgrauen Rauchfäden betrachtete der Narbige das glatt rasierte Gesicht seines Gegenübers, eines Einheimischen, der um einige Jahre jünger war und sein Bier noch nicht angerührt hatte. Stattdessen trommelten seine Finger unentwegt unrhythmisch auf der Tischplatte.

»Nervös?«, brach der Ältere das Schweigen.

Der Jüngere starrte ihn an. »Was soll die Frage, Vlado?«, antwortete er. »Du weißt so gut wie ich, dass wir eine Lösung finden müssen! Und zwar schnell! Es ist schon Ende September, und du weißt, wie kurz die Saison ist.«

»Darum sind wir doch hier«, versuchte Vlado ihn zu beruhigen. »Also schieb mal keine Panik!«

»Du bist gut! Die nächste Lieferung aus Livade kommt in wenigen Tagen, und seit sie Franjo die Fluglizenz entzogen haben, wissen wir nicht, wie die Ware von Portorož nach Deutschland kommen soll. Wie kannst du da so ruhig sein?« Er machte eine Pause und fuhr dann fort:

»Wir hätten uns schon viel früher um einen zweiten Piloten kümmern sollen!«

»Nein!«, widersprach Vlado. »Du bist jung und unerfahren, Milan. Je weniger Leute von der Operation wissen, desto besser.«

»Wie willst du die Ware dann über die Grenzen schaffen?«, fragte Milan. »Das Risiko über den Landweg können wir nicht eingehen!«

»Das werden wir auch nicht. Wir werden trotzdem fliegen!«

Noch einmal ließ Vlado den Rauch der Zigarre in seine Lungen strömen. »Pass auf!« Er senkte seine Stimme zu einem Flüstern und raunte: »Ich habe von Stribor einen Tipp bekommen. Ein ehemaliger Freund, den ich seit einigen Jahren aus den Augen verloren hatte, soll wieder im Land sein. Oben, in der Gegend von Motovun.«

»Was macht er ausgerechnet dort?«

»Seine Freundin arbeitet in Livade.« Milan pfiff durch die Zähne.

»In Livade? Hm. Und wer ist dieser ›ehemalige Freund‹?«

»Er ist Deutscher. Und er ist Pilot!«

»Okay, verstanden.« Milans fragender Blick signalisierte Vlado, dass er seinem jüngeren Partner ein wenig mehr zu erklären hatte.

»Nur so viel«, fuhr er fort, »ich habe mir heute seine Piper Seneca auf dem *Aerodrom Portorož* angesehen. Genau das, was wir brauchen. Die kommt locker über die Alpen.«

»Demnach hast du schon einen Plan?«

Vlado nickte.

»Es gibt da allerdings noch etwas, das du wissen solltest.«

Milan hob aufmerksam den Kopf.

»Seine Freundin. Sabrina.«

Milans ernste Gesichtszüge entspannten sich.

»Sabrina? Eine Deutsche?« Vlado nickte.

»Sie ist Köchin. Sterneköchin sogar. Und sie arbeitet im Trüffelrestaurant von *ZIGANTE*. Das könnte uns richtig gut in die Karten spielen.«

»Sieht sie gut aus?«, fragte Milan.

»Ja. Und sie ist jung.«

Milan grinste verschwörerisch.

»Dieses Mal wirst du deine Finger von der Frau lassen!«

»Weil ihr Freund dein Freund war?«

»Nein. Weil wir sie als Druckmittel einsetzen werden, wenn er nicht mitspielt. Er ist ein reicher Deutscher und braucht unser Geld nicht.«

»Aber wenn er so wohlhabend ist, wie kommst du dann darauf, dass er mitspielen könnte?«, bohrte Milan erneut.

Jetzt war es Vlado, der grinste, aber dabei den Zeigefinger auf die Lippen legte.

»Er ist mir noch einen Gefallen schuldig …«, er zögerte kurz, »ich habe noch eine alte Rechnung mit ihm zu begleichen.«

»Und wie ist sein Name?«

»Tom«, sagte Vlado, und so beißend, wie er diese eine Silbe explodieren ließ, klang sie wie der Name eines Verbrechers.

I

WEISSE TRÜFFEL

Eine Woche zuvor. Bad Teinach-Zavelstein, Schwarzwald

Ein Lächeln spielte um das Gesicht des Mannes, als er die schmale gepflasterte Straße überquerte, die vor der Zufahrt des *Naturparkhotels Berlins KroneLamm* zur Burgruine Zavelstein führte. Noch ahnte er nicht, welch böse Überraschung ihn in wenigen Minuten erwarten würde.

Den schwarzen, zugeklebten Styroporkarton in seinen Armen trug er so vorsichtig, als ob er zerbrechliches Glas enthielte. Er kannte den Inhalt und presste das Paket wie einen wertvollen Schatz eng an seine Brust. Die Gäste des legendären kulinarischen Hofabends würden in wenigen Tagen in den Genuss einer besonderen Delikatesse kommen.

Franz Berlin genoss die Vorfreude und ließ sich Zeit, bis sich die Sonne hinter den waldigen Höhenzügen im Westen von dem Tag verabschiedet hatte und die Fassade des *Hotels Lamm* keinen Schatten mehr auf die Pflastersteine warf. Im bärtigen Gesicht des jugendlich wirkenden Kochs lag pure Freude, als er seinen Weg fortsetzte und die Treppe erreichte, die ins Sternerestaurant führte. Über dem efeuumrankten Brunnen neben den Rotsandsteinstufen leuchtete das gelbe Schild mit der Aufschrift: »Hier säuft der Kronenspatz, der richtige Gast nimmt drinnen Platz.«

Der Koch betrat seine Küche in der *Krone* und begrüßte seine Kollegen, die schon mit der Vorbereitung des Menüs im Sternerestaurant beschäftigt waren.

»Wertvolle Ware«, erklärte er, als er den schwarzen Styroporkarton auf der silbern glänzenden Arbeitsplatte abstellte und nach einem Messer griff, um die doppelten Klebestreifen der Verpackung zu öffnen.

»Sind das die Zutaten für das Trüffel-Menü?«, fragte Catrien, eine seiner jüngsten Mitarbeiterinnen, neugierig und lächelte ihn dabei an.

»Nein, keine Zutaten«, korrigierte sie Franz Berlin, »was du hier gleich sehen und vor allem riechen darfst, ist der König der Küche. Er macht aus einem einfachen Gericht ein exklusives Essen.«

»Genau das Richtige für uns«, kommentierte Catrien. »Ich meine für dich, Chef!«, ergänzte sie salopp.

Die Klinge des Messers fuhr unter den Klebestreifen und schnitt ihn durch.

»Warum machst du den Karton nicht hier auf?«, fragte Catrien und deutete auf eine Stelle, wo das Klebeband offensichtlich schon aufgeschnitten war.

»Gute Idee«, antwortete Franz Berlin und stutzte. »Was ist denn das?« Sein Finger fuhr unter das Band.

»Was?«, fragte Catrien.

»Na hier, sieht so aus, als wäre der Karton zweimal verklebt worden.«

»Tatsächlich«, stimmte sie zu. »Fast, als hätte man ihn noch einmal geöffnet und wieder mit einem anderen Tape neu verklebt.«

»Seltsam.« Franz Berlin schüttelte den Kopf und zog die beiden leicht versetzt übereinanderliegenden Klebestreifen vorsichtig ab und warf sie achtlos in den Abfalleimer.

»Kann den mal jemand leeren, der quillt ja fast über«, rief er und forderte dann Catrien auf: »So, und jetzt komm her. Das musst du riechen!«

Er öffnete den Deckel des Kartons, schob ein wenig Holzwolle beiseite, schloss die Augen und sog den Duft ein, der dem Karton entstieg. Das Aroma frischer Trüffeln schien sich wie ein Schwall erdigen Parfüms in der Küchenzeile auszubreiten und entlockte Catrien ein anerkennendes »Wow!«.

»Und jetzt sieh dir die Knollen an«, forderte Franz Berlin sie auf und zeigte auf die etwa zehn, zwölf erdfarbenen und schwarzen, bis tischtennisballgroßen Knollen, die unter der Holzwolle auf einem Küchenpapier ruhten.

»Schwarze Trüffeln! Was für Prachtstücke! Man nennt sie auch die schwarzen Diamanten der Erde.«

Er nahm wahllos eine der größeren Knollen heraus und roch daran.

»Unvergleichlich« schwärmte er. »So intensiv riechen nur Trüffeln aus Istrien, glaub mir. Du musst sie mal direkt unter die Nase halten.«

Catrien griff eine der helleren und sog den Duft ein. Doch dann runzelte sie die Stirn und schüttelte den Kopf.

»Tut mir leid«, sagte sie, »aber ich finde, das riecht einfach nur nach Erde, mehr nicht.«

»Wie bitte?« Franz Berlin sah sie erstaunt an. »Hast du Schnupfen? Oder Geruchsverlust? Am Ende Corona?« Er war sich nicht sicher, ob es entrüstet oder belustigt klingen sollte.

»Nein«, antwortete sie verwirrt und reichte ihm die Knolle.

Der Sternekoch hob sie sich unter die Nase und schnupperte. Sein Blick verriet Irritation.

»Das gibt's doch nicht«, murmelte er, nahm noch einmal die Trüffel, an der er zuerst gerochen hatte, sog deren Duft ein und reichte sie Catrien.

»Das sind Welten!«, kommentierte sie. »Das ist Trüffel pur!«

»Und die hier hat null Aroma«, zischte Franz. »Los, wir müssen alle durchprobieren. Heute ist der denkbar schlechteste Augenblick für mindere Qualität. Ausgerechnet dieses Mal ist Marcel Larouge beim Hofabend.«

»Der Kochshow-Typ aus Frankreich, der die ›Haute Cuisine‹ erfunden hat?«, fragte Catrien.

»Genau der!«

Hastig griff Franz Berlin nach der nächsten Knolle.

»Die ist gut. Volles Aroma.«

»Die hier auch.«

»Leg sie hier rüber. Und die mit wenig Aroma nach da. Mist!«, entfuhr es ihm. »Ich werde das Gefühl nicht los, dass jemand den Karton tatsächlich geöffnet hat.«

»Ich bin gleich wieder da.« Catrien eilte nach draußen.

Franz Berlin blieb sichtlich verstört zurück. Er hatte von Qualitätsverlust bei Trüffeln gehört, wenn man sie zu lange im Kühlschrank aufbewahrte, und wusste, dass Wildtrüffeln eindeutig aromatischer schmeckten und intensiver rochen als Plantagentrüffeln.

Genau aus diesem Grund ließ er sich seine Ware auf direktem Weg aus Istrien liefern und schätzte den hohen Qualitätsanspruch seines Lieferanten, bei dessen Trüffeln es noch nie den geringsten Grund zur Beanstandung gegeben hatte. Und doch hatte er es hier eindeutig mit Ware unterschiedlicher Güte zu tun.

»Ich wollte mir den doppelten Klebestreifen nochmal ansehen«, unterbrach Catrien, die von draußen zurückkam, seine Gedanken, »aber die Jungs haben den Abfall schon entsorgt, und im Container kann ich ihn nicht mehr entdecken. Was machen wir jetzt?«

Franz Berlin zuckte die Schulter.

»Wir nehmen die guten Trüffeln für das Menü, der Rest kommt weg.«

»Aber reicht uns das?«

»Ich habe noch eine zweite Kiste bestellt. Die müsste morgen da sein, das sollte passen.«

»Beim selben Lieferanten?«

»Ich kaufe nur beim Besten. Und das hier …« – er deutete auf die unterschiedlich riechenden Knollen – »ist nicht die Qualität von *ZIGANTE*, dafür lege ich meine Hand ins Feuer.«

»Wirst du ihm das mitteilen?«

Franz Berlin zögerte.

»Wir warten mal die morgige Lieferung ab. Ich hab da noch eine andere Idee. Eine Kollegin von mir ist so was wie Expertin in Sachen kulinarische Kriminalität. Es kann nicht schaden, sie morgen mal anzurufen.«

»Meinst du diese Isabel, die den *Conradshof in style* irgendwo zwischen Murg und Nagold betreibt?«

»Nein, die meinte ich nicht. Sabrina Brendle ist Sterneköchin und war in Südafrika. Zusammen sind die beiden ein unschlagbares Team, vor allem, wenn auch die Dritte im Bunde, Belinda, noch mitmischt.«

»Klingt nach einem spannenden Trio.«

»In der Tat! Die drei haben erst im Frühjahr ein Weingut in der Nähe von Kapstadt mit weiblicher Raffinesse vor dem Ruin durch eine Intrige gerettet und dabei den Drahtziehern eine blamable Klatsche verpasst. Die rühren kein Weingut mehr an und trinken nie wieder Gin Tonic, nach dem Showdown, den die drei Mädels am Kap inszeniert haben.«

»Dann wäre es doch gut, diese Sabrina sofort zu informieren und nicht bis morgen zu warten?«, schlug Catrien vor, doch Franz Berlin schüttelte den Kopf.

»Ich will nichts überstürzen.«

Unzufrieden griff er nach den fünf aromatischen Trüffeln und legte sie in eine Metallschüssel.

*

Sabrina Brendle war zuletzt im Frühjahr auf Mallorca gewesen und kannte die größte Baleareninsel von zahlreichen Kurztrips, aber auch noch von der Zeit nach ihrer Ausbildung, als sie einige Monate auf der Insel in Port d'Andratx gekocht hatte. Damals hatten sich noch die »Reichen und Schönen« in dem malerischen Hafenstädtchen und den kleinen und feinen Restaurants getummelt. Sie erinnerte sich, wie sie mehrmals dem gebräunten, berühmt-berüchtigten Juror einer bekannten deutschen Castingshow im sogenannten »Café Wichtig« begegnet war. Natürlich immer in attraktiver Frauenbegleitung.

Es war Abend, und sie lag entspannt auf einem der balinesischen Betten auf der Dachterrasse des kleinen, in den verwinkelten Gassen unweit der Kathedrale versteckten Boutique-Hotels. Tom war wegen eines wichtigen Anrufs, wie er es genannt hatte, aufs Zimmer gegangen, und sie blickte verträumt über die Dächer der Altstadt von Palma. Sie liebte diese Aussicht.

Das *Puro*, mit seinen geschmackvoll eingerichteten Zimmern und dem malerischen Innenhof, war, neben den zahlreichen Landhotels im Inneren der Insel, eines ihrer Lieblingshotels. Die Bar auf der kleinen Dachterrasse, wo sich auch ein Pool befand, hatte schon geöffnet, und sie spielte mit dem Gedanken, sich einen ersten Gin Tonic zu gönnen. Tom kam zurück und setzte sich zu ihr auf das Tagesbett, das gemütlich auch Platz für zwei bot.

»Woran denkst du, mein Liebes?«, fragte er, als er ihren gedankenverlorenen Blick bemerkte. Seine Finger streichelten zärtlich ihre Hand und glitten über ihren Arm zu ihrer dezent gebräunten Schulter. Sie schloss die Augen und lehnte sich wohlig zurück, als er sie sanft an den Nackenwirbeln und im Genick zu massieren begann.

»Ich genieße dich«, antwortete sie ausweichend und hoffte, gleich seine Lippen auf ihrer empfindsamen Haut zu spüren. Ihre aufsteigende Fantasie, eine ihrer aufregenden Nächte nach hier draußen unter den freien Himmel zu verlagern, war beendet, noch ehe sie sich die reizvolle Vorstellung hinter ihren geschlossenen Augenlidern richtig ausmalen konnte.

»Wie lange sind wir dieses Mal schon hier?«, fragte er unvermittelt.

Sabrina richtete sich auf, und seine Hand glitt von ihrer Schulter. »Wie meinst du das? Das klingt so, als wolltest du weg?«

Es klang fast vorwurfsvoll.

»Ich bin nun mal nicht der Typ, der träumend in den Tag hineinlebt.«

»In den Tag hinein?« Sabrina war sichtlich irritiert. Hatte diese Aussage etwas mit diesem »wichtigen Telefonat« zu tun, das er gerade geführt hatte?

Für Sabrina waren die gemeinsamen Tage auf der Insel angefüllt mit wundervollen Erlebnissen, ausgedehnten Ausflügen in die schönsten Landschaften, salzigen Küssen in den Wellen des Meeres und in der Sonne am Strand, wunderbarem Essen und atemberaubend wilden Nächten. Sie hatten an den Tagen bewusst die Zweisamkeit gelebt und sich in den Nächten jedes Mal neu entdeckt. Es schien Sabrina, als würde ihr Hunger auf Tom nie versiegen, und auch seine Leidenschaft schien keine Grenzen zu kennen. Und jetzt sprach er nüchtern und fast abfällig von »träumend in den Tag hineinleben«? Wie passte das zusammen?

»Versteh mich nicht falsch«, schob er jetzt rasch, fast entschuldigend nach. »Es ist wundervoll hier, und ich könnte mein ganzes Leben so mit dir verbringen.«

»Aber?«, fuhr sie etwas zu harsch dazwischen. »Da kommt doch jetzt ein ›Aber‹?«

»Nur ein kleines«, versuchte Tom sie zu beruhigen. Seine Antwort schien ihr etwas zu aufgesetzt.

»Ach! Hat das vielleicht etwas mit deinem wichtigen Anruf grade zu tun?«, entglitt es ihr spitz und, wie sie zu spät bemerkte, ungewollt hämisch.

»Es ist wundervoll, dass ich hier mit dem gecharterten Privatjet mein Soll an Flugstunden absolvieren kann, um meine Lizenz zu behalten«, erklärte er, »aber wenn ich weiterhin als Pilot arbeiten will, muss ich meine medizinische Flugtauglichkeit verlängern. Das ist Fakt.«

Sabrina nickte und schwieg. Es gab genügend Ärzte auf der Insel.

»Bitte vergiss nicht, die Maschine, mit der wir hierhergeflogen sind, muss endlich zurück nach Deutschland. Die Cessna gehört schließlich meinem Ex-Boss, und er hat mich um Rückgabe ersucht, nachdem ich jetzt gekündigt habe.«

Sabrina blickte auf. Daran hatte sie in der Tat keinen Gedanken verschwendet, aber Tom hatte recht. Nach alldem, was sie damals im Schwarzwald und in Südafrika gemeinsam erlebt und aufgedeckt hatten, war nicht nur sie ihren Job losgeworden, sondern auch Tom hatte seinen Vertrag nicht verlängert und würde jetzt endgültig seine geliebte Cessna abgeben müssen.

Doch es gab immer noch das Angebot der Gutsherrin des Weinguts *Hoopengeluk* in Südafrika. Hatte Tom das vergessen?

»Ich hätte da demnächst noch eine andere Stelle neu zu besetzen, Meneer Tom«, hatte Karen van Wynsberghe damals gesagt. »Hätten Sie etwas dagegen, sich ab Oktober um unseren Fuhrpark zu kümmern und um die alte Piper, die nicht mehr in der Luft war, seit mein Mann verstorben ist?«

Zugleich hatte sie Sabrina die Stelle der Küchenchefin auf *Hoopengeluk* angeboten. Tom hatte Sabrina damals fest an sich gedrückt, und sie hatte glücklich gelächelt. Eine gemeinsame Zukunft auf *Hoopengeluk* war in greifbare Nähe gerückt.

Tom schien ihre Gedanken zu erraten: »Wir müssen irgendwann an unsere Zukunft denken.« Er griff erneut nach ihrer Hand.

Die Art, wie der Typ, der »nicht träumend in den Tag hineinlebt«, das Wort »unsere« betonte, stimmte Sabrina versöhnlich, und ein Lächeln huschte über ihr Gesicht. Doch schon seine nächsten Worte ließen es wieder verschwinden.

»Ich bin mir nicht sicher, ob ich mich wirklich für den Rest meiner Tage auf einem südafrikanischen Weingut um den Fuhrpark kümmern will.«

Sabrina sah ihn an.

Versuchte er, sich jetzt hier aus der Affäre zu ziehen? War ein gemeinsamer Weg mit Tom doch nicht *ihr* Weg? War das mal wieder mehr weibliches Wunschdenken als Realität?

Immer, wenn ihre Freundinnen ihr euphorisch von neuen Liebschaften erzählten, war sie diejenige, die sie heimlich warnte: »Mädels, wie naiv seid ihr eigentlich? Ihr kennt euren Typen doch noch gar nicht richtig und steht schon unter der Tür des Brautmodengeschäfts!«

War sie dabei, in die gleiche Falle zu tappen?

»Lass uns was essen gehen«, riss sie Tom aus ihren Gedanken, doch sie war sich nicht sicher, ob sie sich über seinen Vorschlag wirklich freuen konnte.

*

Belinda Sommer war sauer. Mehr auf sich selbst als auf die anderen.

»Du könntest jetzt auch am Kap der Guten Hoffnung sitzen«, murrte sie trotzig und verwünschte die Idee, erneut nach Mallorca geflogen zu sein. Nur weil Henning sich von ihrem Opa hatte überreden lassen, ihm bei der Weinlese mit Rat und Tat beizustehen! In Südafrika begann die Lese im Februar, und so konnte Henning im Herbst die Arbeit auf *Hoopengeluk* seinen Leuten überlassen und war gerne dem Wunsch des Neuwinzers nachgekommen. Hätte sie doch nur auf ihre innere Stimme gehört, die ihr von dieser zweiten Mallorca-Reise abgeraten hatte.

Ja, abgeraten, denn ihre innere Stimme sprach mit ihr. Sie saß wie ein kleiner Schmetterling auf ihrer Schulter und flüsterte ihr ins Ohr.

Andere Leute hielten das für verrückt, aber für Belinda war es das Normalste von der Welt, seit sie klein gewesen war. Sie hatte schon als Kind dafür gesorgt, nie ein schlechtes Gewissen zu haben, denn das machte traurig und sorgte für miese Laune. Immer, wenn sich ein schlechtes Gewissen angeschlichen hatte, war Tinker ihr zu Hilfe gekommen.

Tinker war ihre innere Stimme. Und ihr Gewissen. Aber nur ihr Gutes. Benannt nach der guten Fee *Tinkerbell* aus *Peter Pan*, ihrer Lieblingsgeschichte, die Oma ihr immer vorgelesen hatte. Tinker sorgte für ein gutes Gewissen und für gute Laune. Was sie sagte, war so oft zum Lachen, dass sich andere Leute, die Tinker ja nicht hören konnten, wunderten, wenn Belinda aus heiterem Himmel plötzlich losprustete. Doch Tinker konnte auch zynisch sein und richtig fies, wenn es darauf ankam, Belinda vor einem Fehler zu bewahren.

»Du hättest auf Tinker hören sollen«, schalt sich Belinda jetzt, während die Sonne sich im Westen von dem Herbsttag auf Mallorca verabschiedete.

Mit Wehmut dachte sie an die Zeit auf *Hoopengeluk* zurück, wo sie zum ersten Mal Henning van Wynsberghe, dem jungen, unnahbar scheinenden Winzer und Gutsherrn, gegenübergestanden hatte.

Hoopengeluk – Hoffnung und Glück, ein passender Name, hatte sie damals gedacht. Und jetzt? Alles geplatzt! Die Hoffnung zunichte, das Glück zerstört.

Für Opa hatte sich alles zum Guten gewendet, er hatte statt der Bodega in einen Weinberg investiert. Sie hingegen saß allein und verlassen auf Mallorca, nachdem Oma ihr von dieser Liaison mit einer mallorquinischen Mandelkuchenbäckerin erzählt hatte. Ohne lange zu überlegen, hatte sie Henning per WhatsApp das Wort »Arschloch!« mit Ausrufezeichen zukommen lassen,

Tu das nicht!, hatte Tinker noch gewarnt, *oder schreib wenigstens »Gilipollas!«. Spanisch kann er nicht, dein südafrikanischer Winzer!*

Auch das »Halt!« ihrer Oma war zu spät gekommen, die Gilipollas-auf-Deutsch-WhatsApp war nicht nur raus, sondern auch schon gelesen worden. Von Henning!

Na prima, kommentierte Tinker, *da hast du dich jetzt mal hübsch selbst abgeschossen! Nur weil du mal wieder nicht richtig zugehört hast!*

»Ich hab doch gar nicht von deinem Henning gesprochen, Kindchen!«, erklärte Oma, und Belinda sank wie gelähmt in ihre Arme.

»Deinem Opa hättest du die *WhatsApp* schicken müssen! *Der* lässt sich hier in seinem dritten Frühling von den Spanierinnen um den Finger wickeln. Von Opa habe ich gesprochen, nicht von Henning!«

Schreib ihm schnell, dass das ein Irrläufer war!, forderte Tinker sie auf, und schon huschten ihre Finger über die Handytastatur.

Hennings Antwort bestand nur aus zwei Worten:

»*Vaca estúpida* – was heißt denn das nun schon wieder?«, fragte Belinda halblaut.

Der kann doch Spanisch!, orakelte Tinker.

»Das kann ich dir sagen«, meldete sich Oma jetzt zu Wort. »Opa hat das mal zu mir gesagt, als ich von seiner Liaison mit dieser drallen Metzgerstochter erfahren habe.«

»Was denn nun? Mandelkuchenbäckerin oder Metzgerstochter?«

»Beides. Die mallorquinische Sobrassada-Verkäuferin war bei unserem ersten Besuch auf der Insel. Ich habe ihn damals gefragt, was er denn mit dieser luftgetrockneten, streichfähigen Spanierin wolle. Da nannte er mich auch *Vaca estúpida*. Dabei hatte ich gar nicht von seiner drallen Verkäuferin, sondern von der Paprikamettwurst gesprochen. Carmencita-Dolores wollte damals gar nichts von Opa. Ein junger Bodegabesitzer, dessen Restaurant sie führen soll, hat ihr jetzt einen Heiratsantrag gemacht. Sie hat mich zur Hochzeit eingeladen. Ich hab hier ihre Nummer, wenn du mal echt gute Sobrassada de Mallorca essen willst.«

Belinda schüttelte den Kopf. Was hatte eine dralle mallorquinische Sobrassada-Verkäuferin mit ihrem Problem zu tun?

»Und was heißt das nun?«, fragte sie ungeduldig.

»Was?« Oma hatte total den Überblick verloren.

»Vaca estúpida!«

»Blöde Kuh!«

Tinker schwieg. Und Belinda wusste, da waren sie einmal mehr, die berühmten 800 Probleme.

*

»Henning!«, hatte Belinda später versucht, »bitte frag Oma! Das war alles nur ein völlig doofes Missverständnis. Klar sind Oma und ich sauer, weil du dich mit Opa verbündet hast und ihr jetzt gemeinsam, zusätzlich zu dem Weingut, auch noch diese verrückte Idee mit der Bodega in Santa Maria del Camí habt.«

Henning warf Belindas Oma einen strafenden Blick zu.

»Der Besitzer ist begeistert von meiner Idee, seine Schwester als Teilhaberin in das Restaurant mit mallorquinischen Spezialitäten zu holen, und wir stehen kurz vor Vertragsabschluss.«

Jetzt wandte er sich wieder an Belinda:

»Wir werden als einzige Bodega auf Mallorca zu den heimischen Rebsorten Cabernet Sauvignon, Syrah und Muskateller auch die exklusiven Weine von *Hoopengeluk* anbieten. Unsere Weinproben werden in Kürze ausgebucht sein! Und dazu die Sobrassada von Carmencita-Dolores! Das wird Genuss pur!«

Belindas Oma horchte auf: »Carmencita-Dolores? Bist du etwa der junge Bodegabesitzer, dessen Restaurant eine gewisse Carmencita-Dolores führen soll?«

»Ja, warum?«

»Einen Moment!« Oma griff zu ihrem iPhone. »Ja, auch hola!«, sagte sie, nachdem sich der Teilnehmer am anderen Ende gemeldet hatte.

»Mit wem sprichst du?«, versuchte Henning zu unterbrechen.

»Mit einer gewissen Carmencita-Dolores«, lächelte Oma milde und drehte sich ab. »Cuándo es la boda?«, fragte sie Carmencita-Dolores.

»La Boda? Welche Hochzeit?« Hennings Stimme klang sichtlich beunruhigt.

»Ja, ich werde kommen«, antwortete Oma, »und ich würde gerne noch einen Gast mitbringen, wenn ich darf.«

Pause. Henning mehr als beunruhigt. Oma süffisant lächelnd.

»Wen?« Oma schien die Frage von Carmencita-Dolores zu wiederholen. »Eine Frau, die Ihren Bräutigam gut kennt, denke ich. Wie heißt er nochmal?«

Pause. Henning angespannt schweigend. Oma siegessicher.

»Aha. Ein Südafrikaner? Wie aufregend!«

Pause. Henning schweißnass. Oma fies grinsend.

»Ach so! Wen ich mitbringen möchte? Na ja, meine liebe Carmencita-Dolores, das ist jetzt ein wenig … delikat.«

Pause. Henning am Rande des Nervenzusammenbruchs. Oma holte Luft und ließ schließlich die Bombe platzen: »Meine Enkelin. Die Ex Ihres Bräutigams!«

Henning drohte zu ersticken.

»Ja, die Ex! Nein, noch nicht lange, erst seit heute«, ergänzte Oma noch, worauf das Gespräch nach dem Ausruf »Mierda!« am anderen Ende beendet wurde.

»Shit«, murmelte Oma die englische Übersetzung und sah Henning stirnrunzelnd an.

»Ich fürchte, verehrter Herr Bräutigam, du hast jetzt ein Problem.«

»Zwei!«, widersprach Belinda.

Nicht!, flüsterte Tinker, doch da hatte Belinda es schon, an Henning gewandt, herausgeschrien: »Gilipollas gigantes!«

»Ich will gar nicht wissen, was das heißt«, bemerkte Oma.

Na ja, sagen wir mal so, kommentierte Tinker, *als Kompliment würde ich das nicht gerade durchgehen lassen.*

*

Hoch ragten die Überreste der einst als Stauferburg errichteten Ruine auf dem Bergsporn über das weite Teinachtal und über die Dächer Zavelsteins, der einst kleinsten Stadt Württembergs. Neben der berühmten Blüte des vom Mittelmeer stammenden Wilden Krokus im Frühjahr war die Burg das Wahrzeichen des beschaulichen Orts mit seinem denkmalgeschützten Fachwerk.

Franz Berlin hatte keine Zeit, seinen Blick über die gepflasterte Straße hinüber zur Ruine Zavelstein gleiten zu lassen, deren Sandsteinmauern einen rötlichen Glanz aussandten. Ein anderes Rot als das des *Theurerhofs*, dessen tiefes, dunkles Rot an die Fassade der Norwegerhäuser an einem einsamen Fjord erinnerte. »Rot wie Ochsenblut« nannte sein Vater Rolf die Farbe des alten Anwesens in Speßhardt, auf der Anhöhe zwischen Calw und Zavelstein. Franz Berlin schmunzelte.

Der *Theurerhof* gehörte inzwischen zum Familienbesitz, wie auch das Hotel und die beiden Restaurants, das *Lamm* und die *Krone*. Stolz erfüllte den jungen Koch bei dem Gedanken, was seine Familie seit den Anfängen im *Wanderheim* alles geschaffen hatte. Nicht nur er war in die Fußstapfen seines Vaters getreten, auch sein Bruder Roland und seine Schwester Elisabeth hielten, zusammen mit den Eltern, die Familientradition aufrecht, und aus der einstigen *Gaststube Krone*, die Gudrun und Rolf Berlin gekauft hatten, und dem gegenüberliegenden *Höhengasthof Lamm* waren inzwischen Wellnessresidenz, Sternerestaurant und das Naturparkhotel *Berlins KroneLamm* geworden.

Franz Berlin trat an die Rezeption im *Lamm*, fragte seine Schwester Elisabeth nach dem Paket aus Istrien und eilte kurz darauf damit in die *Krone*. In der Küche des Sternerestaurants riss er die Verpackung hastig auf und zog das Klebeband von der Styroporkiste, ohne auf die abermals doppelte Schicht zu achten.

Catrien, die das sicher bemerkt und ihn darauf aufmerksam gemacht hätte, hatte heute frei, und Franz wollte sich nur so schnell wie möglich von der Qualität des Inhalts überzeugen und sich an die Arbeit machen. Das Putzen der wertvollen Knollen mit einem kleinen, weichen Bürstchen und nur wenig Wasser wollte er keinem anderen überlassen.

Jetzt besah sich Franz Berlin die Trüffeln im zweiten Paket und schüttelte ungläubig den Kopf. Unter den schwarzen, erdverkrusteten, pickeligen Knollen leuchtete es hell, in einem gelblichen Hauch von mattem Gold.

Zögernd griff seine Hand nach der auffälligen, glatten Knolle, die verdeckt von den schwarzen Trüffeln und in Holzwolle gebettet auf dem Boden der Kiste lag, und seine Finger strichen vorsichtig, fast zögernd über die seidenglatte Oberfläche.

Er war lange genug in der gehobenen Küche tätig und hatte Erfahrung mit internationalen Spezialitäten aus allen Ländern dieser Welt, doch er hatte noch nie eine Weiße Trüffel von solch vollendeter Schönheit gesehen. Er nahm sie vorsichtig heraus, um sie zu betrachten. Sie besaß nicht die raue Haut ihrer schwarzen Verwandten, und ihr Geruch war ungleich intensiver. Die Trüffel füllte gut seine ganze Handfläche aus und glich in der Form einer großen Kartoffel. Franz schätzte ihr Gewicht auf etwas mehr als ein halbes Pfund. In Fachkreisen sprach man bei einem Weißen

Trüffelexemplar ab hundert Gramm nicht umsonst von einem *Joker*. Wie kam dieser Schatz in diese zweite Lieferung?

»Das muss eine Verwechslung sein«, murmelte der Sternekoch. Er hatte bei *ZIGANTE* keine Weiße Trüffel bestellt! Das Fundstück war sicher zwischen drei- und fünftausend Euro wert, vermutete er, da er die aktuellen Trüffelpreise, die sich täglich änderten, aus Interesse verfolgte. Zudem begann jetzt, im Herbst, die Saison von Weißer Trüffel, was die Preise nach oben schnellen ließ.

Franz Berlin würde die Schwarzen Trüffeln behalten, aber die eine Weiße zurückschicken, das stand für ihn fest, doch vielleicht sollte er vorher mit Sebastjan, seinem Ansprechpartner im slowenischen Koper, telefonieren und die Sache aufklären? Als er den Deckel der Kiste schon wieder halb auf die Öffnung gesenkt hatte, fiel ihm ein Detail auf, das er in seiner Überraschung und Begeisterung übersehen hatte. War da ein Stück Papier, ein beschrifteter Zettel, der unter der Holzwolle lag?

Seine Finger zogen das Blatt eines schmalen Notizblocks zwischen dem Verpackungsmaterial heraus, und er las die wenigen Worte, die von einer krakeligen Hand dort niedergeschrieben worden waren:

Tartufo vero. Ti contatteremo.

Das Paket kam aus Kroatien. Aber das war eindeutig Italienisch!

Tartufo vero war zwar in Kroatien ein Prädikat für Restaurants, die frische und echte Trüffeln servierten, doch wörtlich aus dem Italienischen übersetzt stand es einfach nur für eine *wahre Trüffel*. So viel wusste er. Doch der Rest der Nachricht war ihm ein Rätsel.

Er griff zu seinem Smartphone und suchte den Translator. Eine Minute später las er die Antwort. Tatsächlich Italienisch!

Eine wahre, eine echte Trüffel. Wir melden uns.

Hastig griff er nach dem Karton und suchte nach dem Absender. Die Trüffel kam aus Istrien! Eindeutig. Erst jetzt fiel sein Blick auf das Klebeband, und er ließ es in voller Länge durch seine Hände gleiten, untersuchte Anfang und Ende.

»Verdammt!«, durchzuckte es ihn. Zwei Schichten, und die erste durchgeschnitten und offensichtlich von dem zweiten Band später überklebt! Er schloss die Augen und holte Luft.

War er ins Visier der Trüffelmafia geraten?

*

Am Mittag des milden Septembertages hatte sich Belinda einen kleinen Felsen als Sitzplatz ausgesucht, und ihr Blick glitt zum Horizont, wo sich die Sonne hinter den Klippen des Cap Formentor im Meer spiegelte. Sie hing ihren Gedanken nach und beschloss einmal mehr, sich nie wieder zu verlieben.

Vielleicht solltest du da lieber nochmal eine Nacht drüber saufen?, meinte Tinker.

»Sabrina wäre das nicht passiert.« Belinda spürte das Vibrieren ihres Handys.

»Belinda? Wo steckst du?«, fragte Sabrina. »Was macht die Geschichte mit Henning?«

»Ich würde am liebsten durchbrennen«, polterte Belinda los. »Ich geh auf keinen Fall zurück zu Henning. Soll ich hier zusehen, wie er sich mit seiner mallorquinischen Metzgersbraut in Opas Weingut einnistet?«

»Magst du mir nicht mal in Ruhe erzählen, was los ist?«, schlug Sabrina vor. »Wir treffen uns in den nächsten Tagen, nur wir zwei. Wir beide haben doch schon härtere Kost verdaut.«

Belinda atmete auf.

»Gute Idee. Und bitte bring dann Chardonnay mit.«

Am besten einen Eimer. Eine Flasche reicht da nicht!, riet Tinker.

*

Die Kieferknochen des Sternekochs mahlten, und seine Finger trommelten nervös auf den Styroporkarton.

»Und was jetzt?«, fragte er sich.

Plötzlich fielen ihm die Worte Catriens ein, als er von Sabrina als »Expertin in Sachen kulinarische Kriminalität« gesprochen hatte.

»Meinst du diese Isabel, die den Conradshof in style *irgendwo zwischen Murg und Nagold betreibt?«*

»Warum denn nicht?«, dachte er. »Die wäre in einer halben Stunde hier!«

Zwei Minuten später hatte er Isabel Conrad am Telefon. In wenigen Worten schilderte er ihr, worum es ging. Als er von seiner Entdeckung in der zweiten Lieferung sprach, unterbrach sie ihn: »Eine Weiße? Wow!«

»Und dazu ein kleiner Zettel mit der Botschaft, man würde mich kontaktieren.«

»Hm. Klingt sehr merkwürdig. Und wer ist der Lieferant?«

»*ZIGANTE*.«

»DER *ZIGANTE*?«

»Ja. Aber die Verpackung der Kiste ist zweifelsfrei manipuliert.«

»Das muss ich gesehen haben!«

»Genau darum rufe ich dich an.«

Isabel hatte offensichtlich verstanden, was er von ihr wollte, denn sie antwortete ohne Zögern: »Ich komme heute hier nicht weg, reicht morgen?«

Franz Berlin atmete durch.

»Ja. Ich lasse mein Handy an und nehme es auch mit in die Küche, falls noch was ist.«

Von nun an war er nicht mehr allein mit seinem mysteriösen Fund. Zu Isabel meinte er abschließend: »Ob du es glaubst oder nicht, so ein Goldstück hatte ich noch nie.«

Die Frau am anderen Ende der Leitung lachte.

»Ich freu mich, dich zu sehen«, sagte sie. »Auch wenn du mit dem Goldstück sicher nicht mich meinst, sondern deinen kulinarischen Schatz.«

*

»Ich bringe die Maschine zurück!«

Toms entschlossene Ankündigung war aus dem Nichts gekommen und hatte sie ungebremst auf den harten Boden der Tatsachen zurückgebracht. Jetzt stand Sabrina mit einer Tasse Milchkaffee auf dem Balkon ihres Zimmers und starrte hinaus in die Altstadtgassen. Sie hatte oft versucht, mehr über Toms Familie zu erfahren, doch er war immer ausgewichen. Ihre Hoffnung, sie nach ihrer damaligen Rückkehr aus Mallorca kennenzulernen, hatte sie begraben müssen, ihre Andeutungen schien er zu ignorieren, so zumindest kam es ihr vor. Einmal mehr ärgerte sie sich über sich selbst, weil sie ihre Beziehung zu Tom schon in trockenen Tüchern wähnte, statt ein paar Dinge zu hinterfragen.

»Klar«, überlegte sie jetzt, »wenn er dich nur als Liebschaft genießt, warum sollte er …?«

Das hatte sie das Leben inzwischen gelehrt: Erst wenn du zu seiner Familie darfst, hast du es geschafft! Bis dahin bist du eine Affäre, mehr nicht. Dieser Gedanke, das gestand sie sich in dem Moment ein, schmerzte sie. Und er machte sie wütend. Obwohl sie für ihre realistische Ader bekannt war, hatte sie verdrängt, dass ihre gemeinsame Zeit mit Tom bisher mehr von Unebenheiten und Missverständnissen bestimmt gewesen war als von vertrauensvollem und offenem Kennen- und Liebenlernen.

»Ich bringe die Maschine zurück!«

Sein ICH hallte in ihrem Ohr nach wie ein Echo. Er würde allein fliegen – ohne sie! Sein nächster Satz hatte daran keinen Zweifel gelassen:

»Außerdem warten noch ein paar wichtige Geschäfte auf mich.«

»Geschäfte?«, durchfuhr es Sabrina. »Was meint er mit ›wichtige Geschäfte‹?«

Sabrina hasste Geheimniskrämerei, und ihr Magen verkrampfte sich bei dem Gedanken, dass es nach wie vor Dinge gab, die Tom ihr verschwieg. Doch Sabrina funktionierte auch jetzt. Sie schluckte die bittere Galle in ihrer Kehle hinunter und spülte mit Milchkaffee hinterher.

»Oh mein Gott!«, hörte sie ihre innere Stimme. »Wann schaffst du es endlich, ihm zu vertrauen?«

Plötzlich fühlte sie Toms Hände an ihren Schultern, doch sie konnte seine Berührung nicht wirklich genießen.

»Jetzt bloß nichts anmerken lassen«, durchfuhr es Sabrina, und sie dachte wieder analytisch: »Blöd stellen! Und genau aufpassen!«

In Sekundenbruchteilen hatte sich in ihrem Kopf ein Plan entwickelt.

»Okay, *du* bringst also die Maschine zurück«, sagte sie jetzt nur, vielleicht für ihre Zwecke eine Spur zu emotionslos. »Und *ich* buche mir dann ein One-Way-Ticket zurück nach Deutschland. Ich würde auch noch gerne meine Familie besuchen.«

Vielleicht war das der berühmte Wink mit dem Zaunpfahl?

»Nein«, antwortete Tom zu ihrer Verwunderung. »Du bleibst hier und wartest auf mich.«

Noch bevor sie etwas entgegnen konnte, schob er noch ein »Bitte!« nach, und: »Ich hole dich ab. Spätestens übermorgen bin ich wieder hier.«

»Wie? Du holst mich ab! Du kommst zurück?«

Sabrina war nun völlig verunsichert, versuchte dies aber gekonnt mit einem kleinen Scherz am Rande zu verbergen: »Schwimmst du hierher?«

Toms Lächeln machte aus ihrer Verunsicherung eine Schleuderfahrt.

»Das wäre auch eine Möglichkeit«, meinte er, »aber dafür hätte ich keinen Pilotenschein machen müssen. Ich verspreche dir, du fliegst genauso zurück, wie du hierhergekommen bist.«

Er tippte kurz mit seinem Zeigefinger, wie man das bei kleinen Kindern tat, auf ihre Nasenspitze. Sabrina, die auf diese von ihr gehasste Geste sonst eher unbeherrscht reagierte, zwang sich, diesmal ruhig zu bleiben.

»Verstanden?«, fügte er noch süffisant hinzu.

Sabrina fiel ein Stein vom Herzen, zumindest im ersten Moment. Er würde zurückkommen, sagte er immerhin. Und er würde wieder selbst fliegen, mit welcher Maschine auch immer. Während sie nichts mehr verstand und auch nicht wusste, woran sie war, saß er am längeren Hebel. Fast glaubte sie, er genoss seine Überlegenheit. Gleichzeitig bemerkte sie ihre Schleuderfahrt und schäumte innerlich. Sie hasste es, wenn nicht sie es war, die die Situation kontrollierte, sondern im Ungewissen gelassen wurde.

Bevor sie weitere Fragen stellen konnte, setzte er seine Sonnenbrille auf und wandte sich zum Gehen.

»Wo willst du hin?« Sabrinas gekünstelte Fröhlichkeit klang, als würde er nur zum Strand oder zum Pool wollen und nicht seinen Abflug vorbereiten.

»Packen!«

Die Schleuderfahrt wurde zur Achterbahn. Warum wollte er packen, wenn er doch zurückkommen wollte, wie er behauptete? Das passte für Sabrina alles nicht zusammen. Ihr Herz bebte. Von wegen Achterbahn.

Tsunami!

Er verschwand im Innern des Altstadtpalais.

»Nein, Sabrina, du rennst ihm jetzt nicht hinterher!«, ermahnte sie sich streng und ignorierte ihr aufgewühltes Inneres.

Als sie Tom an den Schränken hantieren hörte, gab sie dem Tsunami Zeit, wieder zur Schleuderfahrt zu mutieren, und legte einen inneren Sicherheitsgurt an.

Durchatmen!

Luft holen, klar denken, ermahnte sie sich und hoffte, dass ihre Taktik der gespielten Zurückhaltung aufgehen würde. Sabrina entschied sich für einen Gin Tonic an der kleinen Rooftop Bar.

*

Sein iPhone zeigte einen eingehenden Anruf an, Name unbekannt, Nummer unterdrückt.

»Nicht Isabel«, dachte Franz Berlin, stellte das lauwarme Wasser ab, ließ das kleine Bürstchen im Ausguss liegen und bettete die fast saubere Trüffel neben die anderen auf das weiße Papiertuch.

»Ich bin gleich wieder da«, signalisierte er seinem Team und verließ die Küche. Er nahm am ersten Restauranttisch neben der Theke Platz und wischte über das Display, um den Anruf entgegenzunehmen.

»Hallo?«, sagte er nur, wie er es immer bei unbekannten Teilnehmern tat. Er hörte zunächst nur ein Knacken in der Leitung, dann eine männliche Stimme, die eigenartig verzerrt klang:

»Ich nehme an, ich spreche mit Franz Berlin.« Es klang nicht wie eine Frage, sondern wie eine Feststellung, und noch ehe er reagieren konnte, fuhr der andere fort: »Mein Name tut nichts zur Sache, ich bin nur der Bote. Du hast gelesen, dass wir uns melden.«

»Ich hätte trotzdem gerne gewusst, mit wem ich spreche«, verlangte Franz Berlin.

»*Tartufo vero*. Das muss reichen!«

»Ich mache meine Trüffelgeschäfte ausschließlich mit Sebastjan«, betonte er. »Rufen Sie in seinem Auftrag an?«

»Jetzt hör mir mal zu!« Der Tonfall des anderen hatte an Schärfe zugelegt. »Und ich sag das nur einmal: *Ich* stelle hier die Fragen, und *du* antwortest. Haben wir uns verstanden?«

»Schießen Sie los«, versuchte Franz Berlin, sich locker zu machen, ohne auf das freche »Du« des Anrufers einzugehen. Es war sicher besser, erst einmal zuzuhören.

»Na also«, brummte der andere. »Du hast die Kiste also aufgemacht und unsere Nachricht gelesen.«

Wieder eine Feststellung. Wie im Reflex scannte Franz die Decke und die Wände des Restaurants ab. Hatte man hier Kameras installiert? Wurde er beobachtet? Oder war der Kerl einfach nur dreist? Auch in der Küche würde er sich umsehen.

»Ja, hab ich«, sagte er trocken.

»Und du hast kein Interesse?«

»Woran?«

»Verarsch mich nicht!«, fauchte der Typ. »Du weißt genau, worum es geht. Eine 280 Gramm schwere Weiße Trüffel!«

»Tuber Magnatum Pico«, konterte Franz Berlin mit dem lateinischen Namen.

»Wir wussten, dass du dich auskennst.«

»Woher habt ihr sie?«

»Das spielt keine Rolle.«

»Für mich schon. Ich will wissen, woher meine Ware stammt.«

»Istrien. Also, was ist?«

Franz zögerte. Was sollte er tun? Interesse signalisieren? Zuschlagen? Irgendwie hatte der Typ recht. Er dachte an Marcel Larouge. Der Gourmet würde Augen machen. Und ihm beste Noten für sein Trüffelmenü geben. Ihn einladen in seine nächste Kochshow. Ihn vielleicht zum Juror bestellen bei seinem erfolgreichen TV-Format *Hohe Kunst der Haute Cuisine – Sterneköche packen aus!*

Doch war es das wert, mit solchen Typen Geschäfte zu machen? Stand er, der Sternekoch Franz Berlin, nicht für ganz andere Werte? Hatte er nicht mit *ZIGANTE* einen verlässlichen Partner, auf dessen Seriosität er vertrauen konnte?

Die Schwarzen Trüffeln fielen ihm ein. War dieser Unterschied in der Qualität der ersten Lieferung ein Zeichen der Macht dieser Leute, die ihm jetzt diese Weiße Trüffel anboten? Er beschloss, das Spiel zum Schein mitzuspielen. Zumindest für den Augenblick.

»Wie viel?«, fragte er.

»Das gefällt mir schon besser. Dreitausend für das Prachtstück.«

Franz schluckte. Ein Schweinegeld. Aber das gewichtige Einzelstück war es sicher wert. Der Sternekoch wusste, dass Weiße Trüffeln dieser Größe sensationelle Preise erzielten, wobei nicht das Gewicht ausschlaggebend war, sondern der Fakt, ob sich die

280 Gramm aus mehreren kleinen Trüffeln zusammensetzten oder ein einzelnes Exemplar so viel wog.

Jetzt war Saison. Eine einzelne Weiße Trüffel dieser Größe zu diesem Preis, das glich einem Sechser im Lotto! Ein reizvoller Gedanke. Sollte er es riskieren?

»Und, was ist?«, bohrte der unbekannte Anrufer.

Franz Berlin blickte zu Boden, und seine Augen glitten über das Emblem der *Jeunes Restaurateures* auf seiner weißen Kochjacke. *JRE.* Er hatte mehr als einen guten Ruf zu verlieren. Er hatte sich frischen, regionalen Zutaten mit den höchsten Qualitätsansprüchen verschrieben. Und er würde auch noch morgen in den Spiegel schauen können, ohne sich angewidert von dem Kerl abzuwenden, der ihn dort ansah. Er hatte seine Grundsätze, von denen er nicht abweichen würde, und ein Ehrgefühl, das auf Verlässlichkeit, Wertschätzung und Ehrlichkeit aufbaute. Er hatte außerdem gelesen, dass die Gewinnmargen bei Trüffeln oft höher waren als beim Drogenhandel.

»Suchen Sie sich einen anderen Dummen. Ich bin der Falsche für krumme Geschäfte, sorry.«

»Du lehnst ab?«

»Genau das!«, beharrte er.

»Und du hast dir das ganz genau überlegt?«

»No way. Keine Chance. Nicht mit mir!« Drei Statements, die keine Fragen offenließen. Dachte er.

»Okay, wie du meinst.« Franz wunderte sich, dass er so schnell aufgab. Er hatte mit einer längeren Auseinandersetzung und massiven Drohungen gerechnet.

»Kein Wort zu niemand!«, forderte der Typ noch. »Haben wir uns verstanden?«

»Kein Wort«, versicherte Franz Berlin.

Und dann kam doch noch die Drohung: »Sonst könntest du es bereuen!«

Der andere hatte aufgelegt.

*

Sabrina hatte schlecht geschlafen.

Zu verwirrend waren die Gedanken, die sie seit Toms plötzlichem Aufbruch beschäftigten. Irgendwann, mitten in der Nacht, war sie aufgewacht und hatte nicht mehr zurück in den Schlaf gefunden. Gefühlt im Halbstundentakt kehrte der Grund für ihre innere Unruhe und die damit einhergehende Schlaflosigkeit in ihr Unterbewusstsein zurück, und stets hatte sie nur ein Gesicht vor sich: Tom!

Es verfolgte sie, noch bevor sie in der Lage war, ihre Augen zu öffnen, um auf die Uhr zu schauen, die ihr jedoch die Gnade verweigerte, endlich eine Zeit anzuzeigen, die ein Aufstehen auch nur halbwegs rechtfertigen würde.

So lag sie halbwach im Bett und versuchte, Ordnung in das Chaos ihrer Gefühlswelt zu bringen. Sabrina war über ihre Schlaflosigkeit nicht verwundert und versuchte, die Eindrücke des vergangenen Tages noch einmal zu sortieren.

Tom war, nachdem er gepackt hatte, gut gelaunt und sehr zugänglich auf der Dachterrasse des Hotels aufgetaucht, um sich von ihr zu verabschieden. Er hatte sie zwischen seinen verspielten Küssen zunächst scherzhaft darauf hingewiesen, während seiner Abwesenheit auf sich aufzupassen und »keinen Unfug« – wie er es nannte – zu machen. Er hatte es sogar geschafft, sie einen Moment ihre Zweifel vergessen zu lassen und stattdessen herzerfrischend über seine Anweisungen zu lachen.

Sie hatte sich erhofft, diesen Abschied taktisch gut zu nützen und ihm in der gelösten Situation die Fragen zu stellen, die ihr unter den Nägeln brannten, nämlich wohin er denn fliege und wann er plane, zu ihr zurückzukommen.

Doch seine ausweichende Antwort auf ihre Frage war ihr wie eine Ohrfeige für ihre kurz zurückgewonnene Unbeschwertheit erschienen.

»Warum müssen Frauen immer so anstrengend sein?«

Sabrina schwieg, und erst ihre zurückhaltende Reaktion auf diese flapsige Bemerkung ließ ihn wortkarg werden.

»Ich melde mich von Deutschland aus, sobald ich gelandet bin.«

»Mach das«, hatte sie ebenso kurz angebunden zurückgegeben.

»Hast du eigentlich mal wieder etwas von Belinda gehört?«, hatte er noch nachgesetzt und sich von ihr ohne weitere Innigkeit verabschiedet.

Ihr »Nö, habe ich nicht!« hatte er wohl überhört, und Sabrina hatte einen beleidigten Unterton in ihrer Stimme nicht unterdrücken können.

»Also dann, bis irgendwann, viel Spaß in Deutschland!«, kam ihr noch patzig über die Lippen, und sie hätte sich noch vor der letzten ausgesprochenen Silbe ohrfeigen können, weil sie sich in dem Moment nicht im Griff gehabt hatte.

Im Normalfall war es Sabrina, die andere Frauen verurteilte, wenn sie in motzigem Ton ihren Männern flapsige Antworten gaben und dazu die Beleidigte spielten. Jetzt hatte sie sich genauso verhalten und dabei, noch bevor sie ihren Satz vollendet hatte, bereits gewusst, dass das nicht gut ausgehen würde.

Sauer mit sich selbst, hatte sie noch zwei weitere Gin Tonic bestellt und sich danach auf ihr Tagesbett zurückgezogen, wo sie den halben Nachmittag verschlafen hatte. Kraftlos und müde hatte sie sich noch einmal aufgerafft und zum Abendessen in einer der zahlreichen Bars in den Seitengassen des Hotels ein warmes Sandwich mit Serranoschinken und eine Cola geholt und war damit auf ihrem Zimmer verschwunden.

»Sabrina, du hohle Frucht«, hatte sie sich gescholten, »warum musstest du das auch noch provozieren! Du brauchst dich nicht zu wundern, wenn er dich jetzt erst mal zappeln lässt!«

Tom war weg, und sie hatte keine Chance mehr, irgendetwas geradezurücken. Sie hätte wissen müssen, dass die Ungewissheit über sein Handeln und seinen Verbleib in Deutschland sie wahnsinnig machen würde.

»Braucht noch irgendeiner diesen Tag? Der kann weg!«

Kopfweh, Sonnenbrand, mindestens ein Gin Tonic zu viel, der Typ beim Teufel!

»Alles scheiße!«, war das Einzige, was ihr dazu einfiel. »Hut ab, Sabrina, grandiose Leistung!«

*

»Franz, was ist mit dir?«, fragte Isabel Conrad, die an diesem Morgen lächelnd in der Tür zum Gastraum stand und sofort den ernsten Gesichtsausdruck des Sternekochs wahrgenommen hatte. »Du siehst aus, als wäre dir der Leibhaftige persönlich begegnet.«

»So ähnlich.«

Sie begrüßten sich, und er schilderte ihr in wenigen Worten den gestrigen Anruf. Isabel hörte schweigend zu und ließ pfeifend Luft ab.

»Puuh. Sehr dubios«, meinte sie.

»Gelinde ausgedrückt«, ergänzte er »Das riecht verdammt nach einem groß angelegten Betrug. Ich kann doch nicht einfach zum Tagesgeschäft übergehen, als ob es diesen Anruf nicht gegeben hätte. Zuerst diese unterschiedliche Trüffelqualität in der Lieferung vorgestern, dann die Weiße Trüffel in der zweiten Lieferung, und jetzt dieser Anruf mit dreitausend Euro und *Tartufo vero*.«

Er atmete laut hörbar ein und aus.

»Ich werde nicht drum herumkommen, Sebastjan in Slowenien anzurufen und ihm die Sache zu stecken.«

»Trotz der Drohung?«

»Das ist wiederum Grund genug, es lieber nicht zu tun. Wer weiß, ob die mich abhören? Aber irgendetwas muss ich unternehmen!«

»Hm …« Isabel zögerte mit einer Antwort, doch ein Gedanke durchzuckte sie. Franz stand auf und drückte sie an sich.

»Ich schlage vor, dass wir jetzt erst mal frühstücken und uns dann in aller Ruhe die Trüffeln ansehen. Das Buffet im Lamm ist noch aufgebaut, und Roland freut sich ganz bestimmt auch, dich wiederzusehen.«

»Und dann zeigst du mir deine Schätze, mein Lieber!«

Schweigend folgte Isabel dem Sternekoch ins Restaurant des

Wellnesshotels, wo sein Bruder Roland sie strahlend begrüßte. Noch ahnte die junge Schwarzwälderin nicht, dass sie auf dem Weg war, sich in ein neues Abenteuer zu stürzen.

*

Es war kurz nach sieben, als Sabrina sich entschloss, der inneren Unruhe im Bett zu entfliehen und sich nicht länger von einer Seite auf die andere zu wälzen.

Tom hatte sich bisher noch nicht gemeldet. Er hatte sie nicht einmal wissen lassen, wann er in Palma losgeflogen war.

»Wahrscheinlich hätte er sich gemeldet, wenn du nicht so doof reagiert hättest«, hatte sie sich noch gescholten und war kurz darauf doch eingeschlafen. Sonnenbrand und der gestern reichlich genossene Alkohol hatten das Ihre dazu beigetragen.

Sie fasste trotz der frühen Morgenstunde den Entschluss, auch um einem Kater vorzubeugen, aufzustehen, ihre Joggingschuhe anzuziehen und Richtung Hafen zu laufen. Das würde sie jetzt ablenken, und die frische Luft würde ihr guttun.

Beim Joggen spürte sie, wie sie langsam in diesen imaginären Tunnel hineinlief, der ihren Kopf frei und gleichzeitig ihren Körper leicht machte. Sabrina mochte diesen Zustand, der etwas von Schwerelosigkeit hatte. Der Kopf machte Pause, sie genoss die salzige Morgenluft und fühlte, wie ihre Lebensgeister zurückkehrten.

Nach der morgendlichen Hafenrunde und der anschließenden Dusche gönnte sie sich ein ausgiebiges Frühstück und beschloss, um die gewonnene Motivation nicht zu verlieren, die Zeit für eine ausgiebige Shoppingtour in der Altstadt Palmas zu nutzen. Die vielen Schuhgeschäfte und spanischen Modelabels dort würden sie ablenken und ihr die Zeit bis zu Toms erwarteter Rückkehr verkürzen. Außerdem brauchte sie dringend ein paar neue Schuhe.

Mindestens.

*

Kein Wort zu niemand! Sonst könntest du es bereuen!

Franz Berlin starrte auf die krakelige Handschrift und traute seinen Augen nicht. Er hatte die zweite Styroporkiste aus dem Kühlraum geholt und den Deckel geöffnet, um Isabel die Weiße Trüffel zu zeigen.

»Das gibt's doch nicht!«, raunte er.

»Was?« Isabel fuhr auf. »Stimmt was nicht?«

»So kann man es auch nennen! Das glaub ich jetzt nicht!«

Er hielt sich krampfhaft an der Kiste fest.

»Franz!« Isabel sah ihn an und verstand die Welt nicht mehr. Er schien wie im Schock erstarrt.

»Franz, was ist mit dir?«, rief sie.

Er schien zu wanken und brachte nur ein ungläubiges »Na, das hier!« heraus.

Sie blickte in sein Gesicht und erkannte den Schweiß auf seiner Stirn.

»Oh bitte«, durchfuhr es sie, »jetzt keinen Herzinfarkt!«

Schon glaubte sie, ihn stützen zu müssen, als er stumm in die Kiste zeigte und den Kopf schüttelte.

»Ich fass es nicht!«, rief Franz. »Da, schau!«

Ihr Blick folgte seinem ausgestreckten Arm, und sie las die Worte, die sie in schlampiger Handschrift von einem achtlos in die Kiste gelegten Zettel ansprangen:

Kein Wort zu niemand! Sonst könntest du es bereuen!

Franz ging zur Spüle und ließ kaltes Wasser in ein Glas laufen. Nachdem er einen Schluck getrunken und sich den Schweiß abgewischt hatte, kam er zu ihr zurück. Er atmete immer noch schwer, aber der Anflug von Panik, den sie in seinem Gesichtsausdruck erkannt hatte, war verschwunden.

»Genau das hat der Typ gestern am Telefon auch gesagt«, meinte er kopfschüttelnd und trank das Glas aus.

»Willst du auch?«, fragte er.

Isabel schüttelte den Kopf.

»Ich bräuchte eher einen Schnaps. Glaubte schon, du bekommst mir hier einen Herzkasper!«

Franz nickte.

»Ja. Das hat mich grad geschockt! Aber es geht mir gut, keine Sorge. Warte.«

Er griff in ein offenes Regal, in dem einige Flaschen und Dosen standen, und holte aus der zweiten Reihe einen Flachmann hervor.

»Für genau solche Fälle.« Er schraubte den Verschluss auf und reichte Isabel das Fläschchen.

»Bisschen früh«, versuchte sie zu scherzen und nahm einen kleinen Schluck.

»Uff! Das war jetzt mal nötig. Willst du auch?«

»Nein. Ich muss einen klaren Kopf bewahren. Sonst drehe ich noch durch.«

»Die Frage ist«, griff Isabel das Problem wieder auf, »wie kommt die Botschaft in die Trüffelkiste?«

»Das ist die falsche Frage, meine Liebe«, antwortete Franz. »Sie müsste lauten: Wo ist der Goldklumpen, der noch gestern hier in dieser Kiste war?«

»Du meinst, man hat die Weiße Trüffel – …?«, kombinierte Isabel, ohne ihren Gedanken auszusprechen.

Der Sternekoch nickte.

»Genau!«

»Oh mein Gott!«

*

Als Sabrina vom Frühstück zurück auf ihr Zimmer kam, schlüpfte sie in eine Jeans, legte ein ganz klein wenig Make-up auf und packte ein paar Sachen in ihre Handtasche.

»Zimmerkarte, Handy, Lippenstift, Geld«, zählte sie leise auf und stockte. »Geld?«

Wo war ihr Geldbeutel?

Sie überlegte nur kurz, und ihr fiel ein, dass sie ihn zusammen mit den Kreditkarten und ihren anderen Dokumenten im Zimmersafe im Schrank eingeschlossen hatte. Erleichtert erinnerte sie sich, dass sie es war, die die Wertsachen dort verstaut hatte, und nicht Tom. Sie grinste, denn so kannte sie den Code und würde den Safe auch ohne Tom öffnen können. Demnach hatte er für seinen Aufbruch alles bei sich gehabt? Egal, offensichtlich war das einfach so.

Wenig später gab der Safe einen surrenden Ton von sich, Sabrina griff in das geöffnete, düstere Fach und zog den ganzen Inhalt heraus.

Nachdem sie sich mit ihrer Ausbeute auf dem Bett platziert und ihren Geldbeutel entdeckt hatte, fiel ihr Blick zwischen verschiedenen Formularen, die sie bei ihrer Einreise bekommen hatten, auf einen Gegenstand, den sie nicht als ihr Eigentum identifizierte.

Ein schwarzes Heft. Aufschrift *Passport*. Darunter die Inschrift *United States of America*.

Sabrina hielt inne und legte ihren Geldbeutel beiseite.

Das konnte unmöglich Toms Pass sein, überlegte sie. Den musste er bei sich haben, denn er war inzwischen ja in Deutschland, und selbst mit einer Privatmaschine wurde man am Flughafen kontrolliert. Er hatte sich zudem nicht gemeldet, dass er seinen Pass vergessen hatte. Und außerdem war er kein Amerikaner!

Wie in Trance griff ihre Hand nach dem Dokument. Zunächst noch irritiert, aber dann ganz selbstverständlich öffnete sie es, und aus dem Foto eines sonnengebräunten Gesichts leuchtete ihr das Lachen Toms entgegen. Ihre Augen scannten die Angaben neben dem Bild, und im gleichen Moment hielt sie die Luft an: *Ferdinand T. S. Seidler*!

Ferdinand? Das Gesicht auf dem Foto war eindeutig das von Tom, da gab es keinen Zweifel.

»Was hat das zu bedeuten?«, schoss es ihr durch den Kopf, und sie spürte, wie ihr abwechselnd heiß und kalt wurde.

»Ganz ruhig, Sabrina!«, versuchte sie sich zu beruhigen. »Lies alles genau durch. Es gibt bestimmt eine Erklärung für alles.«

Wieder kamen ihr die Gedanken, die sie am Tag zuvor so misslaunig gemacht hatten: »Du weißt nichts von ihm. NICHTS!«

Sie starrte noch immer auf das aufgeschlagene Ausweisdokument des *Ferdinand T. S. Seidler* in ihrer Hand und fand das Geburtsdatum:

Date of birth 08.02.73.

Das zumindest konnte stimmen. Sie hatten sich einmal über ihre Sternzeichen unterhalten, und Tom war als *Wassermann* geboren. Sollte es einen Zwillingsbruder geben? Aber warum sollte er dann dessen Pass bei sich haben? Und warum Amerika?

Sabrina versuchte, sich zu konzentrieren, und ihre Augen scannten die Informationen weiter:

Place of birth: Baden-Baden.

Geburtsort Baden-Baden? In einem amerikanischen Pass?

Er hatte erzählt, dass seine Familie aus der Nähe von Frankfurt käme. Seine Eltern lebten in Bad Soden. Hatte er gesagt. Der Taunus war zwar nicht allzu weit vom Schwarzwald entfernt – zwei Stunden, schätzte sie – dennoch hatte er nie über Baden-Baden gesprochen.

Das konnte sie noch akzeptieren, was aber hatte es mit dem Namen auf sich und vor allem mit dieser amerikanischen Staatsbürgerschaft? Sabrina wusste, dass sie eigentlich kein Recht hatte, in Toms Papieren und somit in seiner Vergangenheit zu schnüffeln.

»Vergiss ›eigentlich‹«, sagte sie leise zu sich selbst. »Du *musst* wissen, ob er dich belügt!« Sie war entschlossen, noch mehr aus dem Dokument zu erfahren.

Place of issue: Phoenix.

Ausgestellt in Phoenix?

Sabrina holte tief Luft. Weder von Amerika noch Baden Baden, geschweige denn von Phoenix hatte sie jemals etwas aus Toms Mund gehört.

Fakt war – und das beunruhigte Sabrina am meisten: Tom schien in Wirklichkeit einen anderen Namen zu haben, wenn man dem Bild und somit der Echtheit dieses Passes Glauben schenken konnte. Den Gedanken an einen Zwillingsbruder hatte sie verworfen, aber vielleicht war der Pass gefälscht? »Doch warum?«, fragte sie sich. Und traute sie das Tom wirklich zu?

Oder war es umgekehrt? Vielleicht war *das* hier Toms – oder wer auch immer er tatsächlich war – richtiger Pass, und sie kannte nur seine falsche Identität?

Sabrina war kurz davor, gar keinen klaren Gedanken mehr fassen zu können. Die Erkenntnis, dass er bei seiner aktuellen Ausreise aus Spanien so locker auf diesen Pass verzichten konnte, ließ ihre Gedanken Achterbahn fahren.

Was, wenn er das Land oder die Insel gar nicht verlassen hatte? Und wenn das der Fall sein sollte – warum?

Die logische Seite in ihr kombinierte rasch: »Wenn du nicht mal weißt, wer er ist, woher willst du dann so sicher sein, dass er wirklich das tut, was er dir erzählt?«

Sabrina holte tief Luft und schüttelte den Kopf.

»Stopp jetzt, Sabrina, spinn dich aus!«, schalt sie sich. »Er kommt zurück, und dann soll dieser *Arizona Man* dir das einfach mal erklären. Und zwar glaubhaft!«

Sie war sich nicht sicher, ob sie wirklich gewillt war, mit der Wahrheit konfrontiert zu werden. Sabrina erhob sich vom Bett und legte wie in Trance den Stapel Papiere und Dokumente mitsamt dem Pass zurück in den Safe.

»Es wird sich alles aufklären.«

Das zumindest war der Plan.

*

»Offensichtlich hat man hier mal kurz eine Trüffel im Wert von schätzungsweise drei- bis fünftausend Euro gestohlen«, sagte Franz Berlin und sah Isabel an. »Ich bin mir sicher, dass eine Organisation dahintersteckt.«

»Aber woher wussten sie, wo sie das wertvolle Stück finden?«

»Das ist nicht so schwer. In die Küche kommst du ganz einfach rein, die Tür öffnet sich automatisch per Fußschalter. Und so viele Kühlräume haben wir da nicht.«

»Und du bist ganz sicher, dass das eine echte Weiße Trüffel war?«

»Auf alle Fälle. Aber warte!« Er zog sein Smartphone aus der Hosentasche. »Ich hab sie doch fotografiert!«

Sein Finger huschte über das Display, dann zeigte er Isabel das Bild.

»Hammer!«, zischte sie anerkennend. »Warum schicken die dir unaufgefordert eine Weiße Trüffel?«

»Und dazu so ein Prachtexemplar! Ich hätte Lust, bei *ZIGANTE* anzurufen.«

»Denk an die Drohung auf dem Zettel«, ermahnte sie ihn. »Hast du überlegt, die Polizei einzuschalten?«

»Nein. Bevor die Trüffel verschwand, habe ich keinen Anlass gesehen. Was hätte ich denen erzählen sollen? Die hätten an den Trüffeln gerochen und mich für verrückt erklärt.«

»Also eher keine Soko ›Trüffelnschnüffeln‹?«, fragte Isabel.

»Nein!«

Franz Berlins Stimme duldete keinen Widerspruch. »Ich habe keine Weiße Trüffel bestellt. Und auch nichts bezahlt. Ich glaube nicht, dass die Polizei da was ausrichten kann, schon gar nicht, weil die Lieferung aus Istrien kam. Internationale Wirtschaftskriminalität ist eine heiße Sache, und ich möchte auch nicht, dass mein Geschäftspartner in Koper Schwierigkeiten bekommt. Ich werde ihm bei Gelegenheit mal davon erzählen.«

»Du willst die Sache doch aber nicht auf sich beruhen lassen?«

»Nein. Es interessiert mich sogar brennend, was dahintersteckt.«

»Ich glaube«, begann Isabel, »ich habe da eine Idee …«

*

In Vorfreude auf die Shoppingtour und die quirlig-romantischen Altstadtgassen lief Sabrina hastig an der Rezeption vorbei und überhörte fast das spanische »Hola, Señorita Sabrina!« der fröhlichen Spanierin mit ihrem sportlichen, weißen Polohemd und den farblich dazu passenden Sneakers.

»In dem Postfach für Ihr Zimmer ist noch etwas für Sie. Darf ich Ihnen das mitgeben?«

Sabrina verstand zwar nicht, was da im Postfach auf sie warten sollte, nickte aber und signalisierte der jungen Rezeptionistin mit ausgestreckter Hand, dass sie die Post entgegennehmen würde. Auf dem Umschlag war nichts außer der Zimmernummer vermerkt. Schon wollte sie den Umschlag ungeöffnet in ihrer Handtasche verstauen, als durch die offene Tür aus dem hinteren Bereich des Tresens ein etwas fülliger Spanier trat, farblich wie seine Kollegin gekleidet, und Sabrina in gebrochenem Deutsch erklärte:

»Entschuldigen Sie, sind Sie von Zimmer 007? Das war ein Missverständnis.«

Er lächelte bemüht und fuhr fort: »Ich hatte das Dokument schon ausgedruckt und gestern Ihrem Mann übergeben. Es war ihm wohl sehr wichtig. Er hat extra hier an der Rezeption darauf gewartet, da er es brauchte und selbst nicht drucken konnte.«

Jetzt wusste Sabrina wenigstens, dass der Inhalt für Tom bestimmt war. Sie versuchte ein nettes und selbstverständliches Lächeln, flötete ein aufgesetztes »Gracias. Hasta luego« und nahm den Weg Richtung Ausgang.

»Sie können den Umschlag wegwerfen, es hat sich erledigt«, rief ihr der Rezeptionschef noch nach, doch Sabrina tat so, als hörte sie es nicht mehr.

Außer Sichtweite blieb sie draußen stehen und öffnete den Umschlag, ohne dabei ein schlechtes Gewissen zu haben. Tom musste es nicht erfahren. Zwei säuberlich gefaltete DIN-A4-Blätter kamen zum Vorschein, eines davon eine ausgedruckte E-Mail, das andere ein Formular des *Palma de Mallorca Air-*

port. Beides erkannte sie sofort an der Optik und las, ohne zu zögern, die E-Mail:

Hi Sweetheart,

wie gewünscht, das Formular, das du brauchst.

Sonst ist alles erledigt bzw. veranlasst, wie abgemacht. Die Maschine steht übermorgen für dich in Baden-Baden bereit. Ich kümmere mich selbst um alles.

Ein neues Handy für dich habe ich organisiert.

Es gibt noch ein paar wichtige Dinge zu besprechen.

Sehen uns im Hotel.

Freu mich.

Katja

*

Die Stimme von Franz Berlin war so laut, dass jeder in der Küche es hören konnte.

»Leute, wer war heute schon im Kühlraum?«, rief er.

»Niemand«, antwortete Aaron, der zu seinen besten Köchen zählte. »Wir waren nur in der Küche, die Mädels und ich.«

»Und wer hat dann die Weiße Trüffel aus der Kiste genommen?«

»Welche Weiße Trüffel?«, fragte Aaron.

»In dieser Kiste war noch gestern Abend eine Weiße Trüffel. Ich habe sie mit eigenen Augen gesehen. Zwischen dem Moment, in dem ich die Kiste in den Kühlraum stellte, bis zu dem Zeitpunkt, als ich sie gerade herausholte, muss jemand die Knolle herausgenommen und dafür diesen Zettel hineingelegt haben.«

»Keiner von uns!«, antwortete Aaron, auch stellvertretend für seine beiden Kolleginnen.

»Und es war auch niemand sonst im Kühlraum?«

Stilles Kopfschütteln.

»Und ihr wart die ganze Zeit in der Küche?«, fragte Isabel.

»Ja«, antwortete Aaron, doch eines der Mädchen widersprach.

»Das stimmt doch nicht«, behauptete sie. »Wir waren kurz mal draußen, als dieser Typ mit der Panne kam.«

»Welcher Typ mit welcher Panne?«, hakte Franz Berlin nach.

»Der stand plötzlich in der Küche und hat gefragt, ob wir ihn anschieben können. Ein Hotelgast, dessen Wagen nicht ansprang. Er sagte, im Lamm drüben hätte grad niemand Zeit, und du hättest ihn zu uns geschickt.«

»Ich?«, fragte Franz ungläubig. »Ich habe gar niemanden irgendwohin geschickt!«

»Er hat das jedenfalls behauptet«, bestätigte Aaron. »Und weil wir wissen, dass während des Frühstücks im Lamm alle gebraucht werden, klang das logisch.«

»Wann war das mit der Panne?«, fragte Franz.

»Kurz nachdem du zum Frühstück gegangen bist. So zwischen halb elf und elf.«

»Und der Gast? Wie sah er aus?«

Aaron zuckte mit der Schulter.

»Ganz normal. Ein Gast halt. Eher jung. Dunkler Typ.«

»Und das Auto?«, wollte Isabel wissen.

»So ein weißer Kastenwagen. *Citroën Berlingo* oder *Peugeot Partner*. Familienkutsche. Oder Firmenwagen.«

»Und ihr seid alle mit raus?«

Aaron nickte. »Er brauchte uns alle drei. Aber wir waren nicht lange weg. Höchstens fünf Minuten.«

Die Augenbrauen des Sternekochs zogen sich nach oben, während sein kritischer Blick in Richtung Isabel wanderte.

»Das reicht, um in den Kühlraum und wieder rauszukommen«, bemerkte Franz Berlin trocken.

*

Sabrina schloss die Augen. Sie war mehr als überfordert mit dem, was hier stand, und hatte gleichzeitig den Eindruck, überhaupt nichts zu verstehen. Als sie die E-Mail ein zweites Mal las, spürte sie, wie ihr Herzschlag an Tempo zunahm. Sie scannte die Zeilen erneut und wurde sich dabei bewusst, dass sie sich nicht nur befremdlich lasen, sondern – und das spürte sie mit einem Schlag – fast bedrohlich klangen.

Die Maschine steht übermorgen für dich in Baden-Baden bereit. War nicht in dem Pass mit diesem fremden Namen von Baden-Baden die Rede? Das zumindest würde sich mit dieser E-Mail decken!

Sonst ist alles erledigt.

Sie konnte sich nicht erinnern, dass er etwas zu erledigen hatte, zumindest hatte er ihr gegenüber nichts erwähnt.

Mit einem Mal dämmerte es ihr, warum er auf ihre Fragen, wann er denn wiederkommen würde, so empfindlich und letzten Endes sogar mit einer patzigen Antwort reagiert hatte. Sie war eindeutig zu neugierig gewesen, und der Mann namens Tom hatte sich ertappt gefühlt.

Ein halb lautlos in sich hinein gestammeltes und ungläubiges »Also doch!« kam über Sabrinas Lippen.

Was sie darüber hinaus in ihrem Denken bestätigte, war die Tatsache, dass man für ihn offensichtlich ein neues Handy organisiert hatte.

»Warum braucht er ein *neues Handy*?«, fragte sie sich. »Bedeutet das, er ist nicht mehr erreichbar für mich?«

Vielleicht lag genau das in seiner Absicht, und er hatte andere Pläne?

»Aber welche?«, schoss es Sabrina durch den Kopf, und sie hatte in dem Durcheinander ihrer vielen wirren Gedanken keine passende Antwort darauf.

War sie einmal mehr zu unvorsichtig gewesen?

Hatte es ein attraktiver Liebhaber erneut geschafft, ihr sonst so feines Gespür auszuschalten und sie in die Irre zu führen? War sie so dumm gewesen, sich blenden zu lassen von gutem Aussehen und leidenschaftlichen Nächten, gepaart mit zuvorkommendem Benehmen? Hatte er die sonst so rational denkende Sabrina gentlemanlike um den Finger gewickelt? Sie sich in seinem Bett gefügig gemacht?

Sabrina steckte den Umschlag mit der verräterischen E-Mail in ihre Handtasche und setzte langsam einen Schritt vor den anderen durch die Gassen Richtung *Passeig des Born*.

Sie blieb im Schatten eines Baumes stehen und zog die ausgedruckte E-Mail noch einmal aus ihrer Tasche.

Erst jetzt realisierte sie, dass hier noch etwas ganz anderes stand, und ein Schwindelgefühl stieg in ihr auf.

Sweetheart.

Das musste in der Tat noch nichts heißen.

Aber: *Sehen uns im Hotel* und *Freu mich*, und das Ganze noch unterzeichnet von einer gewissen *Katja*.

Diese Kombination war eindeutig.

Selbst in den Augen Sabrinas, die sich selbst nicht als sonderlich eifersüchtig oder selbstzerstörerisch bezeichnen würde, war dies in Summe zu viel.

In diesem Moment wusste sie nicht, was sie fassungsloser machte: die Tatsache, dass sich eine fremde Frau auf Tom und das Hotel freute, oder dass diese ihn offensichtlich besser kannte und genauer über seine Pläne Bescheid wusste als sie. Das Ego einer starken Frau drohte zu bröckeln.

Ein Treffen im Hotel war das eine.

Eine andere Frau in Toms Bett zu wissen und betrogen zu werden, war für Sabrina schlimm genug. Doch der Gedanke, dass diese Katja sein Vertrauen mehr genoss als sie, die sich für die Frau an seiner Seite gehalten hatte, löste ein innerliches Inferno in ihr aus: als Dummchen dazustehen, das man in Unwissenheit ließ, und – noch schlimmer – dieser Strategie voll auf den Leim gegangen zu sein.

Sabrina gestand sich ein, und das war typisch für ihr analytisches Denken, dass Letzteres viel schlimmer für sie war. Da war eine andere, der sich Tom anvertraute!

»Und das bin nicht ich!«

Der Rest war Kopfkino.

Tom mit dieser Katja im Hotel!

Schmutziges Kopfkino!

Kurz war sie versucht, ihr iPhone aus der Tasche zu zerren und ihm eine satte Nachricht zu schreiben. Doch diesen Plan verwarf sie sofort. Nein, das wäre nicht sie! Stattdessen schaltete sie ihr Handy in den Flugmodus und beschloss, in den nächsten Stunden nicht erreichbar zu sein.

»Nachdenken, Sabrina!«, befahl sie sich. »Sabrina, du wolltest Schuhe kaufen – also geh Schuhe kaufen … genau jetzt!«, ermahnte sie sich. »Beruhige dich endlich!«

*

»Was hältst du davon, wenn wir Sabrina einschalten?«, fragte Isabel und grinste den Sternekoch an. »Wie ich sie kenne, hat sie ganz sicher eine Idee, wie du aus der Nummer rauskommst!«

»Du wirst lachen«, gab Franz Berlin gerne zu, »daran hatte ich auch schon gedacht. Sie hat Erfahrung mit seltsamen Begebenheiten. Und ihre gute detektivische Schnüffelnase hat sie bei unserer letzten Begegnung hier im Schwarzwald nicht im Stich gelassen. Aber sie ist noch auf Mallorca, und ich wollte sie nicht in ihrem Urlaub stören.«

»Ich weiß. Belinda ist auch dort, zusammen mit Henning. Ich mach das. Das bekommen die Kerle am wenigsten mit. Ich hab ohnehin schon zu lange nichts mehr von ihr gehört und weiß nicht, wie es mit ihr und Tom läuft.«

»Aber was willst du ihr erzählen?«

»Nur, dass du dir Gedanken wegen der unterschiedlichen Qualität istrischer Trüffeln machst und ein dubioses Angebot bekommen hast.«

»Und die verschwundene Weiße Trüffel?«

»Lass mich mal machen. Wie ich sie kenne, findet sie es auf Mallorca zwar schön, ist aber einem kleinen Abenteuer nicht abgeneigt.« Isabel grinste. »Das gilt auch für Belinda. Wenn ich dran denke, wie wir zu dritt in Südafrika aufgeschlagen sind …«

»Aber bitte sag ihr, sie soll abwarten und sich nicht gleich in den Flieger setzen«, unterbrach Franz ihre Gedanken.

»Warum?«, widersprach Isabel. »Ich hätte nichts gegen einen anständigen Mädelsabend bei euch an der Bar und eine Nacht im Sternehotel.«

»Und wenn sie auf die Idee kommt, nach Istrien zu fliegen?«

»Zuzutrauen wäre es ihr.«

Isabel lachte. Einen Moment später fand ihre Stimme aber wieder einen ernsten Ton: »Und ich würde sie nicht daran hindern.«

*

Sabrina betrat gleich das erstbeste Schuhgeschäft und ließ sich nicht durch die Tatsache irritieren, dass sie hier wohl auf keine Schnäppchen stoßen würde.

Auf Anhieb fiel ihr gleich beim Betreten des leeren Geschäfts ein Stiefelpaar ins Auge, das genau ihre Größe hatte und das sie keine halbe Minute später auch schon anprobierte.

Während sie den kurzen Weg vor dem Regal auf und ab ging, um sicherzustellen, dass die Stiefel nicht nur passten, sondern auch an ihr wirkten, griff sie noch nach einem Paar weißer Turnschuhe. Sie erinnerte sich an ihre Schwarzwälder Freundin Isabel, die bei einer ihrer letzten gemeinsamen Shoppingtouren in einem Schuhgeschäft vor dem gleichen Dilemma gestanden hatte.

»Schuhe sind Rudeltiere. Ich nehme beide!«, hatte sie damals lachend gesagt. Sabrina gelang bei dieser Erinnerung sogar ein leichtes Grinsen, und sie war entschlossen, dem Vorbild ihrer Freundin zu folgen.

Sie war gerade wieder in ihre eigenen Schuhe geschlüpft, als sie, immer noch gebückt, an langen Beinen entlang nach oben schaute. Sie blickte in das perfekt geschminkte Gesicht einer hübschen Mallorquinerin, deren Frisur genauso perfekt zu sitzen schien wie ihr Make-up. Ebenso war nicht zu übersehen, dass in den engsitzenden Jeans so etwas wie eine Modelfigur steckte. Sabrina identifizierte die großgewachsene, schlanke Spanierin eindeutig als Schuhverkäuferin.

Der weite Ausschnitt ihres hellen Oberteils betonte die bronzefarbene Bräune an Hals und Schultern, und das Schlüsselbein stand markant hervor.

»Daran kann man mühelos einen Kleiderbügel aufhängen, mi princesa!«, schoss es Sabrina anerkennend fies durch den Kopf.

Offensichtlich hatte das Prinzesschen gewittert, dass sie dieser Touristin ohne große Überredungskunst zwei Paar Schuhe verkaufen würde, und säuselte daher ein zuckersüßes »muy bien, muy bonito, Señorita!«

Die Verkäuferin streckte Sabrina helfend ihre Arme entgegen, um ihr die Ausbeute abzunehmen, während Sabrina sich wieder aufrichtete.

Sollte sie beide Paare mitnehmen? Schuhe machten auch glücklich. »Und sind offensichtlich auch länger haltbar als jeder Kerl«, war die Erkenntnis, die ihr ganz aktuell mehr als deutlich gekommen war. Dabei hatte sie nicht einmal nach dem Preis der Turnschuhe geschaut, aber das war ihr jetzt gerade vollkommen egal.

Sabrina folgte der Spanierin Richtung Kasse und griff nach ihrem Geldbeutel in der Handtasche, die sie über der Schulter trug. Dabei ertastete sie den Umschlag, der ihr vor nicht einmal einer halben Stunde die Erkenntnis gebracht hatte, dass Tom wohl ein falsches und vor allem hinterhältiges Spiel mit ihr spielte. In jeder Hinsicht.

Das Püppchen hatte bereits die Kasse bedient und wartete auf Bargeld oder Kreditkarte ihrer Kundin. In diesem Moment fiel Sabrinas Blick auf das Namensschild an dem eng anliegenden Oberteil, das die spanische Modelfigur perfekt zur Geltung brachte.

»KATJA«!

Sabrinas Gesicht wurde heiß, und ihr Herz begann zu rasen.

Wenn sie es bisher immer geschafft hatte, sich unter Kontrolle zu wissen, war dies nun eindeutig nicht mehr der Fall. Sie spürte in Sekundenbruchteilen, wie allein DIESER Name auf dem Schild eine Explosion in ihr verursachte.

KATJA!

Die fünf Buchstaben lösten mehr in ihr aus als die E-Mail beim ersten Lesen der Nachricht. Wie ferngesteuert knurrte sie in angepisstem Ton: »Ich brauche doch keine Schuhe!«,und stürmte ohne weitere Erklärung völlig durcheinander aus dem Laden.

Der Gesichtsausdruck der sicher verdutzten Modelverkäuferin blieb ihr verborgen, da sie sich nicht mehr nach ihr umgedreht hatte. Es war Sabrina völlig egal, welchen Eindruck sie hinterlassen hatte.

KATJA!

*

»Die haben das ganz schön raffiniert gemacht«, meinte Franz Berlin. »Die müssen irgendwo in Sichtweite in ihrem Wagen gesessen und gewartet haben, bis wir beim Frühstück waren, um sich die Trüffel zu holen.«

»Und haben dann die Panne vorgetäuscht?«

»Na klar. Und während meine drei Helden einen wahrscheinlich komplett fahrtauglichen Wagen angeschoben haben, hatte der Dieb freie Bahn.«

»Oha! Selbstbedienung in der Krone – neues Konzept?«, frotzelte Isabel. »Und draußen hat sein Kompagnon auf ihn gewartet – im exklusiv vom Sterne-ADAC angeschobenen Pannenfahrzeug –, und ab durch die Mitte!«

»Ziemlich durchtrieben. Viel Zeit haben sie allerdings nicht. Man muss sie kühl lagern, und selbst dann verliert sie nach wenigen Tagen Gewicht und Aroma. Auf alle Fälle sind sie jetzt irgendwo mit einer Weißen Trüffel unterwegs.«

»Und das mitten im friedlichen Schwarzwald.«

»Wahrscheinlich sogar Offroad.«

»Und brauchen niemanden mehr zum Anschieben …«

*

Sabrina nahm den Weg zurück, ohne wirklich zu wissen, wohin sie wollte. Sie hatte inzwischen das iPhone wieder aus dem Flugmodus geholt. Zu groß war ihre Unruhe, um einen Anruf von Tom verpassen zu wollen. Wenn er jetzt anrief, würde er unmittelbar in einen Tornado geraten! Sie ignorierte ein paar Nummern, die versucht hatten, sie zu erreichen. Toms war nicht darunter, und ihre Freundin Isabel würde sie später zurückrufen.

Mit jedem Schritt, den sie vor den anderen setzte, lief das Kopfkino deutlicher vor ihren Augen ab. Seit sie aus dem Schuhgeschäft gestürmt war, hatte diese Katja in diesem widerlichen Film auch noch ein Gesicht:

Schlank.

Hochbeinig.

Sexy.

Modeltyp.

Mit Tom im Hotel.

Und offensichtlich auch noch eine Vertraute, da sie gemeinsam irgendetwas im Schilde führten.

Eine Komplizin?

Sie selbst – und das war Sabrinas schlimmste Erkenntnis – schien nur die billige Gespielin dieses Phantoms namens Tom zu sein.

Vor zwei Tagen war die Welt noch in Ordnung gewesen. Sie schlenderten Hand in Hand zum Abendessen, saßen im wundervollen Beach Club des Hotels, tranken in der Mittagssonne Chardonnay auf Eis und genossen leidenschaftliche und aufregende Nächte, die, seit sie Tom kennengelernt hatte, keinen einzigen Schmetterling in ihrem Bauch ermüdet hatten.

Im Gegenteil. Tagsüber lachten sie viel, und nachts fielen sie hemmungslos übereinander her.

Und jetzt? Zwei Tage später? Sabrina traute sich fast nicht, diesen Gedanken zu Ende zu denken, aber es schien davon nichts mehr übrig zu sein.

Tom hatte sich davongemacht, traf sich in Deutschland, oder wo auch immer, mit einer *Katja*!

Und sie?

War nichts als das naive Betthäschen, das – ohne überhaupt etwas zu wissen, weder über Tom noch über seine Absichten – zurückgelassen wurde.

Diese Erkenntnis schürte immer größer werdenden Zorn in Sabrina. Sie war das komplette Stück Richtung Meer zurückgelaufen und stand inzwischen auf der Höhe von *La Seu*, der Kathedrale von Palma, als ihre innere Wut den Höhepunkt erreicht hatte.

Sie schäumte.

Kochte.

Brodelte.

Sabrina spürte den inneren Vulkan in sich, und es war ihr nur möglich, einen Ausbruch zu verhindern, indem sie in ihrer Fantasie Szenarien zuließ, die dem Drama, das sich in ihr zusammenbraute, Luft machten.

»Ich lauf hier gleich Amok!«

Sie war sich sicher, die Stange Dynamit, wenn sie denn eine zur Hand gehabt hätte, genau hier und jetzt zu werfen!

Am liebsten auf all die verliebten Pärchen, die hier in innigen Umarmungen und sich küssend auf der Mauer saßen! Aber natürlich erst, nachdem sie diese *Katja* aus dem Schuhgeschäft gezerrt und in der Kathedrale festgebunden hätte.

Sabrinas düstere Rachegedanken kannten in diesem Augenblick keine Grenzen.

»Andere heulen, du explodierst eben!«, knirschte sie.

Sabrina holte tief Luft und bemühte sich, verwirrt durch ihre wüsten Vernichtungsgedanken, ihre Wut hinunterzuschlucken, und entschied sich, an der Hafenpromenade ein wenig in der Sonne zu sitzen.

»Du musst runterkommen.« Sie spürte, wie ihr rasender Puls allmählich abebbte. Um Tom würde sie sich später kümmern! Falls er überhaupt zurückkam. Warum nur hatte sie sich in diesen Typen verliebt!

Sabrina legte sich auf ein freies Mauerstück im *Parque del Mar* unterhalb von *La Seu* und schob ihre Handtasche als Kissen unter ihren Kopf. Sie hatte gerade die Augen geschlossen und ruhig zu atmen begonnen, als sie ein Vibrieren aufschrecken ließ. Schnell griff sie nach ihrer Tasche, kramte das iPhone heraus und erkannte eine eingehende WhatsApp von Toms Handy.

»Hi. Bin noch in Deutschland. Meine Rückreise verzögert sich. Habe noch einen Termin. Melde mich.«

Das kurze Aufatmen, das Sabrina als Wunschdenken oder sogar Hoffnung noch vor einer Minute verspürt hatte, war schlagartig weg. Dafür tauchte die langbeinige Schuhverkäuferin wieder vor ihrem inneren Auge wieder auf.

»Katja!«

Die beiden Silben fraßen sich in ihr Hirn wie Kratzspuren eines Schraubenziehers in den Glanzlack einer Edellimousine. Sie sah noch die filigrane Figur vor sich.

Bin noch in Deutschland. »Mit Katja!«

Das enge Oberteil, das ihre beiden Brüste formvollendet zur Geltung gebracht hatte.

Meine Rückreise verzögert sich. »Wegen Katja!«

Das markant hervorstehende nackte Schlüsselbein.

Habe noch einen Termin. »Mit Katja!«

Sabrina schnappte sich nun doch ihr Handy und tippte, ohne eine Sekunde zu zögern:

»Viel SPASS mit deinem Termin! ARSCHL…!«

*

»Hast du Sabrina schon angerufen?«, fragte Franz Berlin auf dem Weg in die Küche.

Isabel nickte.

»Ich habe versucht, sie zu erreichen, hatte aber noch kein Glück. Auf die Mailbox quatschen wollte ich nicht.«

»Ich muss an die Arbeit. Bleibst du noch bis morgen?«

»Ja. Ich versuche es gleich nochmal bei Sabrina.«

Franz zuckte mit den Schultern. Ihm war nicht ganz wohl bei dem Gedanken, dass sich Sabrina um seine Probleme kümmern würde.

»Du sagtest, Sabrina sei verrückt genug, mit Tom nach Kroatien zu fliegen und ihre Nase in die Trüffeln zu stecken«, meinte er. »Meinst du nicht, das könnte gefährlich sein?«

Isabel zögerte.

»Ich glaube nicht. Es weiß niemand außer uns, in welcher Mission sie unterwegs wäre. Und Tom kann auf sie aufpassen. Ich könnte mich gleichzeitig hier im Schwarzwald umhören, irgendwo muss deine Weiße Trüffel ja auftauchen. Und falls Belinda auch mitmacht, sind wir schon zu dritt. Vielleicht stellt sich die Sache als harmlos heraus, und wir Mädels hätten mal wieder …«

»… ein kleines Abenteuer?«, ergänzte Franz und öffnete mit dem Fußkontakt die Automatiktür zur Küche.

»So in der Art. *Mission Tartufi*, klingt doch gut. Genau das Richtige für drei Heldinnen aus dem Tatort Küche.«

»*Drei Engel für Trüffel*, wow! Und der Täter?«, gab Franz noch zu bedenken und war schon halb in der Küche verschwunden.

»Darf sich warm anziehen«, drohte Isabel, sah ihm nach und griff zu ihrem iPhone.

*

Während Sabrinas Daumen die Buchstaben A-R-S-C-H-L in das Handy hackten, wechselte plötzlich das Display und signalisierte ihr einen eingehenden Anruf. Erneut *Isabel Conrad*.

Ihre Freundin aus dem *Conradshof*, die sich im neu gestylten Hotel ihrer Eltern der trendigen Küche mit kreativ verfeinerten, regionalen Spezialitäten widmete.

Sabrina spielte nur kurz mit dem Gedanken, den Anruf wegzudrücken. Sie war nicht in Stimmung und wollte vermeiden, womöglich noch Fragen zu Tom beantworten zu müssen. Aber was, wenn Isabel sie dringend brauchte? Und Sabrina wusste, Isabel rief tagsüber nicht einfach so an. Würde es um Belangloses gehen, hätte sie ihr nur eine WhatsApp geschickt. Sabrina wischte über das Display ihres iPhones und meldete sich.

Isabel kam sofort zum Thema, sie nahm sich nicht mal Zeit für ein flüchtiges »Hallo« oder ein »Wie geht's?«, stattdessen kam nur ein aufgeregtes »Dieses Mal brauche ich *dich*!«

Kein Wort zu Tom.

»Besser gesagt, dein lieber Freund Franz Berlin«, fuhr sie atemlos fort. »Er hat mich gestern schon angerufen, aber wir kommen nicht weiter. Bist du noch auf Malle?«

»Ich bin *noch* auf Mallorca«, antwortete Sabrina und betonte das Wort »noch« sehr deutlich, was Isabel jedoch ignorierte. Dafür kam ihre nächste Frage gleich hinterher:

»Und Tom?«

»Hat einen Termin.« Sabrina versuchte so unverfänglich wie möglich zu klingen, da sie keine Lust hatte, über Tom zu reden. Nicht jetzt!

Sie beeilte sich, rasch den Grund für Isabels Anruf wieder aufzugreifen. »Erzähl mir, was kann ich für dich tun? Muss ich kommen?« Die letzte Frage stellte sie fast sogar mit ein wenig Humor in der Stimme. Isabel hatte sie schon immer auf andere Gedanken gebracht. Das schätzte sie unter anderem so sehr an ihrer Freundin, die immer einen lockeren Spruch auf den Lippen hatte.

»Wenn ich ehrlich bin, wäre das in der Tat nicht schlecht«, antwortete sie jetzt.

»Um mit dir und Franz zu trinken?«, scherzte Sabrina vorsichtig.

»Ja. Chardonnay und Gin. Und zwar abwechselnd!«, ging Isabel kurz darauf ein, um gleich eilig fortzufahren: »So ähnlich. Franz meinte, du hättest doch seit der Geschichte mit den

Maultaschen Erfahrung mit seltsamen Angelegenheiten. Und wir könnten deine detektivische Schnüffelnase, wie er es nannte, gut gebrauchen. Hast du in den nächsten Tagen schon was vor?«

Sabrina konnte in den offenen Fragen und dem Tonfall ihrer Freundin nicht eindeutig zwischen Ernst und Scherz unterscheiden und wurde ungeduldig.

»Schieß endlich los!« Und neugierig: »Wo brennt's?«

Vielleicht würden andere Gedanken ihr ja guttun.

»Also pass auf ...«, begann Isabel, und Sabrina verfolgte aufmerksam jedes einzelne Wort.

Isabel erzählte, mit welchen Ungereimtheiten ihr gemeinsamer Freund in Berührung gekommen war, und als das Wort *Trüffel* fiel, ahnte Sabrina, dass die »detektivische Schnüffelnase« alles andere als ein Scherz gewesen war.

»... und seit heute Morgen auch noch aus dem Kühlraum gerade diese Weiße Trüffel spurlos verschwunden ist, ist sich Franz sicher, dass da mehr dahinterstecken muss! Wenn sich so ein kulinarischer Diamant spurlos in Luft auflöst, müssen die Täter im Schwarzwald unterwegs sein und nicht nur dort, woher die Trüffeln stammen. Trotzdem stinkt der Fisch vom Kopf, und die Auftraggeber sitzen wahrscheinlich im Ursprungsland!«

Sabrina nickte unbewusst. In Sekundenbruchteilen hatte sie zahlreiche Bilder vor Augen, denen sie folgen konnte, ohne dabei Isabels weitere Ausführungen zu überhören.

Die Sterneköchin wusste, dass Trüffeln sich in den vergangenen Jahren zunehmend einer ungeheuren Beliebtheit erfreuten, und sie hatte auch gehört, dass die trockenen Sommer und die dadurch schwindenden Vorkommen wilder Trüffeln die Preise in ungeahnte Höhen trieben.

Auktionen mit sechsstelligen Summen fanden längst nicht nur in Fernost statt, und Küchenchefs in aller Welt konkurrierten untereinander, wer an die kostbarsten und wertvollsten Trüffeln kommen konnte. Es galt als Kunst, sich unter den Mitbewerbern hervorzuheben, und der Ehrgeiz, an dieses »Gold aus der Erde« zu kommen, hielt zunehmend jeder moralischen Schmerzgrenze stand.

Offensichtlich war der Zavelsteiner Sternekoch genau zur Zielscheibe solcher Machenschaften geworden.

Sabrina erinnerte sich an den Spruch eines Kollegen, den sie im vergangenen Jahr bei einer Fortbildung getroffen hatte:

»Im Krieg und in der Liebe ist alles erlaubt«, hatte er gesagt, »und bei Trüffeln noch ein klein wenig mehr!«

Sie wandte sich, inzwischen auf der Mauer vor der Kathedrale sitzend, wieder Isabel zu.

»Egal, was dahintersteckt, die Geschichte klingt auf alle Fälle nach Ärger«, pflichtete sie ihrer Freundin bei und fuhr, halb fragend, halb scherzend, fort: »Und Franz braucht jetzt *mich*, um seine Vorratshaltung zu überwachen?«

Isabel gab die Heiterkeit zurück:

»Nein, nicht ganz. Er hat *mich* eingeladen, im Sternehotel zu wohnen und, von der Mitternachtssauna aus, die Trüffelmafia zu überführen.«

Sie lachten beide, und Sabrina spürte, wie Isabels unbeschwerte Art sie auf andere Gedanken kommen ließ.

»Nein, ich glaube, seine Vorratshaltung würde er im Zweifel noch selbst hinbekommen«, fuhr die Freundin aus dem Schwarzwald fort. »Die Lieferung von Trüffeln mit unterschiedlicher Qualität hat ihn nicht mal so sehr beunruhigt, aber dieses dubiose Angebot am Telefon sieht nicht gerade nach *Verstehen Sie Spaß* aus. Franz nimmt diese Geschichte sehr ernst!«

»Und welche Rolle habt ihr für mich vorgesehen?«, fragte Sabrina. »Die Schöne oder das Biest?«

»Das darfst du dir selbst aussuchen. Ich hatte die Idee, dass man sich dort umsehen könnte, wo die Trüffeln herkommen. Wir müssen davon ausgehen, dass da noch mehr dahintersteckt! Vielleicht sogar was ganz Großes.«

»Und große Dinge …«, begann Sabrina.

»… sind dein Ding!«, ergänzte Isabel.

»Also Frankreich? Oder Italien?«, fragte Sabrina.

»Nein. Die *Mission Tartufi* führt nach Istrien.«

»Istrien? Oh Mann, genial! Es gibt da ein Trüffelrestaurant in Livade, da wollte ich schon immer mal kochen!«

»Bitte, halt mal noch die Füße still, *Miss Undercover*!«, mahnte Isabel. »Wir wollen nichts überstürzen.«

Sabrina schwieg, doch die Gedanken von *Miss Undercover* waren wieder einmal schon einen Schritt weiter …

*

Isabel Conrad taktierte vorsichtig, als sie mit Franz Berlin nach Feierabend auf einen Absacker an der Bar im *Lamm* einen »Maultaschen-in-Gin« trank. Seit Tom als Überraschung für Sabrina damals die geniale Idee umgesetzt hatte, mit dem Leibgericht der Sterneköchin einen Gin zu brennen, war dieser zu einem der Markengetränke in der Bar des Gourmethotels geworden. Immerhin hatte der mutige Brenner Leonard Wilhelm in seiner *Heckengäu-Brennerei* für das einmalige Destillat die *Original KroneLamm-Maultaschen* aus der Sterneküche von Franz Berlin verwendet, dessen Gewürzmischung den Gin zu einem wahren Gaumenschmeichler gemacht hatte.

»Ich werde mich mal umhören, wer außer dir im Schwarzwald mit istrischen Trüffeln kocht«, meinte Isabel, nachdem sie den ersten Schluck genossen hatte.

»Du glaubst, dass wir so der Weißen Trüffel auf die Spur kommen können?«, fragte er ungläubig.

»Immerhin ist man ja mit Sicherheit *dir* so auf die Spur gekommen. Oder denkst du, die haben die Weiße Trüffel einfach auf gut Glück in dein Überraschungspaket gepackt?«

»Hm, da könntest du recht haben«, gab der Sternekoch zu.

»Auf dem Zettel stand ›kein Wort‹, und ich glaube, es wäre besser, wenn du jetzt nicht nach der Weißen Trüffel suchst. Mein Name ist bisher noch nicht im Zusammenhang mit den Trüffeln aufgetaucht.«

»Und was hast du vor?«

»Die berühmte Nadel im Heuhaufen. Trüffelköche im Schwarzwald abklappern.«

»Fang mal im Breisgau an«, schlug Franz vor. »Aaron meinte sich zu erinnern, dass der Kastenwagen, den sie angeschoben haben, ein Freiburger Kennzeichen trug.«

»Freiburg? Das ist gut!«

»Wie meinst du das?«

»Ich kenn da jemand. Mal schauen.«

Isabel hatte das Gesicht klar vor Augen.

Frieder!

Lange hatte sie nichts mehr von dem ehemaligen Sternekoch gehört. Seit ihm vor drei Jahren nach einem unglücklichen Pächterwechsel im Restaurant, für das er kochte, sein Michelin-Stern aberkannt wurde, hatte Frieder Reichert sich mehr schlecht als recht durchgehangelt. Jetzt arbeitete er in einem Bistro in Freiburg und wollte von Sternen und gehobener Küche nicht mehr allzu viel wissen. Isabel und Frieder kannten sich schon lange, doch sie hatte seinen Absturz nicht verhindern können. Selbst ihr Angebot, im *Conradshof* zu kochen, hatte er mit dem Argument, keine Almosen zu wollen, ausgeschlagen.

»Wir bleiben trotzdem Freunde?«, hatte sie ihn damals gefragt.

»Na klar!«, hatte er geantwortet. »Wer, wenn nicht wir zwei? Und wenn du mich brauchst, du hast ja meine Nummer.«

Franz Berlin holte sie in die Realität zurück: »Was ist mit dir? Träumst du?«

»Nein. Ich hab nur nachgedacht. Übrigens, Sabrina scheint nicht uninteressiert an unserer Idee.«

»Du hast sie erreicht?«

»Mhm.« Sie machte es bewusst spannend.

»Und?«

»Beim Stichwort ›Istrien‹ hat sie angebissen.«

»Aber sie ist noch nicht auf dem Weg hierher?«, fragte Franz leicht beängstigt.

»Nein. Ich hatte allerdings den Eindruck, sie hat schon eine Idee. Was hältst du davon, wenn wir die Sache einfach mal angehen?«

»Du meinst, Sabrina soll wirklich in Istrien ›schnüffeln‹?«

»Schnüffeln – oder kochen«, meinte Isabel.

»Warum kochen?«, fragte Franz Berlin.

»Das überlass mal uns. Pass auf. Du bist jetzt erst mal raus! Ab jetzt ist diese *Mission Tartufi* Mädelssache. Ich mach mal eine kleine Schwarzwaldfahrt, und Sabrina gräbt nach Istriens Trüffeln. Und als Back-up haben wir noch Belinda auf Mallorca. Im Übrigen halte ich es für sinnvoll, wenn wir zwei unsere Kontakte in den nächsten Tagen reduzieren. Nicht dass uns die Jungs noch über unsere häufigen Handyverbindungen auf die Schliche kommen. Wenn was ist, melde dich direkt im *Conradshof*. Die können dich dann weiterverbinden. Und jetzt kümmerst du dich um dein Trüffelmenü!«

»Aha. Während ihr euch in den schönsten Regionen Europas einen faulen Lenz macht, hab ich die Arbeit und darf kochen!«, entrüstete sich der Sternkoch gespielt.

»Ganz genau. Und verlass dich drauf: Wenn die Küche zum Tatort wird, werden Heimchen zu Heldinnen!«

*

Am nächsten Morgen saß Sabrina in einer der kleinen Bars zwischen *La Seu* und *Passeig Maritimo*, an der Strecke, an der sie vor dem Frühstück wieder ihre Joggingrunde gedreht hatte. Heute genoss sie ihren Milchkaffe sogar ohne brummenden Kopf, was sie als ein gutes Zeichen für den Tag wertete, denn sie würde Toms Rückkehr mit klarem Verstand begegnen.

Auch jetzt beschäftigte sie das, was sie in den vergangenen vierundzwanzig Stunden fast ununterbrochen getan hatte: Sie versuchte, statt düsteren Gedanken nachzuhängen, sich für die Überraschungen zu wappnen, die der Tag mit Sicherheit für sie bringen würde.

»Schüttele das Chaos so lange, bis ein Plan daraus wird«, das war schon oft ihre Devise gewesen.

Es schien ihr, als ob Isabels Anruf sie davor bewahrt hatte, wie ein Tiger im Käfig ruhelos umherzuirren, zermürbt und an emotionale Abgründe getrieben, und im Kopf diese eindeutigen Zeilen der E-Mail, die man ihr am Vortag im Hotel versehentlich ausgehändigt hatte.

Dennoch konnte sie nicht ganz verhindern, im Geiste zu sehen, wie Tom mit dieser Katja die Nacht im Hotelzimmer in Baden-Baden verbrachte. War er mit ihr auch so leidenschaftlich und unersättlich wie in ihren gemeinsamen Nächten? Wer war diese Katja wirklich? War sie eine Komplizin für seine Machenschaften, über die er bisher ihr gegenüber geschwiegen hatte? Nur eine Gespielin für einsame Nächte? Oder liebte er diese Frau? Mehr als diese quälenden Fragen nagte die Gewissheit an ihr, dass es eine enge Vertraute, ja Mitwisserin gab, die Tom vor ihr geheim hielt. Für diese Heimlichtuerei gab es in Sabrinas nüchternen Logik nur einen Grund: Er hatte etwas mit ihr.

»Was sonst?«, fragte sie sich immer und immer wieder.

Sie nippte an ihrem Kaffee und schüttelte gedankenverloren den Kopf. »Welche Rolle spielst du selbst in seinem Doppelleben?«, dachte sie.

Katja!

Ein dürrer Kleiderhaken wie diese spanische Schuhverkäuferin! Wahrscheinlich strohdumm, aber eben hübsch! Sabrina ließ es zu, dass die Logik einer Frau in ihren Gedanken voll zum Vorschein kam: Alle Katjas dieser Welt waren ab sofort Feindinnen, Schlampen, falsche Schlangen!

Sie suhlte sich nur einen Augenblick in diesem Feindbild, doch noch bevor sich ihr Magen in Richtung ihres Herzens zusammenschnüren konnte, gewann die Wut wieder die Oberhand.

Tom hatte sie nur benutzt! Wobei sie auf die Frage, wofür, keine plausible Antwort fand. Wie war das gewesen, damals, als sie sich auf diesem Flug von Südafrika nach Europa zum ersten

Mal begegnet waren? *Er* war es doch, der *ihren* Plänen gefolgt war, und nicht *sie* den *seinen*. Das war eine Tatsache, die Sabrina jetzt mehr verwirrte, als sie sich eingestehen mochte. Warum hatte er das getan, wo es doch diese Katja in seinem Leben gab?

Inzwischen hatte er sich per WhatsApp gemeldet und von wichtigen Terminen geschrieben. Auf Informationen zu einer geplanten Rückkehr nach Mallorca hatte sie jedoch vergebens gewartet. Immerhin hatte sich in eine seiner Nachrichten tatsächlich ein ›Vermiss Dich!‹ verirrt.

Sabrina war versucht gewesen, ihm als Antwort umgehend eine schriftliche Ohrfeige zu verpassen, doch inzwischen war sie fest entschlossen, Tom ohne sein Wissen zum festen Bestandteil eines ganz anderen Plans werden zu lassen.

Dieser Plan hatte mit Isabels Anruf zu tun, denn Sabrina hatte sich von der Idee, dieser dubiosen Trüffelgeschichte auf die Spur zu kommen, anstecken lassen. Toms undurchsichtiges Verhalten war nicht unschuldig an diesem Vorhaben. Tief in ihrem Inneren war Sabrina dankbar für die Möglichkeiten, die ihr dank Isabels Anruf nun auf einmal gegeben waren. Doch würde Tom, nach alldem, was sie inzwischen über ihn wusste, überhaupt auf die Insel zurückkommen? Sie musste es hoffen, denn nur so konnte ihr Plan aufgehen. Es war Sabrina klar, dass es eher zu ihrem analytischen Verstand passen würde, Tom in die Wüste zu schicken, eiskalt, mitsamt seiner Privatmaschine, dieser Katja und seiner ganzen verlogenen Geschichte.

So war sie. So kannte man die immer geradlinige Sabrina. Zielstrebig, logisch orientiert und immer den Verstand an erster Stelle. Wenn sie Entscheidungen traf, wertete sie ihren Verstand höher als die Sprache ihres Herzens. Aber bei Tom, das spürte sie, tat sie sich schwer, diese Reihenfolge einzuhalten. Der Gedanke, ihn zu schassen, schmerzte sie fast noch mehr als die Erkenntnisse über sein doppeltes Spiel. Sie empfand es fast sogar als Erleichterung, dass es noch einen anderen Weg gab, der es rechtfertigte, ihn weiterhin an ihrer Seite zu haben. Kampflos wollte sie ihn nicht aufgeben, so ehrlich war sie zu sich selbst.

»Lieber hab ich ihn ein bisschen, als ihn für immer zu verlieren«, dachte sie.

Ein weißes Boot, das einsam in den kleinen Teil des Hafens einfuhr, beanspruchte für einen Augenblick Sabrinas Aufmerksamkeit. Es machte zwischen ein paar privaten, kleineren Yachten, die ihren Liegeplatz hier hatten, fest. Wohin hatte Tom seine Maschine gebracht, wo hatte er »festgemacht«?

Während sie beobachtete, wie ein junger Mann auf dem weißen Boot die Dockleinen festzurrte und die Fender an der Seite herunterließ, ertappte sie sich bei dem Wunsch, dass er zurückkommen sollte. Gleichzeitig wurde ihr bewusst, dass sie sich einmal mehr in Gefahr bringen würde, wenn sie ihren Plan durchziehen wollte. Dieses Mal, und das beruhigte sie, hatte sie allerdings einen Wissensvorsprung. War es so weit gekommen, dass sie zur perfiden »Waffe« mutierte und Rache für sie sogar zum wichtigsten Motiv ihres Handelns werden konnte? Sie würde den Spieß einfach umdrehen!

»Ja«, machte sie sich klar, »du bist bereit, ein falsches Spiel zu spielen.«

Auch wenn ihre Strategie nicht ruhmreich war, rechtfertigte seine Geheimniskrämerei es mehr als ausreichend, ihm einen Schritt voraus zu sein.

»*Du* willst es so!« Sie sah Tom vor sich. »Wenn du meinst, du kannst mich benutzen, dann werde ich dir mal zeigen, wie man wirklich zum Ziel kommt!«

Ihr Entschluss stand fest. Sie würde Tom weiterhin an ihrer Seite haben und ihn zum anderen nicht kompromisslos »abschießen«. Noch nicht! Denn drittens, und das schien ihr mehr als legitim, würde sie ihn für ihre Zwecke benutzen, ohne dass er es bemerkte. Sie empfand so etwas wie Genugtuung und beendete ihre innere Ansage halblaut mit einem trotzigen »So!«.

Sie verspürte so etwas wie einen inneren kleinen Sieg bei dem Gedanken, dass sie am Ende nicht das Dummchen und die Hintergangene sein würde.

»Ja«, ermahnte sie sich. »Sabrina, dieses Mal behältst *du* die Fäden in der Hand! Wenigstens das! Wenn du ihn schon verloren hast, dann aber wenigstens nicht auch noch dein Gesicht«, redete sie sich ein und nahm einen großen Schluck von dem Wasser, das sie, wie es in Spanien üblich war, zusammen mit ihrem Kaffee bekommen hatte.

Es war ihr zwar mehr nach einem Schluck Wein zumute, doch dafür war es noch etwas zu früh, so kurz nach dem Frühstück. Wichtig war es, jetzt einen kühlen Kopf zu behalten.

Entschlossen nahm sie ihr Handy vom Tisch und wählte Toms Nummer. Die Ungewissheit über seine Rückkehr nach Mallorca musste nun ein Ende haben. Sie musste wissen, wie es weitergehen würde. Und sie brauchte ihn jetzt.

»Wart mal ab, *wozu*!«

Zeit für Stolz war jetzt nicht angebracht, immerhin hatte sie einen Plan! Genau jetzt, in diesem Augenblick, in dem sich ihre Gefühlswelt zwischen Kampfeslust und Rachedurst bewegte, war der Anruf ein Teil dieses Plans.

Sabrina konnte nicht verhindern, dass ihr Herz klopfte, als das Freizeichen unterbrochen wurde, doch die Stimme am anderen Ende teilte ihr nur mit:

»The person you have called is temporarily not available.«

Sie legte auf und konnte eine erneute Karussellfahrt ihrer Gedanken nicht vermeiden. Wie war das nochmal? Diese Katja hatte Tom ein neues Handy besorgt, so hatte sie in dieser Mail geschrieben. In der Tat war es das erste Mal, dass Sabrina, als sie ihn anrufen wollte, auf diese Stimme stieß. Bisher hatte sie Tom immer erreicht.

Immer!

Also war er doch untergetaucht?

Weg?

Wo hatte nur seine Privatmaschine ihren »Liegeplatz«? Und wo diese verdammte Katja?

»Scheiße!«, durchfuhr es sie. »Und jetzt?«

*

Isabel Conrads Finger trommelten nervös auf das Lenkrad, während sie die waldreiche Strecke zum *Conradshof* zurückfuhr. Sie hatte nach dem Genuss von Gin Tonic und Grauburgunder die Einladung von Franz nicht ausgeschlagen, eine Nacht im Gourmethotel zu bleiben.

»Der Schwarzwald«, sie registrierte die ersten fallenden Blätter des jungen Herbstes, »und irgendwo in diesen Tannen ist irgendjemand mit einer wertvollen Weißen Trüffel unterwegs. Du hast keine Chance, den Dieben auf die Spur zu kommen.«

Sie bog ins Kleine Enztal ab und las im Vorbeifahren wie im Traum die Ortsnamen und die Entfernungen auf den großen gelben Straßenschildern. Bad Wildbad, Kaltenbronn, Baden-Baden, Freudenstadt, Baiersbronn. Wohin würden sich die Trüffeldiebe wenden? Oder hatten sie, nachdem Franz Berlin abgelehnt hatte, schon einen Plan B?

»Wohin würdest *du* eine Weiße Trüffel bringen?«, murmelte sie halblaut. Konnte sie nicht einfach, per WhatsApp oder Mail, die Sternerestaurants im Schwarzwald kontaktieren? Sie verwarf den Gedanken im nächsten Augenblick aus gleich zwei Gründen. Bis sie von über 30 Hotels mit Michelin-Sternen im Schwarzwald Antworten bekäme, wäre die Trüffel längst vergammelt. Zum anderen würde sie dadurch mit Sicherheit die Aufmerksamkeit der Trüffelmafia auf sich ziehen, denn eine solche Aktivität würde ganz sicher nicht unentdeckt bleiben.

Sie musste es anders, geschickter anstellen, und die Bezeichnung »Weiße Trüffel« durfte dabei nur mit äußerster Vorsicht auftauchen. Und vor allem: Sie selbst musste dabei aus dem Spiel bleiben. Je weniger ihr Name zusammen mit dem Wort »Trüffel« im Netz zu finden war, desto größer war die Wahrscheinlichkeit, dass sie unentdeckt blieb und somit unbehelligt recherchieren konnte.

Schon zuckte ihr Finger nach den Tasten der Freisprecheinrichtung, um Franz Berlin anzurufen, als sie abrupt zögerte. Ihn einzubinden wäre ebenso töricht, denn er könnte tatsächlich von dieser unbekannten Trüffelbande überwacht werden.

Isabel war jedoch überzeugt, dass es ihr gelingen würde, auf diesem Weg der Weißen Trüffel auf die Spur kommen zu können. Nur dort, wo Trüffeln angeboten wurden und gesucht waren, konnten die Diebe ihre Ware loswerden. Immerhin waren sie so auch auf Franz Berlin gestoßen. Mit Sicherheit hatten sie die Weiße Trüffel nicht nur auf gut Glück in sein Überraschungspaket gepackt. Dennoch war es besser, wenn sein Name nicht zu oft in ihren Kontakten zu lesen war, und schon gar nicht im Zusammenhang mit Trüffeln.

»Und was jetzt?«

Für einen Moment kam ihr Carsten in den Sinn. Sie hatte den sympathischen Innenarchitekten, der sich auf Hoteldesign spezialisiert hatte, in Südafrika kennengelernt, und er hatte sie in den Schwarzwald begleitet, um ihr mit seinen Ideen bei der Neugestaltung des *Conradshofs* beizustehen. Seine Küsse in Südafrika hatten sogar noch mehr versprochen, doch zu Isabels Bedauern war es bei einer harmlosen Liebelei geblieben.

»Von wegen, ›jedes Töpfchen findet sein Deckelchen‹«, dachte sie jetzt mit einem Hauch von Wehmut. Während Belinda mit Henning in Südafrika geblieben war und jetzt auf Mallorca turtelte und Sabrina nach einer kurzen Stippvisite in Deutschland wohl erneut damit beschäftigt war, sich mit ihrem heißen Tom wilde mallorquinische Nächte um die Ohren zu schlagen, hatte sich ihr Lover vor wenigen Tagen nach Baden-Baden verabschiedet, wo ein lukrativerer Auftrag auf ihn wartete.

»Weg mit der Hoftrauer!«, schalt sie sich und fokussierte ihre abschweifenden Gedanken schnell wieder auf das Wesentliche.

Sie sah auf die Uhr. Kurz vor elf. Um diese Zeit konnte man Frieder Reichert getrost anrufen. Sie hatte ihn sogar noch als Kurzwahl abgespeichert, und während sie über die Deutsche Alleenstraße Richtung Besenfeld fuhr, ertönte das Freizeichen.

Frieder ging sofort ran und erkannte sie an der Stimme, noch bevor sie ihren Namen genannt hatte.

»Du hast mal gesagt, ich darf dich anrufen, wenn ich dich brauche?«

Isabel war entschlossen, rasch zur Sache zu kommen, ohne ihn mit der ganzen Geschichte zu konfrontieren.

»Könntest du dich mal ein bisschen umhören, ob die Sterneköche in Baiersbronn oder Baden-Baden in nächster Zeit was Größeres mit Trüffeln planen? Oder auch bei dir unten im Breisgau? Oder ob es sonst Restaurants bei uns gibt, die gerade mit einem Trüffelmenü locken?«

»Überhaupt kein Problem, wenn ich dir damit einen Gefallen tun kann«, kam es zurück. »Ich werde mich mal kundig machen, wer sich mit getrüffelten Speisekarten im Netz tummelt, und die ›Schwarzwald-Genuss-Gang‹ von damals abtelefonieren.«

»Danke«, hauchte sie, »ich wusste, dass ich mich auf dich verlassen kann«, und fragte dann so beiläufig wie möglich: »Sag mal, was fährst du eigentlich für 'ne Karre?«

»Berlingo. Warum fragst du?«

»Ach, einfach so«, antwortete sie und schob dann noch unverfänglich nach: »Bin auf der Suche nach was Größerem. Mehr Platz im Kofferraum.«

*

Sabrina hatte schon, als sie sich gemeldet hatte, an Belindas Ton gemerkt, dass etwas nicht stimmte, und hörte ihr zunächst einfach zu. Es wurde ihr rasch klar, dass es erneut zu einem heftigen Streit mit Henning gekommen war und sie sich wahrscheinlich jetzt endgültig von ihm getrennt hatte.

»Mist, Belinda!«, sagte Sabrina schließlich. »Wie konnte das denn passieren? Pass mal auf, wir machen es kurz. Ich bin in einer halben Stunde da. So wie es aussieht, sind wir schon zu zweit.«

Belinda schlug den Hafen von Port d'Andratx als Treffpunkt vor, und sie verabredeten sich für den Nachmittag. Sabrina wollte noch wegen der Uhrzeit nachhaken, als das Gespräch jäh gestört wurde.

»Hast du etwas dagegen, wenn ich mich zu dir setze?«

Die Stimme kam aus dem Nichts. Sabrina hielt die Luft an und fuhr herum.

Tom!

Wie ein Berg hatte er sich hinter ihr aufgebaut. Hatte er etwas von ihrem Telefonat mit Belinda mitbekommen? Sie versuchte instinktiv, das Handy, das sie gerade noch am Ohr gehabt hatte, zu verstecken und hoffte, dass er nicht bemerkt hatte, wie sie erschrocken zusammengezuckt war. Heimlich tastete ihr Daumen zu dem roten Button auf dem Display, der das Telefonat beendete. Ihre Mundwinkel zitterten immer noch beim Versuch, ihn erfreut anzuschauen und gleichermaßen überrascht anzulächeln.

»Jetzt musst du schauspielern, Sabrina!«, befahl sie sich. »Lass dir bloß nichts anmerken. Freu dich, verdammt!«

Sollte er jetzt von ihrem Misstrauen Wind bekommen, konnte sie ihren Plan auf der Stelle begraben. Also musste sie alles daransetzen, ihm so natürlich wie möglich zu begegnen. Im selben Augenblick beugte er sich zu ihr herunter, und sein Mund berührte ganz selbstverständlich ihre Lippen.

Sabrina spürte sofort wieder dieses innere Beben, das sie schon kannte, wenn er sich ihr näherte. Auch jetzt genoss sie diesen warmen Strom in ihrem Körper, was ihm nicht verborgen blieb.

»Wie lange brauchen wir von hier ins Hotel?«, fragte er genüsslich.

»Warum hast du mir nicht gesagt, dass du heute zurückkommst?«, versuchte sie die Situation wieder in den Griff zu bekommen.

»Ich habe geglaubt, du stehst auf Überraschungen?«

»Dachtest du das wirklich?«

»Ja, dachte ich … aber du hättest mich natürlich auch fragen können, wann ich zurückkomme!«

»Aha!« Sie spürte süffisante Provokation in seinen Worten. Seine Antwort war so, dass sie sich erneut am Zug sah, doch er setzte noch mit einer Frage nach:

»Irgendwie hatte ich das Gefühl, dass du sauer warst, nachdem ich gegangen bin?«

»Du hättest mich vielleicht mitnehmen können«, konterte sie und wusste nicht, ob diese Provokation das Gespräch in die richtige Richtung lenken würde oder sie sich womöglich zu weit aus dem Fenster gelehnt hatte.

Tom schien sich jedoch nicht ertappt zu fühlen, sondern setzte sich auf den Stuhl neben sie, stützte die Ellbogen auf und presste die beiden Zeigefinger vor seine Lippen.

»Ja, das hätte ich tun können«, gab er trocken zu. »Es gab aber keinen Grund. Es gibt einfach Dinge, die muss ich noch allein regeln. Mein kurzer Trip nach Deutschland war nur dazu gedacht, die Maschine meines Ex-Chefs ordnungsgemäß zurückzubringen, damit es keinen Ärger gibt. Ich glaube, das hatten wir bisher schon genug.«

Er lächelte und fuhr fort: »Und hier auf der Insel scheint die Sonne, in Deutschland toben schon die ersten Herbststürme.«

Tom machte keine Anstalten, sich etwas zu bestellen, sondern stand auf und streckte die Hand nach Sabrina aus.

»Gehen wir eine Runde spazieren? Oder lieber doch gleich zurück ins Hotel?«

Sie kannte den Blick schon, mit dem er sie jetzt ansah. Das war in den vergangenen Wochen die diskrete Aufforderung gewesen, sich ins Hotelzimmer zurückzuziehen, um sich danach ihrer hemmungslosen Leidenschaft hinzugeben.

An die Tatsache, dass sie natürlich auch mit ihm schlafen musste, um kein Misstrauen zu erwecken, hatte sie noch gar nicht gedacht. Daher war sie froh, dass ihr ein so selbstverständlicher Konter einfiel:

»Ich fürchte, du musst dich noch ein wenig gedulden«, meinte sie, ebenso trocken und nüchtern wie er, und fügte hinzu: »Ich habe einen Termin.«

»Du könntest mich mitnehmen.«

Offensichtlich hatte er kapiert, dass sie ihn mit seiner eigenen Antwort aufzog, und spielte das Spiel mit.

»Es gibt da ein paar Dinge, die muss ich noch allein regeln.«

Dieser Punkt ging eindeutig an sie.

Er hatte verstanden und wertete dies als kleine Retourkutsche, ohne weitere Fragen zu stellen.

»Okay, okay, aber ein kleiner Spaziergang geht noch?«

Sabrina beschloss, dieses Spiel jetzt nicht zu überreizen, und antwortete: »Willst du dir keinen Kaffee bestellen?«

»Nein. Ich möchte mit dir eine kleine Runde hier am Hafen entlanggehen, da sind wir für uns. Ich nehme mir einen Kaffee mit.«

»Na dann, Coffee to go!«, gab sie sich zum Schein geschlagen.

»Genau, nimmst du auch einen?«

Sabrina war froh, dass sie kurz Luft holen und wenigstens jetzt nicht taktieren musste, sondern einfach nur wahrheitsgemäß antworten konnte: »Nein, danke, aber wenn es etwas gibt, was ich wirklich hasse, ist es ein Coffee to go. Das boykottiere ich. Jeder läuft nur noch mit einem Kaffeebecher in der Hand durch die Gegend.«

»Hätte ich mir denken können«, meinte Tom, »ich weiß ja, wie gerne du in einem gemütlichen Café sitzt.«

»Ich gehöre nicht zur Generation der Leute, die sich ihren Kaffee im Selbstbedienungsrestaurant holen. Du hast vergessen, mein Metier ist der Genuss, und da gehört Kaffee eindeutig dazu – aber nicht aus einem Pappbecher. Und falls du mich mal mit einem Coffee to go in der Hand siehst, kannst du davon ausgehen, dass irgendetwas schiefgelaufen ist.«

»Ist ja schon okay.« Tom lachte. »Ich habe verstanden. Ich nehme mir trotzdem einen. Und aus dem Pappbecher hilft er ja vielleicht trotzdem gegen die Müdigkeit.«

Sabrina gelang es, ihren bitteren Gedanken hinunterzuschlucken und ihr Kopfkino für sich zu behalten.

»Wenn ich die ganze Nacht im Hotelzimmer gevögelt hätte, wäre ich jetzt auch müde …«

*

»Sag mal, kannst du hexen?«, fragte Isabel, als sich Frieder schon nach zwei Stunden bei ihr meldete.

»So ähnlich«, antwortete er. »Wenn dein Netzwerk funktioniert, kannst du deine Aufträge ziemlich schnell abwickeln. Hex – hex, habe ich meine alte ›Schwarzwald-Genuss-Gang‹ aktiviert. Du weißt ja, wir sind so etwas wie die Musketiere der Genusswelt, Einer für Alle, Alle für den Eimer.«

Frieder lachte laut über seinen eigenen Witz.

»Jetzt mach's nicht so spannend!«, forderte Isabel ungeduldig.

»Entspann dich«, widersprach er, »und hör mir zu.«

»Okay.« Sie versuchte, ihre Ungeduld zu unterdrücken.

»Es gibt da ein kleines, aber feines Restaurant im Schwarzwald, das tatsächlich demnächst eine ganze Trüffelwoche anbietet. Unter dem Motto ›Frucht der Venus‹ übrigens. Ich schick dir den Link.«

»Nein!«, rief Isabel, fast eine Spur zu laut. »Sag mir nur den Namen des Restaurants und wo ich es finde.«

»Wie du willst. Ich kenne Graziano, den Chef, ziemlich gut und denke, er hätte nichts dagegen, mit dir einen Turbotrüffelkurs zu machen.«

»Du hast aber nicht ... ?«

»Nein!«, unterbrach er sie. »Ich habe mich zwar erkundigt, aber bedeckt gehalten und deinen Namen aus dem Spiel gelassen. Graziano ist Italiener und kommt aus der Gegend von Turin. Hatte bis vor Kurzem auch noch einen Laden hier in Freiburg. Er ist mit Trüffeln aufgewachsen und kennt sich perfekt aus.«

»Und das Restaurant?«

»Kennst du sicher. Eines der führenden Restaurants in der Kurstadt an der Oos.«

»Du sprichst von Baden-Baden?«

»Richtig«, antwortete Frieder.

»Nun sag schon!«

»*Lichtentaler Hof.*«

»Wow!«, zischte Isabel. »Frucht der Venus im *Lichtentaler Hof*. Das hört sich nach ganz weit vorne an!«

»Das kannst du laut sagen. Und wenn du dir Grazianos Trüffelmenü anschaust, wird es selbst dir die Sprache verschlagen. Hör mal, kleiner Auszug aus der Menükarte, hab's mir extra ausgedruckt: *Weiße Trüffel mit Agnolotti alla Robiola*. Jetzt du!«

»Hammer!« Sie versuchte, nicht zu perplex zu klingen. Wie hatte Franz Berlin gesagt? Eine *Weiße Trüffel zu diesem Preis, das klingt wie ein Sechser im Lotto!*

»Frieder, du hast mir mehr geholfen, als du ahnst. Ich hoffe, dass ich das irgendwann mal wiedergutmachen kann.«

»Und was hast du vor?«, fragte er noch.

»Ich halte es mit Boccaccio.« Isabel zitierte den italienischen Dichter: »Es ist besser, zu genießen und zu bereuen, als zu bereuen, dass man nicht genossen hat. Ich genieße die *Frucht der Venus* im *Lichtentaler Hof*.«

»Aber pass auf, dass du Venus nicht in die Falle gehst«, mahnte Frieder scherzhaft.

»Die Venusfliegenfalle«, konterte sie, »ist nur was für Fliegen und Ameisen.«

»Hoffentlich weiß das der Chefkoch auch«, warnte Frieder, nachdem er ihr Grazianos Handynummer gegeben hatte, und Isabel wusste nicht so recht, wie sie diese Bemerkung einordnen sollte.

*

Die Fahrt über die kurvenreiche Straße von Camp de Mar war für Sabrina ideal, um ihre Gedanken zu sortieren, doch sie hatte immer wieder Mühe, ihr Kopfkino auszuschalten und sich auf die Strecke zu konzentrieren. Als endlich die fjordähnliche Bucht von Port d'Andratx vor ihr lag und die bewaldeten Höhenzüge der *Serra de Tramuntana* am Horizont grüßten, atmete sie durch. Kurz darauf hielt Sabrina eine kleine Kühltasche vor sich in die Höhe und lächelte.

»Lust auf einen Schluck Chardonnay?«

Belinda verließ ihren Sitzplatz zwischen den blauen, weißen

und grünen Fischernetzen am Pier, kam ihr entgegen und begrüßte sie mit einer innigen Umarmung.

»Du hast … echt?«, fragte sie.

Sabrina grinste, holte eine Weißweinflasche aus der Tasche und schraubte sie auf. Die beiden Frauen nahmen direkt am Wasser auf der niederen Hafenmauer Platz, Sabrina reichte Belinda eines der schwarzen Kelchgläser, die sie ebenfalls aus der Kühltasche fischte, und goss ein.

»Auf uns!«

Die beiden Freundinnen stießen an, und Belinda genoss den kühlen Chardonnay.

»Das hilft schon mal ein bisschen.« Sie holte tief Luft.

»So geht es mir auch«, pflichtete Sabrina ihr bei. »Es macht nur keinen Sinn, Sorgen im Alkohol zu ertränken, denn Sorgen sind dafür zu gute Schwimmer.«

Aber es macht auch keinen Spaß, es nicht wenigstens zu versuchen, scherzte Tinker, und Belinda nahm noch einen großen Schluck.

»Ich bin froh, dass du da bist«, gab sie schließlich zu.

»Ich auch«, antwortete Sabrina.

Die hätte sonst den ganzen Chardonnay allein trinken müssen, lästerte Tinker.

»Geht es dir ein wenig besser?«, wollte Sabrina wissen.

»Gute Frage. Nächste Frage. Und bei dir? Du hast da so eine komische Andeutung gemacht, von wegen, wir seien schon zu zweit? Stimmt was nicht mit Tom?«

Sabrina schüttelte den Kopf, holte Luft und erzählte in wenigen Sätzen von den jüngsten Entwicklungen.

»Aber Tom gehörte doch zu den Guten!«, entrüstete sich Belinda. »Er hat doch in Kapstadt alles für dich getan. Er hat dir geholfen.«

Sabrina nickte.

»Und jetzt auf einmal soll alles anders sein? Da stimmt was nicht, Sabrina!«

»Das sage ich doch die ganze Zeit. Mein Vertrauen ist dahin. Ich habe ihm nicht einmal erzählt, dass wir zwei uns treffen.«

»Das heißt, du bist heimlich hier?«

»Na klar. Am Ende wäre er noch auf die Idee gekommen mitzufahren.«

»Und was hast du ihm als Grund für deinen Ausflug auf die Nase gebunden?«

»Gar keinen. Ich sagte, ich habe einen Termin, fertig.«

»Du lässt ihn im Ungewissen.«

»Was bleibt mir anderes übrig. Tut er doch auch. Ganz ehrlich, Belinda, spätestens die Nummer mit dieser Katja und dem Hotel würde schon reichen, um ihn abzuservieren. Es gibt da aber auch noch das Handy, das sie ihm organisiert hat. Irgendeinen Grund muss es ja haben, dass er mir nie was von zu Hause erzählt hat. Jetzt kenne ich ihn!«

»Du meinst, er heißt Katja?«

»Was denn sonst?« Sie schluckte trocken. »Ach ja das habe ich dir auch noch nicht erzählt: Tom hatte seinen Pass im Hotelsafe vergessen. Ich habe ihn zufällig entdeckt. Ein Pass mit seinem Foto, aber einem anderen Namen. Tom heißt in Wirklichkeit gar nicht Tom. Noch Fragen?«

»Nein, keine Fragen mehr. Jetzt bin ich sprachlos. Und was genau hast du jetzt vor?«

»Zunächst einmal möchte ich, dass alles, was wir hier besprechen, unter uns bleibt. Kein Wort zu Henning oder deiner Oma.«

»Da mach dir mal keine Sorgen. Henning ist sowieso raus. Der steht neuerdings auf dralle spanische Metzgerstöchter. Ach, Sabrina, verdammt … Es scheint, als hätte das Chaos ohne uns kein Zuhause!«

Belindas Lächeln war erzwungen.

»Vielleicht ist das wirklich so«, bemerkte Sabrina. »Höchste Zeit, endlich Ordnung zu schaffen!«

»Jetzt will ich erst mal wissen, was du vorhast«, meinte Belinda, »ich müsste mich schwer täuschen, wenn Sabrina ohne Plan ins Manöver zieht!«

»Ich habe da vielleicht sogar was für uns beide. Vielleicht …« Sabrina machte eine Pause und nippte an dem kühlen Chardonnay. »Was würdest du davon halten, wenn mal wieder ein kleines Abenteuer auf uns wartet?«

Sie hatte den Anruf Isabels noch im Ohr und den ernsten Klang ihrer Stimme.

»Kleines Abenteuer?«, fragte Belinda mit weit aufgerissenen Augen. »Was um Himmels willen hast du vor?«

»Gar nichts«, versuchte Sabrina sie zu beruhigen. »Noch nichts.«

Jetzt lächelte Belinda erleichtert. »So wie letztes Mal in Südafrika?«, fragte sie. »Drei Engel für ... die Maultasche?«

Sabrina nickte. »Ganz genau. Nur die Maultasche ist diesmal eine Trüffel.«

Sabrina berichtete in wenigen Worten von Isabels letztem Anruf und ihrer vagen Idee, in Slowenien und Kroatien zu recherchieren.

»Slowenien? Ich habe mal im *Kempinski Palace* in Portorož gearbeitet, als ich noch geglaubt habe, die Hotelbranche sei was für mich.«

»Na also, hundert Punkte! Ich finde, es wäre mal wieder an der Zeit, ein großes Ding zu drehen.«

»Was denn jetzt? Kleines Abenteuer oder großes Ding?«, hakte Belinda nach.

»Das eine schließt das andere nicht aus.«

»Großes Ding, das hat meine Oma auch mal zu mir gesagt«, sinnierte Belinda, »doch eigentlich hatte ich jetzt ganz andere Pläne ...«

Sabrina nahm einen Schluck Chardonnay, genoss ihn und fuhr dann fort: »Es gibt da einen Spruch, den ich mir gemerkt habe, weil er einfach gut ist: ›Leben ist das, was passiert, während du dabei bist, andere Pläne zu machen.‹ Und jetzt, meine Liebe, lass uns aufbrechen!«

Sie erhob sich und reichte Belinda die Hand.

»Die Welt retten?«, fragte Belinda.

»So ähnlich ...«

*

»Ein Turbotrüffelkochkurs?«, fragte Graziano Donati die Frau am Telefon schmunzelnd.

»Na ja, kochen, das kann ich«, entgegnete Isabel, »aber Trüffeln selbst sind Neuland für mich, und ich möchte, bevor ich mein erstes Trüffelmenü anbiete, keinen Fehler machen. Vor allem möchte ich gute Ware haben, und Frieder meinte, Sie kennen sich da aus!«

»Ich bin ein Albesi.« Er wartete Isabels Reaktion ab. Es klang für sie wie ein Test, und es würde Chefkoch Graziano Donati nicht gelingen, sie aufs Glatteis zu führen. Nicht umsonst hatte sie die Zeit genützt, um alles über Trüffeln zu erfahren, was das Netz hergab.

So wusste sie, dass die bekanntesten und teuersten Trüffeln Italiens aus dem Piemont, unweit von Turin, kamen und den Namen Albatrüffel trugen.

»Na, dann hatte Frieder ja wohl recht. Was könnte mir Besseres passieren, als auf einen Experten zu stoßen, der aus Alba, der bekanntesten Trüffelhochburg der Welt kommt.«

Das Erstaunen in Grazianos Stimme war nicht zu überhören, und Isabel unterdrückte ein Kichern. Sie hatte Grazianos Test mit Auszeichnung bestanden und sich mit dem Koch verabredet, um mit ihm nicht nur über seine *Weiße Trüffel mit Agnolotti alla Robiola* zu reden.

*

Tom war nicht im Zimmer, als Sabrina ins *Puro* zurückkam. Sie nützte die Gelegenheit, um noch einmal mit Isabel zu telefonieren, und setzte sich auf den Balkon, von wo aus sie den Hoteleingang und einen Teil der Terrasse im Blick hatte. Im Radio sang John Denver passenderweise *Leaving in a Jet Plane.*

»Ich wollte dich nur wissen lassen, dass ich mit Belinda über deine vage Idee, in Istrien zu recherchieren, gesprochen habe«, begann sie.

»Das ist in der Tat gut zu wissen. Ich würde es aber gut finden, Belinda noch auf Mallorca zu lassen. Falls die Bande – und ich gehe davon aus, dass wir es mit einer Bande zu tun haben – dir vor Ort auf die Spur kommt, hätten wir mit ihr einen Joker im Ärmel.«

»Das heißt …?«

»Du informierst Belinda über alles, was sie wissen muss, und sie hält sich dezent im Hintergrund. Zunächst.«

»Okidoki, das klingt mal wieder nach einem guten Plan. Und was heißt das für mich?«

»Wir machen ernst«, verkündete Isabel. »Ich meine, falls du noch immer Lust hast, in Istrien zu kochen.«

»Kochen?«, fragte Sabrina erstaunt.

»Na klar! Sagtest du nicht was von einem Trüffelrestaurant, in dem du schon immer mal kochen wolltest?«

»Ja, in Livade.«

»Ich habe das gegoogelt. Livade gilt als Trüffelhauptstadt. Ich denke mal, das weißt du. Und wo, wenn nicht dort, könntest du besser an Informationen kommen?«

»Und das mit dem Kochen meinst du ernst?«, hakte Sabrina noch einmal nach.

»Unbedingt! Was bitte könnte dir als Sterneköchin Besseres passieren, als im Trüffelrestaurant zu kochen und dabei kurz mal Undercover zu ermitteln?«

»Ich bin dabei!«, meinte Sabrina schließlich.

»Na dann, grünes Licht für die *Mission Tartufi*.«

»Du meinst …?«

»Du hast Flugerlaubnis!«

Die beiden Frauen lachten.

»Gutes Stichwort!« Sabrina sah im selben Moment Tom über die Altstadtgassen zum Hotel kommen. »Mein Pilot ist im Anflug. Noch weiß er nichts von seinem Auftrag.«

»Dann machen wir jetzt Schluss«, schlug Isabel vor. »Kannst mir ja sagen, ob die Flugverbindung steht.« Sie kicherte.

»Verlass dich drauf«, zischte Sabrina.

Sie legte auf, als auch schon das Öffnen der Zimmertür die Musik aus dem Radio übertönte. Tom war schwimmen gewesen, seine Haare schimmerten feucht, und das Handtuch hing lässig über seiner Schulter und verdeckte einen Teil seines gut gebauten, freien Oberkörpers. Sabrina ertappte sich dabei, wie ihr Blick über seine gebräunte Haut nach unten glitt und die Wölbung seiner schwarzen Badeshorts erfasste.

Tom schien ihren Blick zu registrieren, denn er kam zu ihr auf den Balkon, bückte sich zu ihr herunter und begrüßte sie mit einem Kuss, der voll Leidenschaft glühte. Wie zufällig streiften seine Unterarme ihre Brüste, und sein linkes Knie drängte sich anschmiegsam zwischen ihre Schenkel.

»Vorsicht, Sabrina!«, mahnte sie sich und wusste, dass sie noch keine Strategie hatte. Es war sicher nicht klug, sich Toms Küssen und seiner Leidenschaft zu entziehen, und wenn sie ehrlich zu sich war, wollte sie das auch nicht. Hingebungsvoll genoss sie das fordernde Spiel seiner Zunge und gab dem sanften Druck nach, mit dem seine Hände jetzt in den Ausschnitt ihres Polos glitten und ihre nackten Brüste zu massieren begannen.

»Los, komm ins Bett!«, hauchte er zwischen zwei Küssen, und seine Zunge kribbelte an ihrem Ohr.

»Jetzt, mitten am Nachmittag?«, wisperte sie.

»Es ist nie zu früh, und ich war zu lange weg«, raunte er, und sie hielt für eine Sekunde die Luft an.

»Mach dein verdammtes Kopfkino aus!«, schalt sie sich und ließ es zu, dass er sie nach oben zog und sie in seine Arme nahm, ohne mit dem Küssen aufzuhören. Sie spürte, als er sich an sie presste, seine Härte und wusste, dass es kein Entrinnen gab und sie ihm auch nicht entkommen wollte.

Im Gegenteil.

Ihn in Sicherheit zu wiegen ist Teil deines Plans, dachte sie, und ganz sicher nicht der unangenehmste.

»Blende Katja aus!«, befahl sie sich. »Jetzt bist du es, die er will!«

Ihre Hände streichelten seinen nackten Rücken und glitten nach unten in den Bund seiner Badehose.

»Mhm«, hauchte er, »wie es scheint, bist du wieder lockerer?«

»Lockerer?«, fragte sie und ließ sich von ihm das Poloshirt über den Kopf ziehen.

»Ja«, antwortete er, während er sie ins Zimmer zerrte. »Du warst angespannt, als ich gegangen bin. Es hat dir nicht gepasst.«

Sabrina entschied sich, nicht darauf zu antworten, und streifte stattdessen seine nasse Badehose zu Boden.

»So bist du mir lieber.« Er reckte ihr seinen nackten Körper fordernd entgegen. Die Bellamy Brothers sangen *More of You*, als sich Sabrina halbnackt auf das breite Bett fallen ließ und sich Toms stürmischen Bewegungen hingab.

*

Isabel fuhr über Baiersbronn nach Baden-Baden und genoss bis Gernsbach die Strecke entlang der Murg. Wo sich die steilen Rebhänge bis fast ans Flussufer herabsenkten, thronte hoch oben Schloss Eberstein. Im Sternerestaurant mit seiner *Schloss-Schänke* und dem lichtdurchfluteten *Gotischen Raum* war badisch-französische Gourmetküche daheim, und Isabel beschloss, noch kurz am Weingut zu halten. Sie bog auf die Murgbrücke ab, und zehn Minuten später gönnte sie sich ein Achtel Grauburgunder auf der sonnigen Terrasse über dem Tal. In weniger als einer halben Stunde würde sie in Baden-Baden sein und in dem Hotel einchecken, das ihr eine gute Freundin aus der Tourismusbranche einmal empfohlen und wo sie schon einige Male übernachtet hatte.

Der Kleine Prinz.

»Du solltest das Buch von Antoine de Saint-Exupéry mal wieder lesen«, dachte sie und freute sich auf das kleine Hotel mit seinem Gourmetrestaurant. Sie würde nicht nur das besondere Flair, sondern auch die exzellente Küche mit ihren saisonalen Spezialitäten in vollen Zügen genießen.

»Und vielleicht ja auch Trüffeln«, hoffte sie, und ein Zitat aus der Geschichte vom *Kleinen Prinzen* fiel ihr ein:

Zuweilen macht es wohl nichts aus, wenn man seine Arbeit auf später verschiebt.

Isabel nahm diesen Gedanken als Aufforderung, lehnte sich entspannt zurück und ließ ihren Blick über das Murgtal gleiten. Sie konnte es nicht verhindern, dass Carstens Gesicht vor ihrem inneren Auge auftauchte.

»Lange nicht mehr auf Schloss Eberstein gewesen«, sinnierte sie, »zuletzt mit ihm …«

Der sehr große, gut aussehende Innenarchitekt war ihr in Kapstadt zunächst als charmanter Verehrer und später als hingebungsvoller Liebhaber begegnet.

»Mein Großer Löwe«, hatte sie ihn nach den ersten gemeinsamen Nächten in Südafrika genannt. Wo in Baden-Baden er wohl steckte? Carsten Schechinger stammte aus Freiburg und kannte sich im Schwarzwald ganz gut aus, das hatte sie bei den Ausflügen, die sie in den vergangenen Wochen zusammen unternommen hatten, feststellen dürfen. Auch Isabel war Schwarzwälderin, geboren, aufgewachsen und verwurzelt in ihrem Heimatort im nördlichen Schwarzwald.

Nach einer Fahrt während der Rhododendronblüte zu den Geroldsauer Wasserfällen waren Carsten und sie auf dem Nachhauseweg hier oben auf Schloss Eberstein eingekehrt.

Einen Augenblick lang hatte sie mit dem Gedanken gespielt, in dem traumhaften Hotel mit Carsten die Nacht zu verbringen, doch eine seltsame Bemerkung von ihm, als ein Brautpaar aus der Schlossschänke in den Innenhof kam, hielt sie davon ab.

»Das wäre nichts für mich«, hatte er gesagt. »Wenn du dein ganzes Leben das Innere von solchen stylischen Hotels planst, hast du keinen Bock, hier auch noch zu heiraten.«

Zwei Tage später hatte er ihr eröffnet, sein Gastspiel bei ihr auf dem *Conradshof*, wie er es nannte, zu beenden und nach Baden-Baden zu gehen.

Isabel hatte trocken geschluckt. Nicht dass sie bereits große Zukunftspläne mit ihm geschmiedet hätte, aber diese Aussage traf sie. Sie hatte sich mal wieder getäuscht. Nur eine Liebelei statt Potenzial für eine Beziehung. Fazit: Exit!

Ein weiteres Zitat aus *Der Kleine Prinz* kam ihr in den Sinn: *Am Ende geht einer doch immer dahin, wohin es ihn zieht …*

»Dann eine gute Weiterreise, Carsten Schechinger«, murmelte sie leise knirschend. »*Du* scheinst wohl nicht der Richtige gewesen zu sein.«

Isabel nippte an dem Grauburgunder und wagte eine weitere Prognose für sich: »Aber *ich* bin hier richtig, und von hier aus werde ich meinen Teil dazu beitragen, das Geheimnis dieser Weißen Trüffel zu entdecken!«

*

»Daran könnte ich mich gewöhnen«, schnaufte Tom zufrieden, als Sabrina sich in seinen Armen auf dem Bett ausruhte und er ihr erschöpftes Atmen auf seiner Haut spürte.

Sie richtete ihren Oberkörper leicht auf, winkelte ihren Ellbogen an und stützte ihren Kopf auf die zu einer lockeren Faust geballte Hand.

»Wer braucht schon Gewohnheit?«, fragte sie und nahm ihr Strategiespiel wieder auf.

Sie wusste, dass jetzt die beste Gelegenheit war, um zum einen herauszufinden, was Tom vorhatte, und zum anderen einen Köder auszulegen, der ihn locken würde. Taktisch klug platzierte sie jedes ihrer Worte. Sie würde dabei nichts aus seinen Antworten heraushören müssen, da sie nach ihren letzten Erkenntnissen mehr über ihn wusste, als er ahnte. Er jedoch kannte ihre Pläne nicht, und daher konnte sie sich darauf konzentrieren, ihn zu ködern und hier und jetzt ein »Ja!« von ihm zubekommen.

»Was hältst du von einem … Standortwechsel?«, fragte sie, und ihr Zeigefinger wanderte von seinen Brustwarzen zu seinem Nabel.

»Ich bin für alles offen.«

»Angebissen!«, dachte Sabrina.

»Hast du Pläne?«, legte er noch nach.

»Vielleicht.« Sie legte abermals ein Lächeln in ihre Worte. »Aber dazu müsstest du mir erst mal dein Geheimnis preisgeben.«

»Welches Geheimnis?«

»Na ja«, lockte sie, »wir haben überhaupt noch nicht über deinen Rückflug gesprochen. Ich weiß bisher nicht einmal, mit welcher Maschine du heute wieder in Palma gelandet bist.«

Jetzt war es Tom, der sich aufrichtete.

»Weshalb war es mir so klar«, grinste er, »dass meine liebe *Miss Neugier* einfach immer alles wissen muss?«

Sabrina fühlte sich ertappt.

»Ich erinnere dich nur an deine vielen Fragen, als ich aufgebrochen bin. Du hast dir zwar Mühe gegeben, deine Neugier zu vertuschen, aber gelungen ist dir das nicht. Und jetzt platzt du wieder, weil du etwas nicht weißt.«

Er tippte ihr mit seinem Zeigefinger an die Nasenspitze, eine Geste, von der er wusste, dass Sabrina sie auf den Tod nicht ausstehen konnte.

Doch dieses Mal ließ sie sich weder provozieren, noch drehte sie ihre Nase weg.

»Du irrst dich, mein Traumpilot«, hauchte sie. »Es interessiert mich überhaupt nicht, wie du hierher zurückgekommen bist, solange du nur irgendeine Maschine hast, mit der wir von hier wegkommen.«

»Die habe ich. Und du meinst das ernst mit diesem Standortwechsel?«

»Allerdings.« Sie ließ es wie Protest klingen. Er musste spüren, dass er ihre Idee nicht für einen Witz halten sollte.

»Was hältst du denn von einem hübschen Hotspot in Europa?«

Tom schaute sie an und schien nicht zu wissen, ob sie eine Antwort von ihm erwartete. Als sie ihn nur auffordernd ansah, meinte er schließlich: »Ibiza? Oder Kroatien?«

Sabrina gab sich Mühe, ihn ihre Überraschung nicht merken zu lassen. Sie wusste, dass er als Pilot weit herumgekommen war und sicher viele Länder kannte, doch dass er beim Thema »Hotspot« neben Ibiza ausgerechnet Kroatien nannte und nicht die Côte d'Azur oder Monte Carlo, sprach durchaus für Insiderwissen.

»Er kennt sich besser aus, als du glaubst«, dachte sie und sagte laut: »Ich wäre für Kroatien. Istrien wäre schön. Mega hip!«

Der Köder hing an der Angel.

»Los, beiß an!«, bat sie im Geheimen.

Tom stieg tatsächlich darauf ein. »Istrien? Ehrlich? Zum Feiern?« Er grinste sie an und überraschte sie erneut: »Beachclub oder Kochen?«

Diesmal war Sabrina spontan genug, und ihre Antwort kam wie aus der Pistole geschossen: »Beides!«

»Auf die Kombination bin ich gespannt«, hakte er nach, um sie, noch bevor sie reagieren konnte, mit nur einem einzigen Wort doch noch zu verwirren: »Trüffel für die Sterneköchin?«

Das saß! Konnte er es wissen?

»Nein!«, sagte sie sich und schwieg nur für eine Sekunde perplex, um dann in möglichst unbedarftem Ton das zu fragen, was sie an dieser Antwort wirklich wissen musste: »Wie kommst du darauf?«

»Nun …«, dehnte Tom, »ich denke mal, Ćevapčići sind nicht so ganz deine Liga, Frau Sterneköchin!«

Sabrina atmete auf. Keine Reuse, keine Falle, kein Fangnetz für sie.

»Läuft«, dachte sie, dennoch verwundert, wie schnell das Wort »Trüffel« aus seinem Mund gekommen war.

Noch hing er nicht so sicher an der Angel, dass sie ihren Fang einholen konnte. Und noch lange nicht lag der Fisch auf dem Grill. Sie musste sichergehen, dass er ihr nicht entkam, und formulierte langsam und jedes Wort betonend: »Trüffel in Kroatien klingt in der Tat spannend. Vorausgesetzt, dass ich deine Pläne, die du mir ja nicht verraten möchtest, nicht durchkreuze.«

Wieder tippte sein Zeigefinger auf ihr Näschen, und sie nahm die verhasste Geste innerlich schnaubend ein weiteres Mal hin.

»Kroatien ist toll«, betonte er, ohne auf ihre spitze Bemerkung einzugehen.

»Und warum bist du dann nicht mit deiner Katja dort?«, brodelte es in ihrem Innern.

»Frag ihn trotzdem!«, forderte sie sich auf und holte Luft. Ihre Gedankenwelt explodierte in ihrem Kopf: »Alles auf eine Karte! Jetzt oder nie! Er hat doch angebissen! Jetzt kommt es nur noch darauf an, ob ihm der Köder Sabrina gut genug schmeckt oder ihn doch die Made Katja mehr lockt!«

»Hast du denn Zeit?«, fragte sie.

»Ich nehm sie mir!«

Sabrina wunderte sich einmal mehr über seine Spontanität.

»Er hat wirklich Zeit? Für mich?«

Sie war sich nicht darüber im Klaren, ob sie tatsächlich Freude darüber zulassen sollte. Tom schien ihr Nachdenken nicht zu irritieren, denn er setzte sogar noch eins drauf: »Wann soll's losgehen?«

Verdammt! Er ging voll auf sie ein! In Sabrina regte sich Missbehagen.

»Das läuft zu einfach«, grummelte sie und hoffte, den Haken an der Sache, falls es irgendwo einen gab, zu finden, bevor sie selber daran zappelte.

»Ich muss da noch etwas klären«, meinte sie abschließend und griff nach dem Autoschlüssel auf dem Nachttisch.

»Und ich jemanden anrufen«, erklärte Tom und machte ebenfalls Anstalten, das Bett zu verlassen.

»Wen?«, wollte sie schon fragen, doch stattdessen sagte sie: »Ich brauche jetzt einen Gin Tonic!«

*

Während Isabel auf der Terrasse von Schloss Eberstein saß und den letzten Schluck Grauburgunder trank, kamen ihr die Trüffeln in den Sinn.

»Ein kleines Abenteuer?« Hatte Franz Berlin das nicht so gesagt? Kam das nicht zur rechten Zeit?

»Das ist doch jetzt genau dein Ding!«, versuchte sie sich abzulenken und bestellte sich ein weiteres Achtel.

Sie nahm einen Schluck und genoss die Kühle, die ihr über die Kehle rann, und die rassige Säure, die den Wein mit seinen deutlichen Burgundernoten zu einem Gaumenschmeichler machte.

»Auf die kleinen Abenteuer!«, prostete sie sich zu. »Und ganz sicher nicht auf den Großen Löwen!«

Dabei hatte sie sich heimlich gewünscht, dass Carsten den *Conradshof* als einen »Place to be« für sich entdecken und sich entscheiden würde, bei ihr zu bleiben.

»So viel dazu!«, sagte sie sich. »Jetzt kannst du die 15000 Dollar, die du aus Südafrika mitgebracht hast, wirklich als Anzahlung für einen guten Innenarchitekten verwenden und musst dich nicht mehr mit Tagträumen zufriedengeben.«

Wie hatte Carsten noch gesagt: »Du hast mit deinen Ideen schon das Maximum aus dem *Conradshof* herausgeholt.«

Das hätte vielleicht ein Kompliment sein sollen, versuchte sie sich diese Aussage schönzureden. In der Tat durfte in ihren Augen der *Conradshof* bei aller Tradition den Anschluss an die moderne Zeit nicht verpassen, und sie hatte sich darauf gefreut, von Carsten dabei unterstützt zu werden.

Sie hatte ihr Konzept auch kulinarisch umgesetzt und ihm schon am ersten gemeinsamen Abend im *Conradshof* stolz ihren *Schwarzwaldburger mit Pflaumen-Ketchup und Rote-Beete-Mayonnaise* in leuchtendem Pink im neuen Hotelbistro serviert, über dem jetzt das Schild *Schwarzwald in style* hing.

»Ich hab das alles in genau einer Woche Arbeit umgesetzt«, hatte sie ihm erzählt und gehofft, mit ihrer handwerklichen Begabung und ihrem Verständnis für zeitgemäße Einrichtung seine Anerkennung zu gewinnen.

»Du hast einen ganz eigenen Stil« war alles, was er dazu gesagt hatte. Dabei war aus der düsteren, alten Bauernstube ein stylisches Bistro mit einer hellen, weiß getünchten Holzvertäfelung und sanfter Beleuchtung geworden. Isabels Traum vom *Conradshof – in style* war in greifbare Nähe gerückt.

»Ich wüsste nicht, wie ich dir hier noch helfen sollte«, hatte Carsten geantwortet und sie ohne Umschweife über seinen geplanten Ortswechsel informiert.

»Adieu, Großer Löwe!«, sagte Isabel leise zu sich selbst, und wieder kam *Der Kleine Prinz* ihren Gedanken zu Hilfe: *Was vergangen ist, ist vergangen, und du weißt nicht, was die Zukunft dir bringen mag. Aber das Hier und Jetzt, das gehört dir …*

Sie entschied sich, die Vision »Carsten Schechinger« als Intermezzo zu sehen und ab sofort der Vergangenheit zu überantworten. Sie hielt ihr Smartphone in der Hand und überlegte einen Moment, seine Kontaktdaten zu löschen.

Befreit blickte sie hinunter auf die Murg, und ein Lächeln umspielte ihre Lippen.

»Das Hier und Jetzt gehört mir. *Kleiner Prinz*, ich komme!«

*

Die beiden Freundinnen saßen unter einem der großen weißen Sonnenschirme auf der weitläufigen Terrasse des *Castillo Hotel Son Vida* und blickten über die Pinien auf die Bucht von Palma. Belinda nippte an ihrem Cappuccino, während Sabrina gedankenverloren mit dem Röhrchen das Eis in ihrem Gin Tonic aufzuspießen versuchte.

»Hör zu«, begann sie, »mein Plan ist es, mit Tom dorthin zu fliegen, allerdings ohne ihm zu viel zu verraten. Ich weiß diesmal mehr über ihn als er über mich, und das werde ich mir zunutze machen.«

Belindas Stirnrunzeln war zunächst der einzige Kommentar, und Sabrina fuhr fort:

»Ich habe ihn wirklich nur über das Notwendigste informiert, aber ihn sonst im Ungewissen gelassen. Er hat sogar selbst Kroatien vorgeschlagen und weiß nicht, dass er mir damit voll in die Falle geht. Diesmal werde nicht ich die Verliererin sein, das schwöre ich dir! Du wirst dich an meine Worte erinnern, meine Liebe!«

»Und du bist dir sicher, dass das gut geht?«, zweifelte Belinda. »Verdammt, Sabrina!« Belinda schien ihre Geduld verloren zu haben. »Schick ihn in die Wüste, oder zu seiner Katja, oder als Hyänenfutter zurück nach Afrika! Der Kerl ist es nicht wert, dass du das Risiko eingehst, ihn weiterhin an deiner Seite zu haben.«

Als Sabrina kopfschüttelnd schwieg, fragte Belinda ungläubig und mit einem Ton von Unverständnis in der Stimme:

»Du hast also wirklich vor, das durchzuziehen?«

Sabrina hatte gewusst, dass sie mit ihrem Vorhaben und den Waffen einer Frau, die sie hier gnadenlos einsetzen und ausnutzen wollte, nirgends auf Verständnis stoßen würde. Schon gar nicht bei anderen Frauen, und strenggenommen auch nicht bei sich selbst.

»Ich meine, Tom hat dich ja wohl nicht nur betrogen, sondern dich auch über die ganze Zeit hinweg komplett getäuscht«, legte Belinda entrüstet nach.

Es glich in der Tat einem ungeschriebenen Gesetz, einem Kerl nach solch einer Enttarnung den Laufpass zu geben. Belinda hatte da sogar noch mehr zu bieten:

»Als mir mein Ex – und da war er schon mein Ex – mit der anderen über den Weg lief, habe ich auf geschätzten zwei Metern Länge einen Lackschaden von mindestens 2000 Euro angerichtet! Deine Nerven und deinen Mut will ich haben, Sabrina.«

Sabrina ließ sich durch Belindas Worte nicht irritieren. Ihr Selbstbewusstsein, das sie zu ihrer eigenen Erleichterung noch nicht verloren hatte, gab ihr das Gefühl, auch gegen diesen Grundsatz richtig zu handeln, und sie fuhr entschlossen fort:

»Das hat wenig mit Nerven und Mut zu tun. Ich weiß, das klingt jetzt vielleicht blöd, aber ich will einfach wissen, ob ich zu doof und auch zu naiv war, einem gut aussehenden Buschpiloten auf den Leim zu gehen, oder was wirklich dahintersteckt. Sonst kann ich diese Geschichte nicht abschließen, ich kenne mich!«

Sie hatte sich in Rage geredet und fuhr fort: »Das ist deine Art von Rache, Belinda. Ein Lackschaden. Mir reicht das nicht!« Sie holte Luft und ließ ihrem Frust freien Lauf: »Und ich schwöre dir, unter einem Totalschaden mach ich das nicht! Wenn ich diese Katja in die Finger bekomme, will er sich mit dem, was ich von ihr übriglasse, nicht mehr im Hotel treffen.«

II

TRÜFFELJAGD

Das monotone Dröhnen der Piper Seneca V ließ Sabrina in einen Dämmerschlaf driften, aus dem sie immer wieder erwachte, um ihren Blick über die unendliche Weite des Mittelmeers gleiten zu lassen.

»Wie weit haben wir noch?«, fragte sie den Piloten an ihrer Seite.

Tom hatte das Kopfsprechgeschirr nach den letzten Funksprüchen ins Genick geschoben und sich relaxt zurückgelehnt. Jetzt deutete er auf die Anzeige des künstlichen Horizonts und der Fluggeschwindigkeit und meinte:

»Etwas mehr als eine Stunde. Da vorne im Dunst liegt die Küste Istriens.«

»Wir schaffen das ohne Tankstopp?«, fragte sie und presste die Augen zusammen, um in der Helligkeit besser sehen zu können. Tatsächlich bemerkte sie in der Ferne einen grauen Streifen, der sich wie ein schmales Band zwischen das grelle Blau der Wasserfläche und den gleißenden Horizont schob.

»Wir hätten in Venedig zwischenlanden können, aber die gute alte Piper schafft das spielend.«

Sie hatten das nördliche Kap von Korsika gestreift und Florenz und Rimini überflogen, bevor sie erneut auf das Meer hinausgeglitten waren.

Vom Platz des Co-Piloten aus hatte Sabrina Toms Profil im Blick und erkannte unter seiner Sonnenbrille die kleinen Fältchen, die sie so attraktiv fand. Die Wärme im sonnenbeschienenen Cockpit und die Sicherheit, die der Mann am Multifunktionsdisplay ausstrahlte, ließen sie entspannen, und sie genoss die leichte Berührung von Toms Hand auf ihrem Oberschenkel.

Wie schnell, ja überstürzt waren sie von Mallorca aufgebrochen? Tom hatte sie wieder einmal in Erstaunen versetzt, als er mit keinem Wort Widerspruch eingelegt und noch innerhalb kürzester Zeit die Landeerlaubnis in Slowenien beantragt hatte. Auch die Herkunft seiner Maschine hatte er ihr verschwiegen. Wortlos hatte sie registriert, dass er als Zielflughafen Portorož erwähnt hatte, ohne vorher mit ihr darüber gesprochen zu haben.

Für Sabrina ein eindeutiges Zeichen, dass er sich in Istrien auskannte und offensichtlich wusste, dass das slowenische Portorož der beste Landeplatz für eine Reise ins Land der Trüffeln im benachbarten Kroatien war. Sie hatte das immer wieder in ihr aufkeimende Misstrauen unterdrückt und noch einmal mit Belinda telefoniert, nachdem Tom ihr von seiner Startgenehmigung in Palma berichtet hatte.

»Ich halte dich auf dem Laufenden!«, hatte sie ihr versprochen, doch die Freundin hatte sie nur ungern von der Baleareninsel ziehen lassen.

»Ich mag den Gedanken nicht, dass du allein mit ihm nach Istrien fliegst.«

»Ich verspreche dir, ich geh kein Risiko ein, und wenn, dann erfährst du rechtzeitig davon.«

»Ganz ehrlich, ich hab Angst um dich!«

»Ich weiß, aber ich bin groß genug, um auf mich aufzupassen. Ich lass dich wissen, wo ich bin.«

Jetzt saß Sabrina in sich gekehrt auf dem Co-Pilotensitz und versuchte, Ordnung in ihre Gedanken und Gefühle zu bringen.

»Freust du dich?«, fragte Tom aufmunternd und registrierte dabei ihren besorgten Gesichtsausdruck.

»Ja«, kam es tonlos und ohne wirkliche Freude in ihrer Stimme.

»Du wirkst angespannt«, stellte er fest. »Sollte ich etwas wissen? Oder kann ich dir was Gutes tun?«

»Ich warte auf den Getränkeservice.« Sie versuchte zu lächeln.

»Es müsste alles da sein. Den Bordservice müsstest allerdings du übernehmen«, meinte Tom. »Wonach ist dir denn?«

»Champagner«, sagte sie, ohne viel zu überlegen, mehr aus Spaß denn im Ernst. Tom kannte ihre Vorliebe für Gin Tonic und Chardonnay, und doch schien er ihr zu glauben:

»Klar, nur das Beste für die Sterneköchin auf dem Weg ins Land der kulinarischen Diamanten.«

Er spielte eindeutig auf die Trüffeln an.

»Schon zum zweiten Mal bringt er Kroatien mit Trüffeln in Verbindung, ohne deine wahren Pläne zu kennen«, durchfuhr es sie.

»Echt standesgemäß«, unterbrach er ihre Überlegung. »Eine Galley wie in einer großen Maschine haben wir nicht, aber der Champagner ist hinten im Kühlschrank.«

Schon einmal war es ein Getränk gewesen, das ihr ein Fragezeichen ins Gesicht gezaubert hatte, damals auf ihrem ersten gemeinsamen Flug mit Tom.

»Nachdem Sie den kompletten Getränkeservice verschlafen haben, dachte ich, Sie haben vielleicht Durst?«, hatte er damals lächelnd, mit zwei gefüllten Gläsern in seinen Händen, zu ihr gesagt. »Und Sie mögen Gin Tonic«, hatte er behauptet. Sabrina hatte sich gefragt, woher er ihre Vorliebe kannte und ob er sie schon zuvor in der Premier Lounge beobachtet hatte.

Jetzt blickte sie zwischen den beiden Pilotensitzen ins Heck, wo sich die vier bequemen, cremefarbigen Ledergarnituren für die Passagiere gegenüberstanden, und erspähte den im selben Farbton gehaltenen und mit einer Mahagonitür verzierten Kühlschrank. Sie löste den Sicherheitsgurt und kletterte nach hinten.

Leicht ließ sich die rotbraun schimmernde Tür des edlen Kühlschranks öffnen, und sie entdeckte eine Flasche *Special Cuvée Impérial Brut*. Sie kannte den herausragenden Franzosen und wusste, dass er Trauben aus den Rebsorten Chardonnay, Pinot Noir und Pinot Mineur enthielt, so ganz nach ihrem Geschmack. In der Bar des Restaurants, in dem sie in St. Tropez gekocht hatte, war die Flasche für locker 250 Euro über die Theke gegangen.

Sabrina nahm die Flasche heraus und erkannte auf den ersten Blick, dass sie offen und der wertvolle Champagner somit angebrochen war. Urplötzlich kehrte das Misstrauen gegenüber Tom zurück.

»Wo hat es Champagnergläser?«, fragte sie.

»Keine Ahnung.«

Die Antwort überraschte sie, und Sabrina dachte nach. Der Kühlschrank war gut gefüllt, doch es gab nur diesen einen offenen, angebrochenen Champagner.

»Sag bloß, du servierst hier den feinsten französischen *Impérial Brut* ohne Gläser?«

»Ich trinke nur Champagner, wenn es sich nicht vermeiden lässt«, gab er zur Antwort.

Sabrina horchte erneut auf. Wenn nicht Tom, wer hatte dann den edlen Tropfen getrunken?

Laut protestierte sie: »Ich kann doch Champagner nicht aus der Flasche trinken!«

»Wie – nicht aus der Flasche?«, versuchte er zu feixen.

Sabrina, in deren Kopf sämtliche gemeinsamen Flugszenen mit Tom Rock'n'Roll tanzten, wusste plötzlich, was sie zu tun hatte: Sie musste unter allen Umständen an ein Glas gelangen, um diesem geöffneten Champagner, den offensichtlich nicht Tom getrunken hatte, auf die Spur zu kommen.

»Champagner – und dazu ein Tropfen dieser Güteklasse – aus der Flasche zu trinken ist für eine Sterneköchin auf dem Weg ins Land der kulinarischen Diamanten auf keinen Fall standesgemäß«, zitierte sie ihn fast wörtlich. »Außerdem, wer einen Coffee to go im Becher ablehnt, trinkt auch keinen Champagner ohne Champagnerglas!«, rechtfertigte sie ihren Wunsch.

Doch in Wirklichkeit hatte ihre Suche nach einem Glas einen anderen Grund: Wenn sie aus der Flasche trank, konnte sie unmöglich erkennen, ob der Champagner perlte. Nur im Glas war das Perlen des Schaumweins zu erkennen und somit in Erfahrung zu bringen, wie lange er schon geöffnet war. Nach zwei Tagen würde er nicht mehr genügend Kraft haben, um zu perlen.

Sabrina sah sich in den wenigen kleinen Schränken um, stieß schließlich auf ein Glas, das als Sektkelch durchgehen konnte, und goss schwungvoll ein.

Die aufsteigenden Perlen im Glas ließen sie förmlich erstarren. Es war nach eigener Aussage nicht Tom, der hier in den vergangenen ein bis zwei Tagen Champagner getrunken hatte. Aber wer dann? Und wo? Wohl kaum in Palma! Höchstens vor ein bis zwei Tagen?

»In Baden-Baden!«, durchfuhr es Sabrina, und nur ein Name tauchte in ihr auf: »Katja!«

Wortlos leerte sie den wertvollen Champagner aus dem Glas in den kleinen Ausguss des Refreshment-Centers und stellte die Flasche zähneknirschend wieder an ihren Platz im Kühlschrank zurück.

*

Isabel genoss den Anblick der sandfarbenen Außenfassade mit ihren aufgemalten Fenstern im Herzen der Altstadt von Baden-Baden, und ihr Blick wanderte zwanzig Meter hinauf zu dem Gemälde unter dem hohen Giebel, von wo in leuchtenden Farben die blonde Figur des *Kleinen Prinzen* zwischen gemalten Sternen und Planetenschatten von seinem kleinen Asteroiden grüßte.

Mit Liebe zum Detail und vielen wundervollen Gemälden zu Motiven aus der Geschichte von Antoine de Saint-Exupéry hatten sich die Eltern des Hoteliers Andreas Rademacher in den Achtzigerjahren einen Traum erfüllt und aus der alten Stadtvilla ein Haus mit ganz besonderem Flair geschaffen. Isabel hatte die Familiengeschichte beeindruckt, und sie wusste, dass der Vater des Hoteliers einer der Direktoren im legendären New Yorker Luxushotel *Waldorf Astoria* gewesen war. Die Lieblingslektüre der Familie gab dem Hotel seinen Namen, und zahlreiche Illustrationen und Zitate des Piloten und Schriftstellers prägten nicht nur die Räume, Zimmer und Suiten des Hauses, sondern auch die französisch-regionale Küche im Gourmetrestaurant.

»Du irrst durch den Schwarzwald wie einst Saint-Exupéry nach seiner Notlandung in der ägyptischen Wüste«, dachte Isabel, als sie über das stilvolle, elegante Treppenhaus die klassische kleine Rezeption mit ihrem Tresen und dem historischen Schlüsselkasten betrat. »Hoffentlich benötigst du nicht so lange wie er.« Fünf Tage war der Pilot durch die Wüste marschiert, bevor er gerettet worden war. »Und hoffentlich findet deine Reise ein besseres Ende.« Sie bekam einmal mehr eine Gänsehaut, als ihr das Ende des Schriftstellers durch den Kopf ging. 1944 hatte er seinen letzten Aufklärungsflug angetreten und galt seitdem als verschollen. Sechzig Jahre nach seinem Verschwinden fand man sein Silberarmband und Wrackteile seiner Maschine in der Nähe der Île de Riou im Mittelmeer.

»Wo finden sie deine Überreste, Isabel Conrad?«, fragte sie sich düster, während sie an der Rezeption wartete. »Bist du nicht auch auf einem Aufklärungsflug mit ungewissem Ausgang unterwegs?«

Ihr Blick glitt zu einem der Bilder aus dem *Kleinen Prinzen*, die auch im Treppenhaus hingen.

»Quatsch!«, schalt sie sich. »Du bist im Schwarzwald, in einer der schönsten Regionen Deutschlands unterwegs, auf der Suche nach einer kulinarischen Kostbarkeit, und bist gerade dabei, deinen Schlüssel für ein nostalgisches Zimmer in einem der besten privat geführten Romantik-Hotels abzuholen. Du bist ein Glückskind!«

Der Mann im eleganten dunklen Anzug mit passender violetter Krawatte, der jetzt aus der Tür hinter der Rezeption trat und sie mit einem freundlichen Lächeln begrüßte, verscheuchte ihre düsteren Gedanken.

Rasch hatte der Hotelier sie erkannt, und ein lockeres Gespräch entwickelte sich, in dessen Verlauf Isabel zielgerichtet auf den Grund ihres Besuchs zu sprechen kam.

»Ich habe schon einen Blick auf die ausgehängte Speisekarte geworfen«, sagte sie, »und erfreut festgestellt, dass Sie Trüffeln im Angebot haben.«

»Ja, vor allem unsere *Trüffelsauce mit Cognac und brauner Demi Glace* kann ich wirklich sehr empfehlen.«

»Gibt es denn bitte noch einen freien Tisch im Innenhof?«

Sie liebte die Atmosphäre des idyllischen Freisitzes mit seinen gemütlichen Sitzgruppen.

»Für eine Person?«

»Ja, leider«, wollte sie schon sagen, doch dann nickte sie nur.

»Und falls es möglich wäre«, fügte sie noch an, »hätten Sie vielleicht nach Feierabend noch eine Minute für mich?«

»Gerne«, antwortete Andreas Rademacher, und sie verabredeten Zeit und Ort.

Eine knappe Stunde später saß Isabel unter einem der bordeauxroten Sonnenschirme in einem bequemen lichtgrauen Korbsessel und genoss einen spätsommerlichen Abend im Freien. Sie hatte sich für *Tournedo vom irischen Weiderind mit Entenleber in Trüffelsauce und Kartoffelgratin* entschieden und gönnte sich dazu einen Wein auf Empfehlung des Kellners.

Mit einem Glas Gin Tonic machte sie sich nach Einbruch der Dunkelheit auf den Weg in die stilvolle Kaminlounge *Bel Etage*, wo der Hotelier auf sie wartete.

Isabel hatte sich entschlossen, im Gegensatz zu ihrem Gespräch mit dem geschassten Sternekoch Frieder hier keine Märchenstunde abzuhalten und die Geschichte vom geplanten Trüffelmenü als Vorwand für ihren Besuch zu benutzen. Sie versprach sich mehr davon, dem seriösen Hotelier von Beginn an reinen Wein einzuschenken.

»Ich bin in einer etwas heiklen Mission unterwegs«, begann sie. »Bei uns in der Gegend ist eine wertvolle Weiße Trüffel aufgetaucht, wurde zum Kauf angeboten und verschwand ebenso plötzlich wieder. Ich mag es nicht, wenn mit hochwertiger Ware Schindluder getrieben wird und man kulinarische Köstlichkeiten auf dem Schwarzmarkt verhökert wie Drogen oder gepanschten Alkohol. Haben Sie eine Idee, wo ich zu dem Thema etwas finden könnte?«

Rademacher lehnte sich zurück und nickte bedächtig.

»Es gibt verschiedene Trüffeln, je nach Jahreszeit, aber das muss ich Ihnen nicht erzählen. Wenn es eine Weiße Piemont oder Alba ist, würde ich mal im *Lichtentaler Hof* nachfragen.«

Isabel sah auf. Dieselbe Adresse hatte ihr auch Frieder genannt.

»Das habe ich auch schon gehört. Ich treffe mich morgen Abend mit dem Restaurantbesitzer.«

»Aha«, sagte der Hotelier nur, und Isabel versuchte vergebens, eine Wertung herauszuhören. Sie war sich sicher, dass der Hausherr des *Kleinen Prinzen* nie über einen Kollegen negativ reden würde, und sparte sich daher die entsprechende Frage. Sie würde sich selbst ein Bild von diesem Graziano machen müssen.

»Haben Sie eine Idee, wo ich sonst noch Spuren finden oder Informationen bekommen könnte?«, fragte sie.

Der Hotelier zuckte die Schulter.

»Vielleicht versuchen Sie Ihr Glück in einer Trüffelplantage hier bei uns im Schwarzwald?«

»Ich habe im Netz schon recherchiert, aber es ist ziemlich unübersichtlich, was sich dort findet. Unten bei Freiburg, oder auch Richtung Bodensee.«

»Das wird daran liegen, dass die erste Ernte auf diesen Plantagen noch Jahre dauern wird.«

»Ich werde mal nach Freiburg fahren«, meinte Isabel resignierend. Irgendwie musste sie den Tag bis zu ihrem Termin bei Graziano sinnvoll gestalten.

»Warten Sie«, meinte der Hotelier jetzt. »Es gibt da eine gewerbliche Anlage in der Ortenau, das ist nicht weit von hier. Ich meine, in einem Seitental zwischen Höllisbach und Ödswald.«

*

Sabrina war aufgestanden, um den Tag mit einem ersten heißen Milchkaffee zu beginnen, und stand jetzt mit der dampfenden Tasse vor dem Fenster. Ihr Blick folgte den Linien der geschwungenen Hügel über die blau blühenden Rosmarinpolster und knorrigen Olivenbäume hinweg bis zum fernen Horizont, wo sich vor der silberweißen Fläche des Meeres einige Pinien erhoben und wie schwarze Speere in den blassen Himmel ragten.

Die Natursteine der kleinen, geschützten Terrasse leuchteten im sanften Licht der Morgensonne in einem milden Graubraun, im Innern des geschmackvoll eingerichteten Zimmers glitt ein magisches Schattenspiel aus sanften, geschwungenen Linien an den Wänden hinunter auf das breite, zerwühlte Bett. Sie drehte sich um und ließ es zu, dass ihre Augen den Anblick des nackten Körpers, der dort auf dem Bett lag, aufsogen.

Sie genoss den nussigen Geschmack des istrischen Kaffees und wusste nicht, was heißer in ihr brannte: die cremige Milchhaube auf ihrer Zunge oder die Erinnerung an die vergangene gemeinsame Nacht mit Tom.

Sie waren am Abend zuvor im slowenischen Portorož gelandet. Der kleine Flughafen lag an der Grenze zu Kroatien und grenzte direkt an die *Salinen von Sečovlje*. Nach knapp halbstündiger Fahrt Richtung Süden hatte Tom nur wenige Kilometer hinter dem Bergdorf Buje den Mietwagen auf einem geschotterten Parkplatz abgestellt, und sein Gesicht strahlte Freude aus.

»Wo sind wir hier?«, fragte Sabrina verwundert und blickte auf die Natursteinmauern einiger istrischer Häuser, die sich über die umliegenden Olivenbäume erhoben und auf sie wie ein aus dem Dornröschenschlaf erwecktes Gehöft wirkten.

»Dobrodošli u *San Canzian Village*«, erklang eine Stimme voll rauem Charme, und Sabrina blickte in ein Gesicht, das vor natürlicher Herzlichkeit zu strahlen schien. Die schwarz umrandete Sonnenbrille lässig in die von dunkelblonden Tönen durchzogenen Haare gesteckt, streckte ihr eine Frau ihre offenen Arme als Geste des Willkommens entgegen.

»Ich bin Francesca«, stellte sie sich vor, »und Sie müssen Sabrina sein.«

Dann glitt ihr Blick zu Tom, und Sabrina glaubte, in den grünen Augen der gut aussehenden Francesca ein seltsames Flackern zu erkennen.

»Kommt mit hinunter auf die Terrasse, ich lasse gleich einen Sparkling Wein für euch servieren.«

»Die scheint ja genau zu wissen, was Tom trinkt«, fiel Sabrina auf, und sie ließ es zu, dass sich die zugänglich wirkende Frau ganz unkompliziert bei ihr und Tom einhängte und sie über den schmalen Weg zum Restaurant führte.

Später, als sie ihr Zimmer mit dem kleinen Balkon bezogen hatten und Tom wieder einmal kurz verschwunden war, beugte sie sich über das rostrote Geländer, um in ihrem Gesicht ein paar Sonnenstrahlen einzufangen. Dabei entdeckte sie ihn vor dem Rezeptionsgebäude, in ein Gespräch mit Francesca vertieft. Die Gesten ihrer Unterhaltung erregten Sabrinas Aufmerksamkeit, und sie trat hinter den Vorhang des Fensters, um nicht gesehen zu werden.

War das mehr als natürliche Herzlichkeit in den Augen der blonden Frau? Woher hatte Sabrina das Gefühl, dass die beiden sich schon lange kannten? War es das herzliche Lachen in beiden Gesichtern, das mehr als eine gewisse Vertrautheit verriet?

Während des Fluges von Mallorca und auch auf der kurzen Fahrt hierher hatte Sabrina gehofft, doch noch Antworten auf ihre vielen offenen Fragen zu seiner Person und seiner Herkunft und, nicht zuletzt, zu Katja zu bekommen. Sie wusste zwar nicht, ob sie die Wahrheit wirklich ertragen würde, doch war sie fest entschlossen, sie herauszufinden, wenn es auch noch so schmerzen sollte. Sie gehörte nicht zu der Sorte Frau, die sich die Augen selbst zuhielt, um sich später einzureden, sie hätte nichts bemerkt. Als sie Tom jetzt mit dieser Francesca plaudern sah, schien es ihr, es würden eher neue Fragen auftauchen und weitere Ungereimtheiten hinzukommen.

*

Endlich wusste Isabel, wonach sie suchen musste, als sie an diesem Morgen über die Schwarzwaldhochstraße Richtung Freudenstadt fuhr, auf dem Weg zu einer der wenigen Trüffelplantagen, die es inzwischen auch im Schwarzwald gab.

Das unauffällige Holzschild mit der Aufschrift »Trüffelbaumschule« ließ sie auf die Bremse treten, und sie folgte einer Schotterstraße durch eine schmale Schlucht. Nach zwei Kilometern öffnete sich der Canyon nach einer Seite, und sie erreichte ein sonnenexponiertes Hochtal.

Linker Hand ragte die mächtige, glattgeschliffene Rotsandsteinwand, nur von wenigen Säulen unterbrochen, bis zum Waldrand hinauf, einzelne Öffnungen von unterschiedlichem Durchmesser schienen die Eingänge von Höhlen zu sein. Nach Südosten zu waren auf dem abfallenden Wiesenhang schmale, nur weniger als einen Meter hohe Laubbäume gepflanzt. Die Plantage machte auf sie den Eindruck eines Rebhangs, bei dem die Stöcke nur in größeren Abständen als in einem Wengert gesetzt waren.

Sie hatte gelesen, dass Frankreichs Anspruch als herausragendes Trüffelland Europas schon längst von Italien und Spanien infrage gestellt wurde, von Istrien ganz zu schweigen. Die jährlichen Erträge an wertvollen Périgordtrüffeln waren aussagekräftig genug. Ein weiteres Land mischte außerhalb Europas inzwischen kräftig im Trüffelbusiness mit: Australien, das offensichtlich die klimatischen Ansprüche der wertvollen Knolle wunderbar erfüllte.

»Um Motovun und Livade kümmert sich die Sterneköchin persönlich, ich kann aber leider nicht nach Alice Springs, Montélimar oder Soria reisen, um der Trüffelbande hier im Schwarzwald auf die Spur zu kommen«, hatte Isabel scherzend zu Sabrina gesagt.

»Egal«, dachte Isabel jetzt, »soll sie sich mit den istrischen Trüffelbanditen herumschlagen, Ödswald ist auch nicht schlecht«, und sie parkte ihren Fiat auf der abschüssigen Wiese neben einer kleinen Hütte, als auch schon ein Mann in grüner Arbeitshose und kariertem Flanellhemd, begleitet von zwei Hunden, heraustrat.

Sie erkannte einen Chihuahua und eine Rasse, die wie ein kurz geschorener, schmutzig weißer Pudelmischling mit brauner Schabracke und wuscheligem weißbraun geflecktem Kopf aussah.

»Kann man helfen?«, fragte der etwa 60-Jährige in nicht sehr freundlichem Ton. »Das ist Privatgrund und nicht öffentlich zugänglich, auch wenn wir es noch nicht eingezäunt haben.«

»Ich habe das Schild gelesen.« Isabel deutete auf den Weg zurück, den sie gefahren war, »und das hat mich neugierig gemacht.«

»Sind Sie an Trüffelbäumen interessiert?«, knurrte er, und seine Frage erweckte unterschwellig den Eindruck, dass er sehr wohl für ein Geschäft offen, aber nicht gewillt war, als Auskunftsbüro zu dienen.

Isabel zuckte die Schultern und wich einer Antwort aus.

»Schöne Rasse«, lobte sie und deutete auf den Braungescheckten.

»*Lagotto* …«

Mehr hörte sie nicht. Isabel setzte alles auf eine Karte, um den offensichtlich kurz angebundenen Plantagenbesitzer aus der Reserve zu locken.

»Italienischer Trüffelsuchhund«, gab sie zurück und betonte die beiden Worte so, dass sie wie eine Feststellung und nicht wie eine Frage klangen. Der Trick funktionierte.

»Sie kennen sich aus?«, klang es anerkennend.

Isabel nickte. Dabei hatte sie einmal mehr nur scharf kombiniert. Ein Hund der Rasse *Lagotto* musste aus Italien kommen, und dass ein Trüffelplantagenbesitzer keinen Kampfhund, sondern eine Spürnase hielt, lag auf der Hand.

»Wie heißt er?«

»Sie«, korrigierte er. »Cerca.«

»Und kann sie das auch?«

»Was?«

»Suchen! Trüffeln natürlich.«

»Cerca kann Trüffeln FINDEN! Verstecken Sie ein Holzstückchen oder einen Korken mit einem Tropfen Trüffelöl dran, und Sie werden staunen!«

Sie ging in die Knie, um den wuscheligen Hund, der neugierig auf sie zugesprungen war, zu streicheln. Wie schon so oft verschaffte sie sich über den Vierbeiner Zugang zum Zweibeiner, das funktionierte fast so gut, wie man mit Müttern auf dem Spielplatz über deren Kinder ins Gespräch kam.

»Soso. Du kannst also Trüffeln finden«, raunte sie, »das kann ja interessant werden.«

*

Das Frühstücksbuffet, das sie in dem kleinen Restaurant des *San Canzian Village* begrüßte, bot mehr als einen detailverliebten Streifzug durch die lokalen Spezialitäten Istriens. Auf dunkelbraunen Brettern verdeckten istrische Salami und verschiedene Käsesorten die geschwungene Maserung des Holzes, in kleinen Schälchen aus naturbelassenem Steingut warteten getrocknete Feigen, saftige Blutorangen und frische Honigmelonen, und im Hintergrund glänzte in roten und weißen Marmortönen der für die Region typische, über Monate gereifte und luftgetrocknete Hinterschinken.

Tom und Sabrina hatten sich für einen Zweiertisch an einer der beiden Fensterfronten entschieden, von wo aus Sabrina den Blick in den mediterranen Garten mit seinen Agaven und Orangenbäumchen gleiten lassen konnte, während ihre Gedanken wieder einmal Antworten auf die vielen offenen Fragen suchten und ihr Namen wie Katja und Francesca durch den Kopf galoppierten.

»You like truffels?«, unterbrach der smarte Kellner ihre Fantasien, »then take this«, und er zeigte in der Karte auf die Worte »Istrian ›fritaja‹ – scrambled eggs«.

Tom sah Sabrina an, und noch bevor sie antworten konnte, deuteten seine Mundwinkel ein verschmitztes Grinsen an.

»Rührei für die Trüffelagentin?« Er deutete mit zwei Fingern nach oben und nickte dem Kellner zu.

Sabrina gelang ein Lächeln.

»Falsch! Doppelagentin«, dachte sie. »Wenn du wüsstest, dass ich den Spieß inzwischen längst umgedreht habe …«

Eine Kellnerin mit rotblondem Pferdeschwanz, schwarzer Jeans und figurbetontem, enganliegendem Pullover mit V-Ausschnitt und dem Logo des Hotels auf der Brust brachte einen schmalen Teller mit Feigenmarmelade, Honig und Butter, die liebevoll mit drei Blättchen Majoran verziert war.

»Für Sie, Tom«, hauchte sie und stellte das kleine Tablett direkt vor ihm ab.

»Sind die Frauen Istriens immer so herzlich in deiner Gegenwart?«, zischte Sabrina.

Tom sah sie fragend an und konterte mit einer Antwort, die sie so nicht erwartet hatte:

»Du spielst auf Francesca an?« Er nippte an dem Cremeschaum, der auf dem frisch gepressten Orangensaft schwamm.

Sabrina fühlte sich ertappt und sah an ihm vorbei aus dem Fenster.

»Na gut. Francesca und ich …«, begann er und senkte die Stimme zu einem Flüstern, »kennen uns schon eine halbe Ewigkeit. Sie hat mich auf die Idee gebracht, uns hier einzuquartieren. Sie ist so etwas wie eine …«

Er zögerte, und Sabrina blickte ihn verstört an.

»Was kommt jetzt«, fragte sie sich. »Freundin?« Oder gab es ein anderes Wort für Toms offensichtlich immer zahlreicher werdenden Frauenbekanntschaften?

»Komplizin!«, ergänzte er, und Sabrina erstarrte.

*

Isabel tüftelte an der richtigen Strategie, den kurz angebundenen Plantagenbesitzer zum Sprechen zu bringen.

»Viel Arbeit, so eine Trüffelzucht?«

»Trüffelbaumschule«, verbesserte er und schwieg wieder.

»Und was macht man so, als Lehrer in einer Trüffelbaumschule?«

Jetzt schmunzelte der Mann sogar.

»Gleich hast du ihn«, hoffte Isabel.

»Ich kümmere mich um meine Schüler.«

»Und das sind in diesem Fall Trüffelbäume?«

»Qualitätstrüffelbäume«, verbesserte er erneut. »Nicht jeder kann hier unterrichtet werden.«

Er griff in seine Gesäßtasche und reichte Isabel einen kleinen Folder.

»Hier, ein paar Infos. Steht alles drin.«

»Aha. Und Sie sind …?«

»Achim Bäumler.«

»Na, der Name passt ja«, dachte sie. »… und von Beruf?«

»Ich bin Pilzwirt.«

Sie glaubte, sich verhört zu haben.

»Genau. Nicht Forstwirt und nicht Landwirt. Und Pilz mit ›z‹. Der mit dem ›s‹ steht hinterm Tresen.«

»Schau an, der kann ja sogar lustig«, fiel Isabel auf, und sie ließ ihren Blick über die Anlage gleiten.

»Jetzt mal im Ernst. Den Trüffelbaum als solchen gibt es nicht. Welche Arten verwenden Sie denn?«

»Hm. Betriebsgeheimnis«, kam es, jetzt wieder kurz angebunden.

»Okay«, sinnierte Isabel, »dann eben gleich mit der Tür ins Haus!«

»Aber kann ich über Sie Trüffeln für das nächste Trüffelmenü in meinem Gourmetrestaurant beziehen?«

»Natürlich«, kam es wie aus der Pistole geschossen, und er schien das große Geschäft zu wittern. »Wir können Ihnen hochwertige, frische Trüffeln anbieten. Welche Menge schwebt Ihnen denn vor?«

»Hm«, imitierte sie ihn jetzt, »Betriebsgeheimnis. Ich könnte es zunächst auch mit Sammeln versuchen.«

»Das ist bei uns in Deutschland verboten!«

»Ach. Und wenn mein Trüffelsuchdackel einen ausgräbt?«

»Kostet Sie das locker mal 10 000 Euro Strafe. Trüffelpilze der Gattung Tuber stehen auf der Roten Liste.«

»Aha. Das heißt, die einzige Möglichkeit, in Deutschland legal an Trüffeln zu kommen, ist über eine Firma wie Ihre? Oder selbst zu züchten?«

»Trüffeln kann man nicht züchten. Trüffelanbau ist ein Kapitel für sich, und man muss die Ökologie und das Fortpflanzungsverhalten der Pilze genau kennen.«

»Aha. Klingt spannend und aufwendig«, meinte sie. »Nichts für Anfänger, oder?«

»Vor allem nicht, wenn Sie es eilig haben. Acht bis zehn Jahre Geduld brauchen Sie schon. Bei uns können Sie Bäume kaufen, deren Wurzel mit dem Myzel von Burgundertrüffeln geimpft worden ist. Aber jetzt mal im Ernst«, wechselte Bäumler das Thema, »sind Sie wirklich an frischen Trüffeln für Ihr Gourmetrestaurant interessiert?«

Isabel nickte. »Allerdings kenne ich die Herkunft gerne. Daher auch meine Frage nach den Baumarten.«

»In Europa sind es eine Reihe von Eichen-, Linden- und Haselarten, die als Trüffelbäume gelten, aber auch Schwarzerle und Edelkastanie. Hier im Schwarzwald hat es auch schon Nachweise von Weißtanne und Fichte als Wirtsbäume gegeben.«

»Schwarzerle für die Schwarze und Weißtanne für die Weiße Trüffel«, versuchte Isabel einen Scherz.

»Wie kommen Sie auf Weiße Trüffel? Die können Sie nicht bezahlen!«

Isabel schwieg. Zu spät kam ihr die Erkenntnis, dass es unvorsichtig war, diesem Fremden gegenüber die Weiße Trüffel zu erwähnen.

Bäumlers Gesicht zuckte nervös, er griff in die Hosentasche und hielt plötzlich sein Smartphone in der Hand.

»Ich muss mal rasch telefonieren!«, erklärte er, wandte sich ab und drehte ihr demonstrativ den Rücken zu.

»Ciao, amico mio, come stai?«, hörte sie ihn zu ihrer Verwunderung Italienisch sprechen, dann sprach er so leise, dass sie bis auf ein lautes »Scusi?« nichts mehr verstand. Sein Tuscheln wurde immer geheimnisvoller. Sie registrierte, dass er immer wieder rasch zu ihr herübersah, fast wie um sicherzugehen, dass sie noch da war.

Nach fünf Minuten beendete er mit einem »Si, capito! Arrivederci!« das Gespräch.

Als Bäumler sich wieder Isabel zuwandte, hatte sich sein Gesichtsausdruck enorm verändert. Der bisher eher gleichgültige Blick war einem stechenden Fixieren gewichen, als wäre die vermeintliche Kundin plötzlich zur gefährlichen Konkurrentin mutiert. Seine Stimme, die bisher trotz einer gewissen Hektik und Ungeduld alle Fragen beantwortet und dabei zwar reserviert, aber nicht unfreundlich geklungen hatte, versprühte mit einem Mal Unsicherheit und Zurückhaltung, fast sogar etwas wie Misstrauen.

»Was wollen Sie wirklich?«, brummte er und kam ihr dabei fast bedrohlich nahe.

»Wie meinen Sie das?« Sein mit einem Mal argwöhnisches Verhalten irritierte sie.

»Sie schleichen sich auf meine Plantage wie eine Touristin und behaupten dann, aus dem Hotelfach zu sein«, setzte er in rüdem Ton fort, »tun so, als seien Sie an Trüffelbäumen interessiert, um dann plötzlich Trüffeln für ein Menü kaufen zu wollen. Was wollen Sie mit einer Weißen Trüffel?«

Isabels Gespür hatte sie nicht getrogen. Allein mit ihrer unüberlegten Bemerkung und dem Wort »Weiße Trüffel« hatte sie in ein Wespennest gestochen.

*

Die Palmen im Hof des Trüffelrestaurants verbreiteten mediterranes Flair. Sabrina und Tom hatten den Mietwagen, einen schwarzen Jeep Wrangler, auf dem geschotterten Parkplatz auf der gegenüberliegenden Straßenseite abgestellt.

Ein buckliges Männchen, das eine zweirädrigen, mit allerlei Krimskrams beladene Karre stadtauswärts schob, blieb stehen und betrachtete die beiden Fahrzeuginsassen, die jetzt ausgestiegen waren, mit unverhohlener Neugier.

Tom, der gerne mit Einheimischen Konversation pflegte, trat auf den Buckligen zu: »Restaurant ZIGANTE?«

Der Bucklige nickte und deutete zu dem Gebäude über die Straße.

»Da!«, sagte er einsilbig, was so viel wie »ja« bedeutete.

»Dobar?« – Gut?

»Da.«

Tom zog einen Zehn-Kuna-Schein aus der Tasche und reichte ihn dem Mann. Der nickte und steckte ihn wortlos ein.

»Kako se zoveš?«, fragte Tom. Sabrina wunderte sich, weshalb er die Sprache kannte, doch sie verzichtete aus taktischen Gründen, es zu hinterfragen. »Wie heißt du?«

»Stribor«, kam es undeutlich, dann zeigte der Alte ein verstohlenes Lächeln und zog mit seiner Karre weiter.

Hoch über dem Tal der Mirna erhoben sich Turm und Mauern der mittelalterlichen Burg Motovun und grüßten hinunter nach Livade.

Sabrina betrachtete die in sanften Beigetönen gehaltene Fassade des stilvollen zweigeschossigen, mit großen Blöcken aus den einheimischen Steinbrüchen eingefassten Stadthauses mit seinen hohen, geschlossenen Holzfensterläden.

»Hier sind wir richtig«, meinte Tom und deutete auf die Speisekarte, die am Pfeiler des Tors hing.

»*Cappeletti mit istrischem Rinderhack und Schwarzen Trüffeln*«, las er vor, »oder, speziell für die Sterneköchin: *Polenta Mare e Monti, mit wildem Spargel, adriatischen Shrimps und Schwarzen Trüffeln.*«

Sabrina strahlte. »Und als Dessert«, fuhr Tom fort: »*Gnocchi, gefüllt mit Trüffeln und weißer Schokolade.* Trüffeln satt, was meinst du?«

»Wo, wenn nicht hier? Du hast doch gelesen, was auf der Verkehrsinsel unter der riesigen Trüffelnachbildung aus Metall stand, als wir grade nach Livade hereingefahren sind: *World Truffle Center*!«

Sie betraten den Innenhof des Restaurants durch das Tor, über dem in kunstgeschmiedeten Lettern zwischen zwei Laternen und stilisierten Weinblättern der Schriftzug *RESTAURANT ZIGANTE tartufi ENOTEKA* prangte.

Sabrina fühlte ihr Herzklopfen, als ihr bewusst wurde, im Reich des legendären istrischen Trüffelkönigs Giancarlo Zigante angekommen zu sein. »Vor über zwanzig Jahren hatte dieser Mann in der Nähe von Buje mit seiner Hündin Diana die größte je gepflückte Trüffel der Welt gefunden«, erläuterte sie Tom, »eine 1,3 Kilogramm schwere Weiße Trüffel! Sie ist bis heute die ›Millennium-Trüffel‹ geblieben.«

Ehrfurchtsvoll sah sie sich um und erkundete mit ihren Blicken die überdachte Loggia, deren Zugang unter drei Bogentoren lag. Auf der Terrasse nebenan luden runde Tische und gemütliche Stühle zum Verweilen ein.

»Hier einen Kaffee?«, schlug Tom vor.

»Oder einen Wein«, meinte Sabrina.

»Was darf es sein?«, fragte eine Stimme in akzentfreiem Deutsch. Vor ihnen stand ein Kellner in perfekt sitzendem Anzug mit eleganter schwarzer Krawatte und wies auf die Terrasse. »Ein Platz für zwei?«

Tom nickte und schob Sabrina zu einem runden Zweiertisch.

»Wir würden gerne heute Abend bei Ihnen essen«, sagte er, und der Kellner nickte.

»Sehr gerne. Mein Name ist Jan. Herzlich willkommen im Restaurant ZIGANTE.«

»Vielen Dank. Stribor hat Sie uns wärmstens empfohlen«, versuchte Tom einen Scherz, der aber offensichtlich misslang. Stirnrunzelnd blickte Jan auf die Straße, wo der Bucklige mit seiner Karre gerade am Horizont verschwand.

»Hat er Sie belästigt?«, erkundigte er sich fürsorglich, und Tom nahm wahr, dass die Frage Sabrina galt. »Falls ja, bitte ich Sie, ihm das nachzusehen. Stribor ist ein seltsamer Kauz. Er ist noch nicht sehr lange in der Gegend, und man erzählt sich, er sei ein gestrandeter Seemann. Er hat sich kurze Zeit als Trüffeljäger versucht, doch er ist zu langsam für die Hunde.«

»Trüffeljäger?«, fragte Sabrina. »Klingt spannend. Was meinst du?«, wandte sie sich an Tom.

»Ich denke, wir sollten etwas zu trinken bestellen, meine Liebe.«

»Mir wäre nach einem schönen, trockenen *Malvasia Istriana*. Oder vielleicht erst mal ein Gin Tonic, hier im istrischen Sommer? Ich muss doch nicht mehr fahren, oder?«

Tom schwieg.

*

»Du – hier?«

Etwas anderes fiel Isabel nicht ein, als sie den schlanken, hochgewachsenen Mann erkannte. Sie hatte ihren Fiat im Schatten einer alten Linde auf dem Parkplatz des *Lichtentaler Hofs* abgestellt und das ansehnliche Gebäude durch eine offen stehende Seitentür betreten. Noch waren keine Gäste da, und neben einem weißen Kastenwagen hatte nur ein dunkelblauer A8 mit Firmenlogo dort gestanden.

Jetzt wurde ihr bewusst, dass sie zwar im Augenwinkel die Initialen *CS* registriert, diese aber nicht mit dem Mann in Verbindung gebracht hatte, dem sie jetzt fast in die Arme gelaufen war. Entweder hatte das Löschen des *Großen Löwen* von ihrer Festplatte perfekt funktioniert, oder sie war zu sehr auf die Begegnung mit dem italienischen Trüffelkoch konzentriert gewesen – nur so konnte sie es sich später erklären, den neuen Firmenwagen mit dem ihr wohlbekannten Logo übersehen und nicht sofort kehrtgemacht zu haben.

»Und du?«, fragte Carsten Schechinger ebenso überrascht, jedoch ohne den Verdruss, der in ihrer Stimme mitgeschwungen hatte. Es war ihr sofort klar geworden, dass der lukrative Auftrag, von dem er gesprochen hatte, den Innenarchitekten in den *Lichtentaler Hof* geführt hatte. Schon jetzt erkannte sie in der mediterranen Innenausstattung des Eingangsbereichs Carstens Handschrift und musste neidlos anerkennen, dass er zu Recht einen ausgezeichneten Ruf genoss.

»Ich habe ein Date mit Graziano Donati«, sagte sie mit einem leicht überheblichen Unterton. »Ist er hier?«

»Nein. Ich habe ihn noch nicht gesehen«, antwortete ihr Ex-Lover, und sie registrierte zufrieden seine hochgezogenen

Augenbrauen. War er am Ende eifersüchtig, weil sie sich mit dem Italiener traf, statt im *Conradshof* der verflossenen Liebschaft nachzutrauern? Schon wollte sie ihre »Ich-stehe-über-allem«-Strategie weiterverfolgen, als sie ein Geistesblitz davon abhielt.

»Noch weißt du nicht, wie dein Gespräch mit Graziano verlaufen wird«, überlegte sie. »Carsten ist in den nächsten Tagen ständig hier, spann ihn vor deinen Karren und mach ihn zum Komplizen!«

»Ein Date?«, hakte Carsten tatsächlich nach und verzog sein Gesicht. »Da bist du nicht die Einzige!«

»Läuft!«, dachte Isabel und sagte: »Na ja. Date ist vielleicht nicht der richtige Ausdruck. Ehrlich gesagt hätte ich andere Prioritäten. Ich brauche nur eine Auskunft von ihm.«

Carstens Gesichtsausdruck hellte sich auf. Der taktische Wink mit dem Zaunpfahl schien angekommen.

»Ein Küchen-Tipp?«

»So in der Art. Es geht um Trüffeln. Wertvolle Weiße Trüffeln. Aber das interessiert dich ja sicher nicht. Ich warte dann mal draußen.«

»Und falls doch?«

»Was?«

»Falls es mich doch interessiert?«

»Meinst du mich oder die Trüffeln?« Isabel kokettierte bewusst mit ihren Reizen.

»Würdest du es mir erzählen?«

»Heute Abend? Wie lange hast du Zeit?« Isabel lächelte ihn an und bemerkte, dass er unsicher wurde.

»Rück raus: Seid ihr mal wieder dabei, ein Weingut oder ein Hotel vor dem Ruin zu retten, du und deine beiden Freundinnen?«

Isabel zuckte die Schultern. »Kein Kommentar.«

»Du traust mir wohl nicht mehr?«

»Kein Kommentar.«

»Okay. Hab verstanden.« Sein Ton wurde neutral. »War nett, dich mal wieder getroffen zu haben.«

»Dito.« Kürzer ging es wohl kaum. Isabel wandte sich zur Tür.

»Das könnte funktionieren«, hoffte sie und atmete tief durch. »Jetzt noch einen Trumpf auspacken, und dann lass ihn stehen!«

Sie drehte sich noch einmal theatralisch um.

»Ach, Carsten?«

»Ja?« Sein Blick hellte sich auf, und er sah sie erwartungsvoll an.

»Der Große Löwe …« Sie lächelte und sah ihn aufreizend an. »Ich wohne im *Kleinen Prinzen* … und hab immer noch … dieselbe Handynummer …«

*

Der Tisch, den Jan für sie ausgesucht hatte, stand in einer seelenruhigen Nische des stimmungsvoll eingerichteten Restaurants, und Sabrina sog die beeindruckende, fast düstere Atmosphäre auf, als sie den Raum an der Seite Toms betrat. Nur eine Handvoll Laternen tauchten die hohe Mauer aus roh behauenen Natursteinen in ein mystisch wirkendes Licht. Ein schmales, weißes Tuch teilte den braunroten Edelholztisch in zwei Hälften, auf denen Weingläser und ein heller und ein schwarzer Salz- und Pfefferstreuer wie kleine Säulen in die Höhe ragten.

Nachdem sie Platz genommen hatten, trat Jan an den Tisch und reichte ihnen die Weinkarte. Kurz darauf saß Sabrina Tom mit einem Glas *Malvasia Istriana* gegenüber, und das Laternenlicht betonte seine markanten Gesichtszüge. Wieder einmal stellte sie fest, wie attraktiv dieser Mann war, und wusste nur zu gut, dass Frauen auf Typen wie ihn standen und es ein Leichtes für ihn wäre, sie alle zu bekommen. Die Regungen, die sie dabei in sich wahrnahm, schwankten einmal mehr zwischen Stolz, Misstrauen und Eifersucht.

Der Name *Katja* schob sich unvermittelt in ihre Gedanken, und sie fragte sich, ob sie nur mit einem gut aussehenden Frauenhelden reiste oder vielleicht doch mit einem Betrüger.

Sabrina war dankbar, dass genau jetzt, als ihre Fantasie ihr wieder einmal entglitt und sie noch immer unentschlossen in die reichhaltige Speisekarte starrte, Jan ihr leeres Glas registriert hatte und aufmerksam fragte:

»Er scheint Ihnen zu schmecken?«

Ihr fachliches Auge erkannte in seiner aufgeschlossenen Art, ihnen während des Nachgießens eine Empfehlung für die Vorspeise auszusprechen, höchste Professionalität. Sie folgte seinem Finger, der auf ihre Speisekarte deutete, und las: *»Kvarner Scampi auf Vulkanstein, mit Sesam-Cappuccino, mediterranem Rosmarin und frischen Schwarzen Trüffeln.«*

»Kvarner Scampi?«, hakte sie nach. »Die sind doch kaum noch zu bekommen?«

In der Tat schätzte die Sterneköchin diese spezielle Art des adriatischen Kaisergranats mit seiner hauchdünnen Kruste und der hellroten Färbung und wusste, dass die seltenen hummerähnlichen Krebse in der gehobenen Küche Istriens als Entree natürlich gegart mit wertvollem Buža- oder Istarska Bjelica-Olivenöl und einem Hauch Zitronensaft auf Toast gereicht wurden.

»Sie kennen sich aus?«, fragte Jan, und leichte Verwunderung schwang in seiner Frage mit.

Sabrina nickte und war sich in dem Moment bewusst, dass sie sich mit ihrem Fachwissen durchaus ein Stück weit geoutet hatte.

»Für uns als Restaurant, das eine andere kulinarische Kostbarkeit der Region in seinem Namen trägt, gehören sie – dank Mr. Zigantes guten Geschäftsverbindungen – als Delikatesse zu den absoluten Empfehlungen. Wissen Sie denn auch, wie man die schmackhaftesten Scampi der Welt noch nennt?«

»Die aus dem ›blauen Schlamm der Kvarner Bucht‹?«, fragte Sabrina, obwohl sie sicher war, die Antwort zu kennen.

»Richtig«, freute sich Jan. »Sollten Sie mal nach Opatija kommen, müssen Sie *Škampi na Buzaru* genießen. Man sagt, in diesem Gericht ruht mit dem aromatischen Duft der Kvarner Scampi die Mystik des Meeres.«

Nachdem sie sich für die heimischen Scampi entschieden hatten, platzierte Jan kurze Zeit später zwei grüne schimmernde Steinteller mit jeweils einer großen, neben einem goldbraunen Cracker drapierten Trüffel vor Sabrina und Tom. In der Mitte des Crackers glänzte ein Häubchen weiße Creme, die Trüffel lag in einem Bett gerösteter Brotkrumen.

»Nachdem Sie sich so gut auszukennen scheinen, bin ich gespannt, ob Sie herausfinden, was das ist«, forderte Jan sie heraus.

»Ich tippe auf einen Gruß aus der Küche?«, feixte Tom gut gelaunt und entlockte dem sonst angemessen zurückhaltenden Kellner dadurch ein lautes Lachen.

»Eine Trüffel? Zum Abbeißen?«, scherzte Tom weiter.

Währenddessen untersuchte Sabrina interessiert das schwarze Gebilde auf dem Teller.

»Ich würde mal sagen, das soll eine Trüffel symbolisieren. Sieht zumindest täuschend echt wie eine aus.«

Der Kellner zuckte die Schulter, offensichtlich zufrieden, weil sein Gast die richtige Spur verfolgte.

»Aber ich tippe auf eine raffiniert ummantelte Füllung – die ich natürlich nicht kenne, ohne es zu öffnen –, wahrscheinlich frittiert, und die Hülle sieht wie Kohle aus«, fuhr Sabrina fort.

Jetzt nickte Jan anerkennend.

»Man könnte meinen, Sie sind nicht nur vom Fach, sondern genau aus unserer Liga!«

Seine Freude, eine qualifizierte Kennerin der gehobenen Küche an seinem Tisch zu wissen, drückte sich in einem angedeuteten Grinsen aus.

»Wollen Sie mir verraten, wo Sie kochen?«

»Wenn Sie mir verraten, woher Sie wissen, dass ich koche?«

Sabrina, die – nach Gin Tonic am Nachmittag und Malvasia am Abend – inzwischen die Wirkung des Alkohols spürte, lachte und sah ihn mit einer leichten Grimasse und fragendem Blick an.

»Ganz einfach«, antwortete er. »Dieses Wissen hat weder eine Hobbyköchin noch ein Feinschmecker. Das ist schon hohe Kochkunst.«

»Ich fühle mich geehrt. Danke. Wann kann ich anfangen?«

Sabrina versuchte, ihrer Stimme die richtige Mischung aus Ernst und Heiterkeit zu geben. Im weiteren Verlauf des Abends hatte sie das Gefühl, als wäre dies der Moment gewesen, in dem Gast und Kellner eine Wellenlänge gefunden hatten. Natürlich wusste sie, dass das jetzt nur ein belangloses Geplänkel war, doch sollte er in ihrer Frage ruhig einen Hauch von Interesse entdecken.

»Anfangen? Mit Essen? Am besten gleich! Genießen Sie es, und wenn Sie richtig getippt haben, werde ich dem Küchenchef vorschlagen, dass Sie gleich morgen bei uns anfangen«, sagte er, stellte die Weinflasche ab und zog sich wieder zurück.

Die Sterneköchin traute ihren Ohren nicht. Zumindest – und da war sie sich sicher – hatte sie den Kellner tatsächlich mit ihrer Kenntnis der gehobenen Küche überrascht, und das würde man vielleicht noch durch lockere Fachsimpelei etwas intensivieren können. Sie würde diese Gelegenheit nicht ungenutzt verstreichen lassen.

Tom holte sie aus ihren Überlegungen.

»Na, diesen Jan hast du ja schon mal schwer beeindruckt! Wenn ich jetzt nicht auf dich aufpasse, schnappt er dich mir weg, und du bist morgen hier mit Mr. Möchtegernstarkoch und seinen Trüffeln in der Küche, statt mit mir und einer Flasche Chardonnay unter einem Olivenbaum.«

»Dann musst du dir dafür eine andere suchen, Mr. Wonderful«, versuchte Sabrina, ihn zu necken, und hatte dieses Mal wirklich keine Hintergedanken, wie sie selbst erleichtert feststellte.

»Ich könnte mir ›die Andere‹ einfliegen lassen«, antwortete Tom, ohne auch nur mit einem Augenzwinkern auf Sabrinas Neckerei einzugehen.

Sabrina hatte inzwischen genügend Alkohol getrunken und war zudem so von der Idee besessen, die Witzelei mit dem Kellner durchdacht in die richtige Bahn zu steuern, dass sie Toms Bemerkung mit einem süffisant gefauchten: »Solange sie meinen

Champagner im Flugzeug nicht leer trinkt, kannst du das gerne tun!«, erwidern konnte.

Ob sie sich eine Reaktion von ihm erhofft hatte, wusste sie in diesem Moment nicht, Fakt war jedoch, er ging unbeeindruckt über ihren Wink mit dem Zaunpfahl hinweg und reagierte mit einer ebenso süffisanten Retourkutsche:

»Sabrina in den Fängen der Trüffelmafia!«

Obwohl sie sich sicher war, dass Tom nichts wissen konnte, fühlte sie sich ertappt. Oder war es möglich, dass er ihre Pläne doch kannte?

*

Graziano war das, was Sabrina als Casanova bezeichnen würde, dachte Isabel, als sie neben dem Restaurantchef an dem kleinen Tisch im Nebenzimmer des *Lichtentaler Hofs* saß. Tiefschwarze, leicht wellige, von ein wenig Gel durchzogene Haare, die glatt rasierte Haut mit fast bronzefarbenem Teint und ein sinnlicher Mund mit perfekten weißen Zähnen. Das weiße Hemd, das für sie so ›typisch italienisch‹ einen Knopf zu weit geöffnet war, ließ seine gebräunte Haut noch dunkler erscheinen, und sein eindringlicher Blick erinnerte sie an den jugendlichen Alain Delon. Sie nippte an dem weißen Vermouth di Torino, den er ihr zur Begrüßung gereicht hatte.

»Leider habe ich nicht viel Zeit«, hatte er mit Bedauern in der Stimme gesagt, ob gespielt oder ehrlich, hatte sie nicht heraushören können.

»Sie wollten mit mir über meine *Weiße Trüffel mit Agnolotti alla Robiola* sprechen?«

»Darauf bin ich gestoßen, als ich mir im Netz Ihre Speisekarte angesehen habe. Wie ich schon sagte, geht es mir weder um die Teigtäschchen noch um den Weichkäse. Ich bin ausschließlich an Ihrer Weißen Trüffel interessiert.«

»Albatrüffel«, verbesserte er sie. »Sie wissen ja, ich bin – …«

»Albesi«, fiel sie ihm ins Wort.

»Richtig. Und wenn Sie meine Trüffelkochkunst genießen wollen, sollten Sie Anfang Oktober die ›Frucht der Venus‹ kennenlernen.«

»So nennen Sie Ihre Trüffelwoche«, konterte Isabel.

»Sie sind gut informiert«, nickte er anerkennend. »Doch nun zu unserer Albatrüffel. Unsere größte Delikatesse, der Höhepunkt der italienischen Herbstküche. Mir gefällt der Vergleich mit der römischen Liebesgöttin Venus.«

Graziano sah sie mit seinen tiefschwarzen Augen an.

»Sie symbolisiert Liebe, Schönheit und Verlangen«, sagte er, und seine Hand berührte wie zufällig ihren nackten Unterarm. »Genau dafür steht die Weiße Trüffel. Sie ist ein Symbol der Liebesfreude und galt schon in Rom als Frucht der Sinnlichkeit. Ich könnte Ihnen viel über ihre Wirkung auf die Lust erzählen. Selbst Casanova hat sich ihrer Verführungskunst bedient.«

»Bei mir funktioniert das auch ohne Trüffel und ohne dein Amore-Gelaber«, schnaubte Isabel innerlich und versuchte, sich wieder auf ihre Mission zu konzentrieren.

»Was mich in erster Linie interessiert«, sagte sie und zog ihren Arm vorsichtig zurück, »woher bekommen Sie Ihre Trüffeln?«

Graziano richtete sich auf und holte Luft.

»Obwohl ich Albesi bin«, begann er, »muss ich zugeben, dass ich meine Trüffeln nicht nur aus dem Piemont beziehe. Bitte sehen Sie es mir nach, dass ich bei einer der wertvollsten Kostbarkeiten der Natur weder Quelle noch Preise weitergeben werde. Ich zeige Ihnen gerne, wie ich mit der Albatrüffel koche, mehr leider nicht.«

»Okay, verstanden«, sagte Isabel und knirschte heimlich. »Das hast du mal sauber vergeigt mit deiner direkten Art«, schalt sie sich und fuhr laut fort: »Verständlich, wenn bei einer Versteigerung eine einzige herausragende Knolle schon mal 100 000 Euro pro Kilo einbringen kann.«

»Sie sind wirklich gut unterrichtet. Können Sie sich denn echte Albatrüffeln für Ihr Haus überhaupt leisten?«

»Ich denke schon. Es wäre mir geholfen, von Ihnen hierzu einen Tipp zu bekommen. Oder haben Sie …«, sie machte bewusst eine Pause, »… vielleicht Tuber Magnatum vorrätig?«

Sie spielte bewusst mit dem lateinischen Namen der Trüffel, um ihre Fachkompetenz unter Beweis zu stellen.

»Darüber könnte man reden«, meinte Graziano. »An welche Größenordnung hätten Sie denn gedacht?«

»Na ja, so zwei- bis dreitausend Euro würde ich schon investieren.«

Grazianos Lachen kam tief und laut aus seiner Kehle.

Isabel war sich sicher, auf der richtigen Spur zu sein, zumal ihr auf dem Parkplatz des *Lichtentaler Hofs* das Freiburger Kennzeichen an Grazianos weißem Berlingo aufgefallen war.

»Eine Weiße Trüffel für dreitausend Euro. Darüber könnte man nachdenken.«

»Jetzt hast du ihn!«, jubilierte sie innerlich. »Jetzt bietet er dir gleich die Weiße Trüffel an, die in Zavelstein verschwunden ist!«

Doch der Italiener schien zu gewieft, um sich von ihr aufs Glatteis führen zu lassen. Gekonnt ruderte er zurück und sagte nur:

»Ich werde mich umhören. Bleiben Sie denn in der Gegend?«

Isabel ließ sich ihre Enttäuschung nicht anmerken.

»Ja. Ich wohne im *Kleinen Prinzen.*«

»Gut. Dann trinken wir jetzt noch auf unsere Geschäfte!«

Er stand auf und kam kurz darauf mit einem schlanken, enghalsigen Glasfläschchen zurück.

»Das ist mein *Vermouth Tartufiano.* Ich habe ihn in einer kleinen Brennerei am Rand des nördlichen Schwarzwalds nach meinem Rezept herstellen lassen.«

Isabel betrachtete die Flasche und hielt ihren Inhalt gegen das Licht.

»Was da im Wermut schwimmt, diese kleinen, dünnen Scheibchen, ist das …?«

»Tartufo vero – echte Trüffel.«

»Weiß?«

Graziano lachte.

»Vero. Das muss genügen.«

Er stellte zwei schlanke Wermutbecher auf den Tisch und goss vorsichtig ein.

»Wie heißen Sie?«

»Isabel.«

»Wie passend. Die göttliche Schöne.«

Sie zuckte zusammen.

»Ich bin Graziano. Der Anmutige. Auf uns, auf Isabella, Graziano und auf …«

»Leone Grande!«

Isabel erhob ihr Glas in die Richtung, aus der Carsten Schechinger soeben den Raum betrat.

»Prost, Großer Löwe«, sagte sie zu sich und bewunderte einmal mehr die attraktive Erscheinung des Innenarchitekten, der so plötzlich unter der Tür aufgetaucht war. »Ich glaube, ich brauche dich wirklich noch einmal!«

*

Auf graumelierten Steinguttellern leuchteten Ochsenbäckchen vom istrischen Boškarin in Balsamico-Creme und in Salz geröstete Rote Beete. Jan präsentierte eine kleine Glasglocke auf einem Servierbrettchen, unter der sich eine große Knolle verbarg. Er stellte das Brettchen auf dem Tisch ab und kehrte kurz darauf mit einem Trüffelhobel aus Edelstahl zurück, den er in der linken Hand hielt. Über die rechte hatte er sich jetzt einen schwarzen Gummihandschuh gestreift, holte damit die Trüffel unter der Glasglocke hervor und begann, sie mit gekonnten Bewegungen auf dem Edelstahl zu hobeln.

»Jedes Restaurant kann heutzutage Trüffel anbieten«, erklärte er, »mit Trüffelöl, Trüffelpesto oder anderen geschmacklichen Zugaben ist das kein Kunststück. Ein Gericht, bei dem Sie die Trüffel am Tisch frisch gerieben serviert bekommen, ist der wahre Trüffelgenuss. Das geht sogar so weit, dass sich die

Restaurants, die echte Trüffeln verwenden, von solchen Zutaten distanzieren.«

Hauchdünne Trüffelspäne glitten wie flache schwarzgeränderte Schneeflocken über die Boškarinbäckchen, und Sabrina sog den intensiven Duft der frisch geernteten istrischen Trüffel begierig ein.

»Sie lagen vollkommen richtig mit Ihrer Vermutung«, bemerkte Jan, »unser ›Gruß aus der Küche‹ war tatsächlich eine frittierte, gefrorene Kartoffelcreme auf Brotkrumen, mit schwarzer Grillkohle ummantelt. Dazu ein Bohnencracker mit Crème fraîche, verfeinert mit kleinen Schwarzen Trüffelspänen.«

»Und was habe ich jetzt gewonnen?«, fragte Sabrina ebenso süffisant zurück. »Einen Trüffelkochkurs bei Mr. Zigante?«

Jan zuckte unverbindlich mit den Schultern und meinte nur: »Ich habe mit dem Küchenchef schon wegen Ihres Praktikums gesprochen.«

Sabrina hatte Mühe, sich nicht zu verschlucken. Wenn das kein Volltreffer war! Jetzt musste sie es nur noch clever genug anstellen, um darauf einzugehen, ohne sich die Chance zu verspielen, tatsächlich hinter die Kulissen des bekanntesten istrischen Trüffelrestaurants zu blicken.

»Warum nicht?«, erwiderte sie, legte den Kopf schief und strahlte Tom mit geschlossenem Mund und blinzelnden Augen an, als ob sie auf seine Zustimmung wartete.

»Überlegen Sie es sich«, meinte Jan und entfernte sich.

»Du grinst so vergnüglich«, meinte Tom jetzt und kostete eines der Trüffelscheibchen. »Schlecht wäre es ja nicht, wenn du so kochen könntest«, zog er sie schließlich auf, leckte sich die Lippen und erntete ein unterdrücktes Knurren. Sabrina ging auf sein Spiel ein und nutzte die Gelegenheit, um ihrem Ziel ganz unverfänglich noch einen Schritt näher zu kommen.

»Im Ernst«, sagte sie, »wenn das hier kein Spaß ist, würdest du denn ein paar Tage und Abende ohne mich auskommen?«

»Kein Problem«, entgegnete er zu ihrer Verwunderung und für ihr Empfinden eine Spur zu locker. »Solange du mir in den

Nächten weiterhin zur Verfügung stehst«, flüsterte er ihr leise über den Tisch zu, als er sein Glas langsam in ihre Richtung bewegte, um anzustoßen.

»Nur für ein paar Tage, versprochen«, fügte Sabrina noch an. »Es interessiert mich wirklich, welche Geheimnisse hinter der istrischen Trüffelküche stecken.«

Tom nickte nur und lenkte das Gespräch auf andere Inhalte.

Erst als Jan eine Stunde später das Dessert, eine Trüffel-Eiscreme mit Schokoladenstreuseln und Heidelbeeren, servierte, kam das Thema noch einmal auf den Tisch.

Der Kellner hatte den Malvasia am Flaschenbauch aus dem Kühler genommen, um noch den letzten Schluck in Toms Glas zu füllen, als dieser höflich ablehnend die Hand erhob.

»Danke, nein«, sagte er, »ich darf noch fahren.«

»Oh, wie bedauerlich«, sagte Jan und griff das im Spaß begonnene Geplänkel zwischen sich und der Fachfrau an seinem Tisch wieder auf.

»Wenn Ihre Begleiterin hier morgen bei uns anfängt, würde es doch Sinn machen, hier zu übernachten. Was meinen Sie?«

»Hm«, machte Tom. »Zumindest könnte ich Ihren hervorragenden Wein dann etwas genießen.«

»Ich habe ein Notfall-Übernachtungs-Kit dabei.« Sabrina grinste und hob ihre Handtasche demonstrativ nach oben.

»Dann darf ich für Sie ein Zimmer an der Rezeption reservieren?«

Tom nickte, ohne zu zögern.

»Und jetzt bringen Sie uns noch ein Fläschchen von Ihrem ausgezeichneten Malvasia. Und ein drittes Glas. Falls es Ihnen gestattet ist, sobald die anderen Gäste gegangen sind, einen Schluck auf das Wohl meiner zauberhaften Begleiterin zu trinken. Es wäre mir eine Ehre!«

Eine Stunde später stand Sabrina im beleuchteten Innenhof des Restaurants und wartete auf Tom, der noch kurz den Umweg über die Weintheke gemacht hatte und »unter Männern« dem Kellner ein Trinkgeld zustecken wollte.

Als Sabrina und Tom kurz darauf die Marmortreppen zum ersten Stock des seitlichen Anbaus hinaufgingen, spürte Sabrina den Alkohol in den Beinen. Tom, der sie bis zu Tür und Treppe fest im Arm gehalten hatte, war nun eine Stufe hinter ihr, und sie bemerkte, wie er bei jeder Stufe, die sie hinaufging, mit seinem Handrücken langsam auf der Innenseite ihres Oberschenkels entlangfuhr.

»Ich glaube«, dachte sie, »du bist dem nächsten Genussabenteuer näher, als du denkst«, und sie wusste nicht, ob sie damit die Trüffeln in Giancarlo Zigantes Küche oder die bevorstehende Nacht mit Tom meinte.

*

»Hatten Sie Glück bei der Suche nach dieser verschwundenen Weißen Trüffel?«, fragte Andreas Rademacher, als Isabel im *Kleinen Prinzen* beim Frühstück saß.

»Nicht wirklich«, musste sie resigniert zugeben. »Auf der Trüffelplantage wurde ich von diesem Herrn Bäumler nicht gerade freundlich empfangen, und der Chef vom *Lichtentaler Hof* will sich umhören. Das war's.«

»Ein Herr Bäumler hat gestern Abend für Sie angerufen.«

Isabel horchte auf. Der Typ von der Trüffelplantage!

»Hier ist seine Nummer. Er bat um einen Rückruf.«

Er reichte ihr einen Zettel, und sie starrte nachdenklich auf die Nummer.

»Danke«, sagte sie und: »Ach ja, hätten Sie mir vielleicht einen Korken und ein paar Tropfen Trüffelöl?«

Andreas Rademacher sah sie mit rätselhaftem Blick an, doch er nickte und verschwand Richtung Küche.

»Wespennest oder Bienenwabe?«, fragte sie sich. »Vielleicht hast du ja doch noch eine Chance?«

*

»Nehmen wir wieder ›Istrian fritaja‹ zum Frühstück?«, fragte Tom.

»Du stehst voll auf Trüffel, seit wir hier sind«, stellte Sabrina fest.

»Na klar. Ich mach jetzt den Job für dich hier klar, und dann darfst du mir täglich ›Istrian fritaja‹, Trüffelpasta und diese Ochsenbäckchen von gestern Abend servieren.«

»Hast du das ernst gemeint? Ich meine, dass es für dich kein Problem wäre, wenn ich hier ein paar Tage arbeite?«

»So was von ernst! Ich hol uns einen Kaffee. Für dich mit viel Milch, wie immer«, schlug Tom vor und stand auf, um sich im selben Moment wieder zu setzen. »Schau mal, wer da kommt? Mr. Möchtegernstarkoch! Hat der schon wieder Dienst?«

Tatsächlich näherte sich Jan in Begleitung einer weiteren Person ihrem Tisch.

»Der sieht aus wie der Zwillingsbruder von Bud Spencer«, scherzte Tom und erhob sich zur Begrüßung der beiden Männer.

»Hör bitte auf, wenn die Deutsch verstehen!«, zischte Sabrina und befürchtete schon, Tom könnte sich in seiner lockeren Art und seiner heutigen übertrieben guten Laune als Spielverderber erweisen.

Jan stellte seinen Begleiter als Küchenchef Željko vor, der sich formvollendet vor ihr verbeugte.

»Ich weiß nicht recht, wie ich anfangen soll«, begann Željko und wirkte auf Sabrina verlegen.

»Wegen meines Praktikums in der Küche Ihres ausgezeichneten Trüffelrestaurants?«, fragte Sabrina lächelnd, um eine lockere Atmosphäre zu schaffen.

»In der Tat verhält es sich ein bisschen anders«, sagte Željko und holte Luft. »Jan hat mir erzählt, dass Sie sich hervorragend in der gehobenen Küche auskennen, mehr als die Feinschmecker, die wir hier sonst zu Gast haben, und dass Sie die hohe Kunst des Kochens wohl mehr als beherrschen. Auf jemanden wie Sie haben wir hier tatsächlich gewartet. Ein Wunder, dass Sie gerade jetzt bei uns zu Gast sind.«

»Gewartet? Wie darf ich das verstehen?«, fragte Sabrina.

»Nun, wir haben in der Tat einen ... Engpass seit wenigen Tagen. Uns ist ein Koch ... Hm, wie soll ich sagen ... abhandengekommen.«

»Wie das?«, hakte Tom nach.

»Na ja. Er ist ... durchgebrannt.«

»Oh, das klingt aber nicht gut.«

»Nein, aber in der Gastronomie müssen wir leider immer wieder mit solchen Überraschungen leben.«

Sabrina dachte sofort an die Trüffelgeschichte im Schwarzwald und setzete eine gleichzeitig fragende und mitleidige Miene auf.

»In der Tat eine etwas unschöne Geschichte. Aber wir schauen nach vorne«, beschwichtigte der Küchenchef. »Nur, wir sind eben in der Küche einer zu wenig.«

»Oder eine?«, konterte Sabrina, die schlagartig wusste, worauf er hinauswollte.

»Dann sollten wir doch Nägel mit Köpfen machen!«, forderte Tom, und Sabrina sah ihn irritiert an.

Was lag ihm nur daran, sie so unbedingt und rasch in dieser Küche unterzubringen? Wollte er sie loswerden? Oder ihr wirklich nur einen Wunsch erfüllen? Was konnte er über die Trüffel wissen, derentwegen sie nach Kroatien geflogen waren? Zig Gedanken blockierten Sabrina in ihrer Entschlussfreudigkeit. Sollte sie noch einmal kurz mit Isabel telefonieren? Oder Belindas Meinung einholen?

Wieder war es Tom, der sie aus ihren Überlegungen riss.

»Sabrina, auf ein Wort!«, sagte er nur und gab den beiden Männern ein Zeichen, kurz zu warten. Er nahm Sabrina beiseite und sagte auf Deutsch: »Was ist? Warum zögerst du?«

»Ich weiß auch nicht.« Sabrina versuchte mit dieser gespielt verhaltenen Reaktion, keinen Verdacht zu erregen. Tom durfte auf keinen Fall merken, dass sie genau JETZT ihr Ziel erreicht hatte. Die Chance, einen Blick hinter das Trüffelimperium zu werfen, das auch für die Lieferung jener Trüffeln im Schwarzwald verantwortlich war.

»Wir waren uns doch einig?«

»Es geht mir alles ein bisschen zu schnell!«, setzte sie ihre Taktik fort. »Was machst du in dieser Zeit?«

Genau darüber machte sich Sabrina Gedanken.

»Auch ein Praktikum«, antwortete Tom jetzt. »Bei Francesca im *San Canzian Village.*«

Er bekam nicht mit, dass sein Scherz misslang. Sabrina machte sich sofort bewusst, dass er sich jetzt nicht ständig an ihrer Seite aufhalten durfte, wenn sie unbehelligt ihre Fühler ausstrecken wollte. Immerhin war sie in einer Mission hier, von der Tom nichts wusste und auch nichts wissen sollte. Vielleicht war es keine schlechte Ausgangslage, wenn er im *San Canzian Village* blieb. Es passte ihr zwar nicht, dass dort Francesca mit im Spiel war, doch diese bittere Kost würde sie in Kauf nehmen müssen.

Als Tom Sabrinas düsteren Blick auffing, ruderte er zurück und sagte: »Ich fahre erst mal zum Flughafen. Muss nach der Maschine schauen. Vielleicht kann ich ein bisschen Sightseeing fliegen. Die kroatische Küste und die Nationalparks müssen ein Traum sein. Mach dir um mich keine Sorgen!«

»Solange es nur die Küste und die Nationalparks sind und statt Francesca nicht deine Katja«, dachte Sabrina und nickte.

»Vielleicht runter in den Süden«, schwärmte er, »oder mal kurz nach Hause.«

Jetzt zog sich ihr Magen zusammen.

Baden-Baden!

Also doch: Katja!

»Verdammt, Tom!«, wollte sie schon schreien, als sie die Vernunft zurückhielt. Sie musste jetzt ungestört agieren können, und so war es gar nicht schlecht, wenn Tom seiner Leidenschaft als Pilot nachging, auch wenn es sie immer noch brennend interessierte, welche Rolle *sie* in *seinem* Spiel spielte und was es mit dieser verdammten Katja auf sich hatte. Sollte er doch zu ihr fliegen, dieser Mistkerl!

Zunächst einmal saßen Franz und Isabel im Schwarzwald

mit irgendwelchen mysteriösen und verschwundenen Trüffeln und warteten auf Neuigkeiten von ihr. Und Belinda wartete auf Mallorca auf weitere Anweisungen. Die *Mission Tartufi* hatte Vorrang vor ihrer eigenen Befindlichkeit.

»Beherrsch dich, Sabrina!«, befahl sie sich.

»Und, was ist jetzt?«, fragte er, und sie empfand sein Drängen nach wie vor mehr als irritierend. Da sie jedoch wusste, worum es ging, und nicht weiter für Fragezeichen und Verzögerung sorgen wollte, gab sie nach. Er würde fliegen, wohin auch immer, und sie würde kochen. Jedem seine Leidenschaft, sein Doppelleben und seine heimliche Mission.

»Also gut.«

Sie ging wortlos zu den beiden Männern zurück. Tom folgte ihr.

»Sie dürfen auf mich zählen«, sagte sie nur und streckte Željko mit einer entschlossenen Geste die Hand entgegen.

»Und wann können Sie anfangen?«, fragte er und strahlte.

»Heute!«, antwortete Sabrina.

*

Isabel war gleich nach dem Frühstück losgefahren. Ihre letzte Hoffnung war der Anruf des Pilzwirts gewesen, mit dem sie sich jetzt verabredet hatte.

Doch auch wenn sie die Weiße Trüffel heute noch fand, würde es zu spät sein. Selbst im Kühlschrank verlor sie pro Tag bis zu fünf Prozent ihres Gewichts, vom Aroma ganz zu schweigen. Sie müsste den Verfall und somit die Wertlosigkeit des Beweismittels in Kauf nehmen, konnte aber vielleicht hinter die Machenschaften dieser Trüffelunterwelt kommen.

Jetzt tätschelte sie Cercas Fell, deren braune Schabracke in der Morgensonne bronzefarben glänzte. Sie schien tatsächlich das Trüffelöl zu riechen, mit dem der Korken aus der Küche des *Kleinen Prinzen* präpariert war, denn sie sprang an ihr auf und ab und schnüffelte aufgeregt an genau der Hosentasche.

»Ich habe mit Graziano Donati gesprochen«, begann Bäumler, und der Trüffelplantagenbesitzer erschien ihr zugänglicher als bei ihrem ersten Besuch.

»Ich auch. Und mit ihm seinen *Vermouth Tartufiano* getrunken.«

Bäumler nickte wissend, und Isabel schmunzelte. Es gab demnach eine Verbindung zwischen den beiden.

»Ein kleiner Anfang«, dachte sie.

»Ich habe das Gefühl, Ihr Interesse an Weißen Trüffeln ist kein Zufall, und Graziano hatte auch diesen Eindruck«, fuhr er jetzt fort. »Es gibt da etwas, was in diesem Zusammenhang vielleicht eine Rolle spielen könnte.«

Isabels Blick signalisierte Interesse, und Bäumler senkte seine Stimme zu einem Flüstern:

»Es ist von einer Weißen Trüffel die Rede, die in der Region seit einigen Tagen für dreitausend Euro angeboten wird.«

Isabel horchte auf. Hatte sie den Pilzwirt jetzt da, wo sie ihn beim letzten Mal gerne gehabt hätte? Sie musste vorsichtig taktieren und gab sich unwissend.

»Hm. Seit einigen Tagen? Dreitausend Euro für eine alte Trüffel? Ein bisschen viel, meinen Sie nicht?«

»Kommt darauf an. Graziano meinte, sieben Tage seien kein Problem. Und Sie könnten sie einfrieren.«

»Er selbst hat kein Interesse?«

»Wohl eher nicht.«

»Und wie würde ich an die … Ware kommen? Oder ist es illegal?«, schob sie noch, mit gespielter Sorge in der Stimme, nach.

»Nein, vollkommen legal«, beeilte er sich zu sagen. »Soll ein Prachtstück sein. Genau das, was Sie suchen.«

Er machte eine Pause, doch Isabel konnte die Spannung, die in der Luft lag, förmlich greifen. Sie gab die Abwägende, Zögernde und hatte prompt Erfolg.

»Sie können die Knolle für zweitausendfünfhundert haben. Ich regle das für Sie.«

Isabel entschied sich, nicht weiter zu pokern. Sie war sich sicher, auf der richtigen Spur zu sein, Bäumler oder Graziano steckten hinter der verschwundenen Trüffel. Oder am Ende beide gemeinsam?

»Also gut. Abgemacht!«, sagte sie und bemerkte, wie Bäumlers Blick nervös zu der kleinen Hütte ging, die neben der Einfahrt zur Plantage stand.

Ein Gedanke durchzuckte sie wie der Blitz, und als er ihr vorschlug, das Geld zu besorgen und am Abend wiederzukommen, stimmte sie zu. Noch einmal streichelte sie Cerca, dann stieg sie in ihren Fiat und fuhr zurück.

Sie bog von der Schotterpiste auf die Teerstraße ein, hielt in der nächsten Kurve an und parkte den Fiat, von der Straße aus nicht sichtbar, seitlich neben einem Fuhrweg, der unterhalb der Rotsandsteinfelsen in den Wald führte. Zu Fuß schlich sie zurück zur Trüffelplantage.

*

Željko beobachtete Sabrina in der Küche auf Schritt und Tritt, und die junge Sterneköchin bekam das sehr wohl mit. Sie hatte nicht nur ein professionelles Gespür für alles, was mit Kochen, Würzen und Garnieren zu tun hatte, sondern auch die Gabe, die Menschen in ihrer Umgebung zu taxieren und zu analysieren, ohne dass sie es merkten.

Sabrina hatte damit gerechnet, noch vor dem Beginn ihrer Beschäftigung in ZIGANTES Restaurant in die Trüffelfabrik und zur Verwaltung des Unternehmens nach Plovanija zu kommen, um einen Arbeitsvertrag zu unterschreiben oder wenigstens ihre Papiere vorzuzeigen. Doch der lockere Umgang mit der in Deutschland so streng gepflegten Bürokratie war typisch für die Vorgehensweise in diesen Ländern und spielte ihr außerdem für ihren Zweck in die Karten.

Sie assistierte dem Souschef, reagierte auf Željkos Anweisungen und stellte die gewünschten Zutaten so bereit, wie der

Maître es wünschte. Sie stand dabei, wie Željko Trüffelknollen mit einer feinen Bürste nass putzte, Trüffelspäne über die Cappelletti rieb oder Sesambrösel mit einem Hauch von Tartufino, dem mit Weißer Trüffel versetzten Akazienhonig, bestrich. Sie wog, maß ab, würzte, schnitt, hackte, pürierte, frittierte und schmeckte ab.

»Unsere Gerichte haben nur wenige Zutaten, aber die müssen gut sein«, hatte ihr der Küchenchef erklärt. »Die Trüffel macht aus einem einfachen Gericht ein exklusives Essen.«

»Wann brauchen Sie meine Papiere und Referenzen?«, hatte sie Željko gefragt, als sie am Morgen zur Arbeit erschienen war.

»Irgendwann, Kuharica«, hatte er gesagt, »sobald dafür Zeit ist.«

Ihren Namen hatte sich Željko nicht gemerkt und nannte sie nur Kuharica – Köchin.

»Und wenn du Pech hast«, machte sie sich klar, »taucht deine Anstellung in einem der weltweit besten Trüffelrestaurants dann nicht mal in deiner Vita auf!«

Sie seufzte bedächtig.

*

Isabel beobachtete aus ihrem Versteck hinter einer Felssäule, wie der Pilzwirt über die Schotterstraße davonfuhr, und verließ nach weiteren fünf Minuten ihre Deckung. Den Chihuahua hatte er mitgenommen, aber Cerca war als Wächterin hiergeblieben und kam ihr neugierig entgegen, als sie auf die Plantage zuschritt.

»So, meine Gute, dann zeig mal, dass du ein anständiger italienischer Trüffelsuchhund bist!«

Sie griff in die Tasche ihrer Jeans und hielt der schnüffelnden Lagottohündin den Korken an die Schnauze.

»Such!«, befahl sie und zweifelte doch am Erfolg ihrer Aktion. Es war viel wahrscheinlicher, dass Bäumler jetzt dorthin fuhr, wo sie die Weiße Trüffel versteckt hatten, als dass sie ihn hier, auf der Plantage, finden würde. Aber sie musste es versuchen.

Cerca schien genau zu wissen, was von ihr verlangt wurde, diszipliniert und zuverlässig, wie man es ihrer Rasse zuschrieb, machte sie sich, den Trüffelduft in der Nase, auf die Suche.

Isabel hatte damit gerechnet, dass die Hündin sie zu der Hütte am Eingang führen würde, und machte sich gleichzeitig auf eine Enttäuschung gefasst. Sicher hatte der Plantagenbesitzer dort die Impfung der Bäume mit Sporen oder Trüffelmycel vorbereitet, und der Hund würde diesen Duftspuren folgen. Oder sollte der Pilzwirt in der Tat so leichtsinnig sein, dort jene Weiße Trüffel aufzubewahren, die er ihr am Abend für zweitausendfünfhundert Euro verkaufen wollte?

Isabel traute ihren Augen nicht, als der Lagotto zielstrebig auf die Felswand zuschnürte, die den Wiesenhang nach Westen zu wie eine rote Mauer bewachte. Flugs war der Hund in einer der kreisrunden Höhlen verschwunden, die als große, schwarze Löcher aus dem Gestein ragten.

Neugierig schlich Isabel näher und stand vor einem fast mannshohen, düsteren Gang, der schräg in die Felswand führte.

»Cerca?«

Das Echo ihrer Stimme hallte ihr entgegen, doch Cerca blieb stumm.

Sollte sie ihr folgen? Wie weit mochte der Gang ins Felsinnere führen?

Isabel kannte solche Höhlen, die es im Schwarzwald zuhauf gab, viele davon als einstige Bergwerke für den Abbau von Silber, Kupfer und Schwerspat. Der *Hella-Glück-Stollen* in Neubulach und die *Grube Himmlisch Heer* bei Hallwangen kamen ihr in den Sinn. Sie hatte den Felsenkeller der *Calwer Sectmanufactur* im Calwer Schlossberg besichtigt und wusste, dass es auch in Bad Liebenzell beim Felsdenkmal *Mondloch* einen Eiskeller gab, in dem man vor der Zeit moderner Kühlschränke das aus dem Stadtsee gewonnene Eis gelagert hatte.

Der Stollen, in dem Cerca verschwunden war, wies schon nach wenigen Metern eine kühlere Temperatur auf, und Isabel gewöhnte ihre Augen an die Dunkelheit. Als das Tageslicht nicht mehr ausreichte, leuchtete sie mit der Handylampe in den Gang und merkte, wie sie zu frösteln begann. Der Boden unter ihren Füßen knirschte, dann hörte sie Cerca hecheln.

Die Hündin schnüffelte aufgeregt an einer kleinen Kiste, die am Ende des Höhlengangs auf dem Boden stand, das weiße Styropor hob sich im schmalen Lichtkegel deutlich von der Umgebung ab. Isabel lockte Cerca von der Kiste weg, ging in die Hocke, hob den Deckel an und starrte in die leere Öffnung.

»Zu spät«, durchfuhr es sie. »Womöglich ist der Typ jetzt mit dem Beweisstück über alle Berge!«

*

Schon nach wenigen Stunden kannte Sabrina sich in der Küche spielend aus und war mit dem Umgang der Trüffelhobel von ZIGANTE tartufi vertraut.

Sie hatte gelernt, dass der Küchenchef Backpapier in die Pfanne legte, damit die Teigklößchen darin nicht verbrannten, und dass sich hinter einer Tür mit der Aufschrift RASHLADNI UREĐAJ Z TARTUFE I PROIZVODE OD TARTUFA das Kühlgerät für Trüffeln und Trüffelprodukte verbarg.

Sie registrierte Željkos zufriedene, ja inzwischen sogar bewundernde Blicke und war sich bewusst, dass sie sich noch keine Blöße gegeben hatte, und doch war sie unsicher, ob es die richtige Entscheidung war, ihre Zeit ausschließlich hier, in der hochprofessionell eingerichteten und geführten Küche des Trüffelrestaurants zu verbringen anstatt im Umfeld des gesamten Unternehmens.

Sabrina schloss die schwere Schiebetür zum Vorratsraum, und erst als sie sicher war, nicht gestört zu werden, öffnete sie den Edelstahlschrank, in dem sich laut Aufschrift TARTUFE I PROIZVODE OD TARTUFA verbargen. Das waren die Trüffeln, die aktuell zum Kochen verwendet wurden.

Schon das Aroma, als sie die Tür des Kühlschranks öffnete, verschlug ihr den Atem. Sie zückte ihr iPhone und fotografierte die professionell mit Küchenpapier umwickelten und gelagerten frischen Knollen, die ZIGANTES Trüffeljäger am späten Vormittag geliefert hatte, packte sie wieder in das Papiertuch und verschloss die Tür.

Ein Geräusch ließ sie herumfahren, doch es war nur eines der gekippten Fenster zum Innenhof, das offensichtlich zugeschlagen war. Die Silhouette des Mannes, der sich darunter wegduckte, sah sie nicht.

*

Die beiden Männer, die unter freiem Himmel an einem der runden Bistrotische direkt an der Uferkante saßen, hatten keinen Blick für die Schönheiten ihrer Umgebung. Die aufeinandergepressten Lippen ließen kein Lächeln zu, und das Schweigen stand wie eine unsichtbare Barriere zwischen ihnen.

Vlado starrte gedankenverloren in die Wellen, die sanft gegen die Felsen an der Hafenmauer schlugen. Milan trommelte mit den Fingern seiner linken Hand einen unkontrollierten Rhythmus auf die Holzplatte des Tisches.

Der Abend war noch spätsommerlich mild, obwohl der September schon weit fortgeschritten war, und die Sonne verabschiedete einen der ersten warmen Herbsttage in der Bucht des Novigrader Meeres.

Vlado paffte seine Zigarre und blies eine Rauchwolke in kleinen Kringeln in die Luft. Die Nervosität des Jüngeren schien ihn kaltzulassen, und um seinen Mund bildeten sich kleine Lachfältchen, als er nach einer längeren Pause das Gespräch fortsetzte:

»Wir wussten beide, dass Franjos Trinkerei ein Risikofaktor war. Er hätte sich eben nicht erwischen lassen dürfen. Ohne Fluglizenz können wir ihn nicht mehr gebrauchen.«

»Und du meinst, wir können diesem Tom vertrauen?«, hakte Milan nach. »Du wirst ihm doch nicht reinen Wein einschenken?«

Vlado zögerte, und Milan legte nach: »Das Risiko ist zu groß!«

Vlado schüttelte den Kopf.

»Warum gehst du davon aus, dass das mit ihm funktioniert?«, bohrte Milan weiter.

Der andere grinste, und sein Gegenüber las aus den hämischen Zügen des vernarbten Gesichts, dass Vlado schon einen Schritt weiter war und ihm sein Plan zu gefallen schien.

»Also?« Milan ließ nicht locker, doch Vlado verzog nur wissend sein Gesicht zu einem schiefen Grinsen und sagte: »Weil ich ihn kenne!«

Milan schwieg. Er ahnte in dem Moment, dass es zwischen Vlado und diesem Piloten, den er einen »ehemaligen Freund« genannt hatte, eine geheimnisvolle Verbindung gab, über die er offensichtlich nicht reden wollte. Vlado kannte eine Menge Leute, manche davon sehr einflussreich und einige davon auch sehr nützlich, wenn man wusste, wie man sie anpacken musste. Oder wo.

Milan hatte sich immer wieder gefragt, wann Vlado diese Bekanntschaften wohl gemacht hatte, wo er doch so lange nicht in der Heimat gewesen war. Vlado hatte nie mehr als nötig über diese Zeiten gesprochen, und Milan hatte nur gehört, dass er irgendwo oben an der Grenze bei einer privaten Sicherheitsfirma gearbeitet hatte.

»Und du meinst, dieser Pilot macht einfach so mit?«, bohrte Milan.

»Ich habe nicht mit ihm gesprochen«, gab Vlado zu, »er soll noch nicht wissen, dass er es mit mir zu tun hat. Doch genau deswegen haben wir beide uns hier in Novigrad getroffen.« Vlado lehnte sich zurück und ergänzte: »Ich möchte, dass du diesen Piloten checkst. Er hat seine Maschine in Portorož für Panoramarundflüge registrieren lassen. Und du wirst sein erster Passagier sein. Du darfst Tourist spielen.«

Milan schien keine weiteren Fragen zu haben.

*

Der Blick in die leere Kiste hinterließ einen schalen Geschmack in Isabels Kehle.

»Na toll!«, zischte sie und ließ den Deckel zufallen, »da bist du jetzt mal haarscharf am Ziel vorbeigeschrammt! Fehlt nur noch, dass der Pilzwirt genau jetzt mit dem italienischen Anmutscasanova zurückkommt und du den beiden mal sauber in die Venusfalle tappst!«

Schon wollte sie die Lampe ihres Smartphones ausschalten, als ein weiterer Laut der Hündin und eine Lichtreflektion ihre Aufmerksamkeit erregten.

Ihre Augen folgten dem Bellen, und der Strahl ihres Handys erfasste in einer Felsnische ein großes Einmachglas, in dem, auf einem Bett von Reis, ein faustgroßes, rundliches, mit Küchenpapier umwickeltes Paket lagerte.

»Braves Mädchen«, lobte sie Cerca. Was immer hier unter Verschluss aufbewahrt wurde, war trocken und kühl gelagert. Ihre Thermometer-App zeigte gerade noch 8 Grad Celsius.

Sie nahm das Behältnis, öffnete den Deckel und wurde von der Duftwolke fast erschlagen. Schon fasste ihre Hand hinein, um das Papier um die Trüffel zu entfernen, als Cerca zweimal kläffte und den Gang zurück zum Ausgang rannte. Gleichzeitig glaubte sie, aus der Ferne das schabende Geräusch von Autoreifen auf Schotter zu vernehmen.

Rasch verschloss sie das Glas, platzierte es wieder in der Nische, schaltete das verräterische Handylicht aus und hörte deutlich, dass draußen ein Motor erstarb und eine Autotür schlug.

Sie duckte sich in den hintersten Winkel des Stollens und hoffte inständig, dass Cerca sie nicht verraten würde.

Isabel hielt die Luft an, als sie das Hecheln der Hündin vernahm und schwere Schritte hörbar näher kamen. Im Gegenlicht des runden Höhleneingangs erkannte sie hinter Cerca die Silhouette eines Mannes.

*

An jenem Nachmittag wartete Sabrina wieder ab, bis sie in der Küche allein und unbeobachtet war. Sie lauschte auf die Gesprächsfetzen der letzten Gäste aus dem Restaurant, die noch einen Kaffee tranken, und auf die Geräusche in den Räumen und Gängen, die aus der Küche zum Treppenhaus des Hotels und zum Hinterhof führten.

Alles ruhig.

Es erschien ihr äußerst unwahrscheinlich, ausgerechnet hier, im Reich des Trüffelpapstes, auf Ungereimtheiten zu stoßen, und sie hatte sich schon nach kurzer Zeit Gewissheit verschafft, dass hier alles mehr als sorgfältig ablief und weder Mängel noch unsaubere Machenschaften zutage traten. Man schien den Lebensmitteln in der Küche des Restaurants eine hohe Wertschätzung zukommen zu lassen. Es wurde unübersehbar mit großer Sorgfalt gearbeitet. Genau dies bestätigte ihr auch der Eindruck, den sie hatte, wenn sie mit ihren neuen Kollegen ins Gespräch gekommen war.

»Es geht doch darum, herauszufinden, wie sich Qualitätstrüffeln aus Istrien und mindere Ware vermischen können und wie eine Weiße Trüffel außerhalb der Saison einfach mal so verschwinden und in den Schwarzwald gelangen konnte«, dachte sie halblaut, während sie dem Küchenchef die saisonalen Zutaten für die »Gemüsesuppe mit Schwarzer Trüffel« schnitt.

Željko hatte sich als nicht sehr gesprächig erwiesen und ihre vorsichtigen Fragen in diese Richtung unbeantwortet gelassen. Die Mitarbeiter im Service verfügten über ordentliche Englischkenntnisse, woraufhin zumindest einige kleine Gespräche zustande kamen.

»Nur ein, zwei Tage noch hier, dann musst du in die Zentrale«, nahm sie sich vor. »Du musst wissen, welchen Weg die Bestellungen nehmen und wie sie die Trüffel verpacken und versenden, du musst die Vertriebswege ausspionieren.«

Sie konnte nicht ahnen, dass es dazu gar nicht kommen würde.

*

»Wie? Weg?«

Vlado war mehr als ungehalten, und der Mann am anderen Ende der Leitung schwieg.

»Idioten!«, wetterte Vlado weiter, »warum habt ihr sie nicht sofort verkauft?«

»Weil unsere Versuchsperson nicht mitgespielt hat. Ich war mir sicher, dass dieser Sternekoch anbeißt, daher hatte ich keinen anderen Interessenten in der Hinterhand. Diese Frau, die auf die Plantage kam, war einfach nur durchtrieben und dazu schneller, das konnte ich nicht ahnen.«

»Wie kam sie auf das Versteck?«

»Keine Ahnung. Sie hat meinen Komplizen einfach ausgetrickst. Woher sollte er wissen, dass sie die Trüffel nicht kauft, sondern stiehlt?«

»Und du bist sicher, dass sie es war?«

»Ja. Als er auf seine Plantage zurückkam, fuhr sie ihm auf der schmalen Piste entgegen. Er hat sie eindeutig erkannt.«

»Und warum hat sie dieser Stümper nicht aufgehalten?«

»Er konnte unmöglich ahnen, dass sie die Trüffel bei sich hatte. Außerdem war sie nicht allein. Es folgte ihr ein zweiter Wagen, mit einem Mann am Steuer.«

»Verdammt!«, zischte Vlado. Zu viel war inzwischen schiefgegangen. Eine Trüffel, die locker dreitausend Euro wert gewesen wäre, für immer verloren! Beim nächsten Mal mussten sie es besser anstellen. Vielleicht war die ursprüngliche Idee, eine Weiße Trüffel als Lockmittel einzusetzen, um Kunden des renommierten Trüffelkonzerns für ihre lukrativen Geschäfte zu interessieren und abzuwerben, doch nicht ganz zielführend gewesen. Dazu hatten sie immer noch keinen Piloten, der die Ware an ihren Bestimmungsort bringen würde. Noch nicht.

Vlado dachte an Tom und wusste, dass er alles auf eine Karte setzen musste.

*

Tom ließ die Piper Seneca V in einem weiten Bogen über die Hochebene gleiten, wo sich gegen Süden markante weiße Felsklippen wie versteinerte Bastionen weit in den Horizont schoben. Das kräftige Licht des herbstlichen Nachmittags ließ die Landschaft intensiv leuchten. Der Anblick des eindrucksvollen Karstmassivs wurde geprägt vom Tulove Grede, dem höchsten Gipfel im Velebitgebirge, legendäre Kulisse der Winnetoufilme mit Pierre Brice und Lex Barker.

»Können wir da unten irgendwo landen?«, fragte der einzige Passagier, und Tom schüttelte den Kopf.

Er wusste, dass der schöne Schein trog, große Teile des Gebiets unter ihnen waren noch immer mit Landminen belastet, Landepisten gab es nicht.

Der Pilot erkannte jenseits der Höhenzüge die kurvenreiche Schotterstraße, die von Obrovac im Zrmanja-Canyon hinauf zum Mali-Alan-Pass führte. Auch auf dieser Piste war eine Landung weder möglich noch erlaubt.

»Warum landen?«, fragte Tom. »Ich dachte, wir sind wegen Luftaufnahmen hier?«

Der Gast auf dem Co-Piloten-Sitz nickte und starrte weiter stumm zum Fenster hinaus. Zwischen den schroffen Monolithen boten die im Felsentrift wachsenden Bergkiefern und von grünen Borstgrasmatten überzogenen Hänge dem vom grellweißen Kalk geblendeten Auge etwas Erholung. Die Kamera mit dem langen Tele lag unberührt auf seinem Schoß, nicht einmal hatte er sie angesetzt, obwohl das Gebirge vor dem klarblauen Himmel ein fotogenes Farbenspiel bot. Der Fotograf schien dies weder zu bemerken noch daran interessiert zu sein.

Er hatte ihn vom Flughafen Portorož aus angerufen, nachdem eine Mitarbeiterin dort ihm Toms Nummer gegeben hatte.

»Sie bieten Panoramaflüge an?«, hatte der Mann am Telefon ihn auf Englisch gefragt und sich als Fotograf eines Tourismus-Portals ausgegeben.

In der Tat hatte Tom, nachdem Sabrina sich für den Job in der Küche des Trüffelrestaurants entschieden hatte, nicht vorgehabt, untätig in Istrien herumzuhängen, und so war er schon einen Tag später mit seinem ersten Gast zu einem ganztägigen Flug in den Süden aufgebrochen, um – wie ihm dieser Milan gesagt hatte – Luftaufnahmen im Nationalpark *Paklenica* in Dalmatien zu machen, ohne bisher zu seiner Kamera gegriffen zu haben.

»Mit der Gegenlichtblende bekommst du perfekte Kalenderbilder!«, murmelte Tom und betrachtete seinen Fluggast unbemerkt durch die Gläser seiner verspiegelten Sonnenbrille. Als er dann noch bemerkte, wie wenig routiniert dieser angebliche Fotograf mit der Spiegelreflexkamera umging, sagte er in lockerem Ton:

»Mal ehrlich, wie oft haben Sie schon Luftaufnahmen gemacht?«

»Noch nicht sehr oft«, gab Milan zu.

»Wenn Sie Profi-Fotograf sind, ist meine Piper ein U-Boot.«

Milan antwortete zögernd: »Sie haben recht, ich bin kein Fotograf. Ich bin mit meinem Partner auf der Suche nach einem Piloten, und wurde beauftragt, Ihre Flugqualitäten zu überprüfen.«

»Aha«, meinte Tom. »Und wozu dann diese Heimlichtuerei?«

»Nun ja«, sagte Milan, »es geht um Vertrauen. Ich wollte Sie kennenlernen. Einschätzen, wie gut Sie sind.«

»Und zu welchem Schluss sind Sie gekommen?«

Jetzt gelang Milan ein Grinsen.

»Zu dem Schluss, dass wir gerne einen Testflug mit Ihnen durchführen würden.«

»Testflug? Klingt illegal.«

»Ist es aber nicht. Sogar äußerst legal. Nur die Ware ist wertvoll.«

»Hm.«

»Wir müssen Ihnen vertrauen können. Wir wissen nichts über Sie.«

»Oh doch«, widersprach Tom. »Ihr wisst mehr über mich als ich über euch. Ihr kennt meinen Namen, wisst, dass ich bei *Alfa-Bravo-Charlie* bin und die Lizenz für Gästeflüge habe. Ihr wisst, dass ich gesund bin und meine Maschine in Portorož steht.«

»Na gut, was willst du wissen?«, fragte Milan, und Tom registrierte das vertrauliche Du.

»Für wen fliege ich?«

»Für meinen Partner und mich. Namen tun nichts zur Sache.«

»Ich nehme an, dass es sich nicht um Panoramaflüge handelt?«

»Nein. Kurier.«

»Und die Fracht?«

»Streng legal. Auf Bestellung wohlhabender Kunden. Diskretion ist hier sehr wichtig. Unsere Kunden setzen das voraus. Mehr musst du nicht wissen …«

»Okay. Und wohin?«

»Genau darum sind wir heute so weit geflogen. Dubrovnik und Zadar. Monaco. Cannes.«

»Lieferung an Superreiche auf ihren Yachten?«, riet Tom.

Milan nickte. »Je weniger du weißt …«

»… desto besser für mich«, mutmaßte Tom.

»Du bist Deutscher?«, fragte Milan jetzt.

»Ja.«

»Das ist gut. Du sprichst die Sprache. Wir haben auch Kunden dort.«

»Und was zahlt ihr pro Flug?«

»Warum wusste ich, dass du das fragst?«

Milan nannte eine Summe, und Tom sah ihn an.

Im selben Augenblick wurde ihm bewusst, wie leicht es war, wieder dort zu landen, von wo er sich vor langer Zeit zurückgezogen und einen Neuanfang gewagt hatte. Von dort, wo das Geld die Geschäfte regierte.

*

Als Sabrina nach einem dieser langen Tage kurz nach Mitternacht über die Marmortreppe in ihr Zimmer gekommen war und erschöpft auf ihrem Bett lag, fand sie trotz der Müdigkeit nicht in den Schlaf.

Zu viele Gedanken schwirrten in ihrem Kopf. Der Anruf Isabels, den sie hatte abwürgen müssen, weil in der Küche die Hölle losgewesen war. »Heute Abend!«, hatte sie hektisch gesagt, doch jetzt stieß sie nur auf die Mailbox. Ebenso bei Belinda.

Und sie dachte an Tom.

Sie hatte sich auf der Bettdecke ausgestreckt, die Arme hinter dem Kopf verschränkt, und starrte an die nur spärlich vom gestreuten Licht der Hoflaternen erleuchtete Decke, wo ein Gecko auf Beute wartete.

»Hoffentlich warten wir beide nicht vergebens«, flüsterte sie und stand noch einmal auf, um sich einen Chardonnay einzuschenken. Ein Schlummertrunk würde sie leichter in den Schlaf taumeln lassen.

Unten im Innenhof schienen sich noch ein paar späte Gäste zu unterhalten, und sie überlegte, wie es wäre, jetzt mit Tom dort zu sitzen und einer weiteren gemeinsamen Nacht entgegenzublicken.

Wo mochte er sein? War er noch im San Canzian oder schon in Portorož? Lag er auch noch wach, allein in einem großen Bett? Oder war er womöglich schon nach Deutschland aufgebrochen, wie er angedeutet hatte? Was aber zog ihn zurück in die Heimat? Und warum meldete er sich nicht bei ihr?

Sabrina war versucht, ihn anzurufen, als die Intensität der Unterhaltung vor ihrem Fenster an Lautstärke zunahm und sie neugierig nach unten blickte. Sie unterschied zwei Stimmen, beide männlich, verstand jedoch kein Wort. Die beiden Personen hatten sich in die Loggia zurückgezogen, wo sie im Schatten der Arkaden und Säulen nur schwer auszumachen waren.

Zwei Laternen an der Wand der Loggia verströmten ihr Licht nur in den Innenhof, und sie erkannte die Silhouetten nur, wenn sie sich bewegten. Dies taten sie jetzt allerdings heftig, ihr Gestikulieren war wie in einem Schattenspiel zwar nur schemenhaft wahrzunehmen, doch die Wortfetzen, die zu ihr heraufdrangen, klangen emotional und nicht nach einem gemütlichen Feierabendplausch.

Sabrina versuchte vergebens, dem Inhalt der offensichtlichen Auseinandersetzung auf die Spur zu kommen, doch mehr als ein ständiges »Ne!« und »Ipak!« – nein! und doch! – hörte sie nicht heraus. Auch die Stimmen konnte sie nicht zuordnen, da der Disput in unterdrückter Lautstärke geführt wurde und immer wieder ein beschwichtigendes »Sst!« erklang. Nach wenigen Minuten ebbte die Intensität der Unterhaltung ab, man schien sich einig geworden zu sein, und die beiden Männer verließen in unterschiedlichen Richtungen die Loggia.

Sabrina zog sich hinter den Vorhang zurück, um nicht gesehen zu werden, und so entging es ihr, dass einer der Männer, der den Innenhof nicht in Richtung Parkplatz verließ, sich im Schatten des Gebäudes duckte und dem Eingangsportal des Hotels näherte. Sie nahm die Weinflasche vom Außensims, schloss leise das Fenster und zog sich mit einem Glas kalten Chardonnays auf das Bett zurück. Halb sitzend, halb liegend ließ sie den kühlen Wein in ihre Kehle rinnen und dachte über den Disput in der Loggia nach.

Wer waren die beiden Männer gewesen? Worum war es bei der Auseinandersetzung gegangen, die offensichtlich so viele Emotionen hochgeschaukelt hatte? Und warum hatten sie ihren Konflikt hier, in der offenen Loggia ausgetragen und nicht in einem der Innenräume?

Waren es Gäste oder tatsächlich jemand aus dem Restaurant? Fragen über Fragen gingen ihr durch den Kopf, und Sabrina unterdrückte eine innere Unruhe bei dem Gedanken, der Streit könnte mit ihrer Anwesenheit in der Trüffelküche zu tun haben.

Doch warum hätte Željko sie anheuern sollen, wenn er es nicht gewollt hätte? War er einer der beiden Kontrahenten gewesen? Hatte er sich rechtfertigen müssen, weil er einer Außenstehenden Einblick in sein Reich gewährte?

»Jetzt halt aber mal die Luft an!«, rügte sie sich, nahm einen großen Schluck, stellte das Glas beiseite und beschloss, endlich zu schlafen. Sie senkte ihre Lider und atmete tief und ruhig ein und aus.

Schäfchen zählen …

Der Duft von Rosmarin im San Canzian Village …

Tom …

Schneeflöckchen über Boškarinbäckchen …

Diese wilde Nacht …

Hier in diesem Zimmer, in diesem Bett …

Sabrina genoss die Erinnerung, hörte nichts als ihren eigenen, gleichmäßigen Atem.

Und dann dieses leise Rascheln!

Sie öffnete die Augen und starrte an die Decke.

All ihre Sinne geschärft, versuchte sie, das kurze Geräusch zu ergründen.

Die Zimmertür war verschlossen, die Fenster zu. Und doch hatte sie es sich nicht eingebildet.

Der Gecko fiel ihr ein. Wie war er hier hereingekommen? Durch eines der Fenster?

Ein Rascheln? Oder ein Zischen?

Sie schreckte hoch und saß aufrecht im Bett.

Konnte eine Schlange …?

Sie wusste, dass die Hornviper giftig war. Und sie lebte hier, in den Bergen über dem Tal der Mirna.

Sabrina tastete nach ihrem iPhone und schaltete die Lampe ein. Schatten tanzten unheimlich über Wände und Decke. Sie krabbelte über das Bett und leuchtete den Fußboden ab.

Nichts!

Sie schlüpfte in ihre Sneakers und folgte vorsichtig dem Lampenstrahl um die Ecke zur schmalen Diele des Zimmers, die zur Tür führte.

Lautlos glitt das Licht über die Fliesen und blieb an einer leichten Unregelmäßigkeit des Musters und einer anderen Farbgebung hängen.

Das Papier hatte dort zuvor noch nicht gelegen! Jemand musste den A4-Bogen unter der Tür hindurch ins Zimmer geschoben haben.

Das Rascheln!

Papier auf ebenem Boden.

Sabrina blickte sich suchend um, als könnte jemand unbemerkt ins Zimmer gekommen sein, um sie zu beobachten. Sie bückte sich und nahm den Zettel an sich, auf dessen Unterseite in großen Buchstaben etwas geschrieben stand. Sie wusste sofort, dass es eine Warnung war.

Handschrift. Hastig geschrieben. Mangelhafter Kugelschreiber. Fehlerhaft. All dies registrierte sie unbewusst, während sie die wenigen Worte der beiden quer über das Papier geschriebenen Zeilen las:

DIE KLEIN STERNKOCHIN IST ETWAS ZU NEUGIERIG STOP SCHNUFFELN!

*

»Ich bin fast gestorben, als ich in dem Stollen zuerst den Wagen draußen und kurz darauf die Schritte gehört habe«, gestand Isabel, als Carsten sie am frühen Morgen anrief. »Du hast mir einen gehörigen Schrecken eingejagt!«

Carsten Schechinger hatte an jenem Tag bei seiner Arbeit im *Lichtentaler Hof* mitbekommen, wie Graziano mit einem anderen Mann über Trüffeln gestritten und dabei eine *Isabel* erwähnt hatte. Die Betonung des Namens hatte ihn alarmiert, und er hatte versucht, sie zu erreichen. Im *Kleinen Prinzen* hatte er von der Trüffelplantage zwischen Höllisbach und Ödswald erfahren und sich sofort auf den Weg gemacht.

»Gott sei Dank warst du es, und nicht dieser Bäumler«, sagte Isabel jetzt.

Nachdem sie in dem Stollen auf dem Gelände der Trüffelbaumschule den Schatz gefunden hatte, der aus dem Kühlraum des Sternekochs verschwunden war, hatte sie Sabrina angerufen, um sie von ihrer Entdeckung zu unterrichten, und seither vergebens auf einen Rückruf gewartet. Auch Franz Berlin hatte sie informiert.

»Deine große Weiße hat deutlich an Qualität verloren«, hatte sie ihm gesagt. »Die zweitausendfünfhundert Euro wäre sie kaum mehr wert. Ich habe sie eingefroren, aber für deine Sterneküche kannst du sie vergessen.«

»Was passiert nun mit der Trüffel?«, fragte Carsten jetzt.

»Man sagt, sie hält so ein paar Monate, ihrem Aroma tut das aber nicht wirklich gut. Und es ist eben keine frische Trüffel mehr.«

»Du meinst, es ist wirklich die, nach der du gesucht hast?«

»Na ja, nachdem es den Dieben wohl nicht gelungen ist, sie unter der Hand gewinnbringend zu verkaufen, bin ich diesem Pilzwirt als Interessentin wie ein Notnagel erschienen. Er hat doch noch das große Geschäft gewittert. Jetzt hat er keine Kohle und ist auch noch die Trüffel los!«

»Vielleicht kannst du sie ja doch noch verwenden«, meinte Carsten lapidar. »Ich hab da im *Lichtentaler Hof* etwas mitbekommen von einer Trüffelauktion, die demnächst in Baden-Baden stattfinden soll. Ich kann mal die Ohren aufhalten.«

»Eine Trüffelauktion?«, wiederholte sie, vielleicht eine Spur zu aufgeregt und zu laut. »Ja, unbedingt«, bat sie und nahm sich vor, Sabrina davon zu unterrichten.

»Ich tu das für dich!«

»Das ist lieb.«

»Vielleicht war es ja ein Fehler«, sagte er nach einer kleinen Pause und atmete schwer aus.

»Was?«

Sie spürte, wie ihr Herz klopfte. »Schmetterlinge sterben doch überall aus«, dachte sie, »warum überleben die im Bauch?«

Sie wartete gespannt.

»Ach, nichts«, antwortete Carsten.

*

Sabrina erwachte noch vor Sonnenaufgang und starrte im diffusen Licht des heraufdämmernden Tages auf den Zettel, den sie während der ganzen Nacht im Schlaf in ihrer linken Hand gehalten hatte.

DIE KLEIN STERNKOCHIN IST ETWAS ZU NEUGIERIG STOP SCHNUFFELN!

In der Rechten lag noch immer ihr iPhone, und sie erinnerte sich an ihre vergeblichen Versuche, Isabel oder Belinda zu erreichen. Kein Wunder, nachts um drei, wie ihr das Telefon über die letzten beiden Anrufversuche verriet.

Wieder und wieder tastete sich ihr vom unruhigen Schlaf noch verschwommener Blick über die Buchstaben, und sie stolperte abermals über die Schreibfehler. Kein »Ö« und kein »Ü«. War das ein Hinweis auf die Herkunft des Schreibers? Ein Land, in dem man diese Umlaute nicht kannte? Ein Fingerzeig, dass der Verfasser kein Deutscher war? Oder eine vielleicht bewusst falsch gelegte Fährte?

Eine Warnung? Ja, eindeutig. Aber keine, die sie als ernste Bedrohung empfand. Noch nicht.

Irgendjemand musste sie beobachtet haben. Sie hatte in der Küche fotografiert, als sie allein zu sein glaubte. Und herumgeschnüffelt, ja. Der Kühlschrank mit den Trüffeln, die Liste mit den Anweisungen, ein paar Rezepte, die in einer der Schubladen lagen. Na und? War das ein Grund, ihr eine solche Botschaft in der Nacht unter der Tür hindurch ins Zimmer zu schieben? Oder steckte tatsächlich mehr dahinter?

Was sie jedoch am meisten verwirrte, war das Wort STERNKOCHIN. Sie hatte mit keinem Wort von dieser Auszeichnung gesprochen. Woher wusste man also, dass sie Sterneköchin war?

Sabrina war sich sicher, hier, im Zentrum der Istrischen Trüffeln, am richtigen Ort zu sein. Aber war allein schon ihr behutsames »Schnuffeln« jemandem ein Dorn im Auge? Warum hätte man ihr sonst diese Botschaft zukommen lassen sollen?

»Ein bisschen vorsichtiger solltest du sein und diese Warnung nicht ganz auf die leichte Schulter nehmen!«, nahm sie sich vor. »Oder ›Uffbassa!‹ – auf der Hut sein, wie Belindas urschwäbische Oma sicher gesagt hätte.«

Sabrina beschloss, den frühen Tag zu nützen und Pläne zu schmieden. Sie duschte ausgiebig und ging schließlich hinunter ins Restaurant, um erst mal einen heißen Kaffee zu trinken.

Als sie auf die kleine Weintheke neben dem Restauranteingang zusteuerte und diese nicht besetzt war, blieb sie kurz stehen, um den bronzenen Nachbau der Millennium-Trüffel zu betrachten, der dort auf einem Holzsockel ausgestellt war. Die Nachbildung der 1310 Gramm schweren Weißen Rekordtrüffel erinnerte an den sensationellen Fund, mit dem es Giancarlo Zigante am 2. November 1999 ins Guinnessbuch der Rekorde geschafft hatte.

»Du solltest sie küssen und dich dabei fotografieren«, nahm sie sich vor und sah sich um, ob jemand im Restaurant war, der ihr iPhone bedienen konnte. Doch es war noch zu früh, der Dienst ihrer Kollegen begann erst in einer halben Stunde.

Sabrina beugte sich über die Theke, um nach einem Gegenstand Ausschau zu halten, den sie als Stütze für ihr iPhone nutzen konnte, als ihr Blick an einem Dokument hängen blieb, das zur Hälfte aus einem Papierstapel neben dem Drucker ragte.

»Alle Sterneköche, alle Länder«, las sie auf Deutsch, und darunter ihren Namen. *Sabrina Brendle, Kapstadt.*

Sabrina schluckte.

So also waren sie auf die »STERNKOCHIN« gekommen! Man hatte nach ihr recherchiert! Doch hier im Hotel kannte man ihren Nachnamen nicht, sie hatten für die Übernachtung nichts ausgefüllt und auch sonst weder Pässe noch andere Dokumente gezeigt oder hinterlegt. Es gab nur eine Person, die darüber Auskunft geben konnte. Aber warum sollte Tom das getan haben, und vor allem wann? Sie waren doch die ganze Zeit zusammen gewesen!

Sabrina vergewisserte sich noch einmal, dass sie allein war, und nahm das Dokument aus dem Stapel. Das Ausdruckdatum war am Tag, nachdem sie mit Tom hier gegessen hatte. Die Uhrzeit kurz nach Mitternacht.

Da hatte sie im beleuchteten Innenhof des Restaurants

gestanden und auf Tom gewartet. Er war noch zur Weintheke gegangen, um Jan ein Trinkgeld zuzustecken. »Unter Männern«, hatte er beschwichtigend gesagt, als sie ihn begleiten wollte.

Datum und Zeit stimmten überein. Eindeutig! Der sympathische Kellner musste sie sofort im Anschluss recherchiert und die Seite ausgedruckt haben!

Wie hatte mal ein alter Tübinger Journalist, der zugleich ein guter Freund war, zu ihr gesagt: »Es gibt keine harmlosen Mitläufer. Gerade vor Leuten, die keiner Fliege was zuleide tun können, solltest du dich am meisten in Acht nehmen! Auch Rotkäppchen erscheint nur auf den ersten Blick harmlos und bringt am Ende doch den Wolf ums Leben!«

Ein kurzer Blick in den hinteren Teil des Restaurants erinnerte sie an den Abend, an dem sie in das markante und, wie sie fand, so attraktive Gesicht ihres Begleiters geschaut hatte: *Tom*!

Egal wie, es war jetzt bekannt: Sie war Sabrina Brendle *und* Sterneköchin. Es würde ein Leichtes sein, ihre Verbindung in den Schwarzwald herauszufinden und dann auch die zu Franz Berlin.

»Die Nummer wird ein bisschen heiß«, dachte sie und schob das Dokument wieder vorsichtig in den Stapel zurück. »Wenn der Trüffelskandal hier seinen Ursprung hat, sind sie dir schneller auf den Fersen, als dir lieb sein wird!«

Jetzt galt es, richtig zu taktieren und eine Lösung zu finden, die sie aus der Schusslinie brachte. Und vor allem, ohne es Tom merken zu lassen, dessen Rolle in diesem Mysterienspiel ihr immer unheimlicher wurde.

Warum hatte er dem Kellner ihren Namen und ihren Stand verraten? Nur aus Gefälligkeit? Weil er stolz auf sie war? Ha! Aber warum hatte er es dann ihr gegenüber verschwiegen?

Das Misstrauen, das sie in den vergangenen Tagen verdrängt hatte, war zurück. Mehr denn je.

Sabrina beschloss, ab sofort ihr Umfeld noch kritischer zu durchleuchten. Sowohl diesen Rotkäppchen-Kellner als auch den Mann an ihrer Seite. Sie kam sich vor wie Cinderella, doch hatte sie keine Lust, die Rolle von Aschenputtel zu spielen. Sie war ein Siegertyp, und Vertrauen war Frauensache!

»Jetzt ist der Moment, Belinda aus ihrem Dornröschenschlaf auf Mallorca zu erwecken!« Sie griff entschlossen zu ihrem iPhone. Sie würde sie aus dem Schlaf reißen, das war ihr klar. Zum Wachküssen war keine Zeit. Außerdem fehlte der Prinz.

»Wir sind Räubertöchter!«, zischte sie voll Selbstbewusstsein.

»Einsatz Dornröschen im Auftrag von Aschenputtel, um Rotkäppchen & Co. unschädlich zu machen«, sagte sie, als Belinda schlaftrunken ranging.

»Was, ich versteh kein Wort!«, stammelte sie.

»Ist egal. Flug nach Ljubljana buchen, Mietwagen organisieren, herkommen, Trüffeln jagen!«

Sie selbst würde sich auf die Trüffelküche konzentrieren und das »Schnuffeln« Belinda überlassen, die sich, wenn sie es clever anstellte, unbehelligt und unbeobachtet bewegen konnte. Sabrina brauchte nicht viel mehr zu erklären, um Belindas Zusage zu bekommen.

»Was für ein herrliches Märchen«, dachte sie, »und wer am Ende wirklich im Schuh blutet, das Gift von der Spindel abbekommt und vom Wolf gefressen wird, das bestimmen wir!«

*

Der Schriftzug *PORTOROŽ – PORTOROSE* grüßte die Gäste vom Dach des einstöckigen Terminals, an dessen Ende sich die Fensterfront des Towers erhob. Eine Bananenstaude und mehrere violett blühende Bougainvilleen verliehen dem schlichten, grauen Bau mit seiner abgeschrägten Front etwas Flair.

Tom wartete nach der Rückkehr von seinem zweiten »Kurierflug« auf den Mann, der sich aus dem Schatten der Markise vor dem kleinen Duty-Free-Shop löste und über das seit wenigen Minuten von der Herbstsonne beschienene Vorfeld auf die Piper Seneca zukam.

»Du?«, fragte er, als er das Gesicht erkennen konnte, und schüttelte verwundert den Kopf.

»Gleich wiedererkannt?«, erwiderte der andere. »Ist bei meinen Narben sicher kein Problem.«

Unschöne Erinnerungen stiegen in Tom auf, Erinnerungen an eine Zeit, die er am liebsten aus seinem Gedächtnis gestrichen hätte.

Der Mann, dessen wettergegerbtes Gesicht von einigen unschönen Brandnarben gezeichnet war, blieb stehen und taxierte Tom mit zusammengekniffenen Augen von Kopf bis Fuß. Aus seinem Mundwinkel ragte eine Zigarre, und als er den Rauch ausstieß, raunte er:

»Ferdinand Seidler? Du bist es tatsächlich! Oder Tom, wie du dich jetzt nennst.« Seine Stimme hatte etwas Verächtliches. »Der reiche Tom ist zurück.«

»Vlado«, sagte Tom nur.

»Oha! Wie schön, dass du dich noch an den Namen deines alten Freundes erinnerst.«

»Warum nicht?«, fragte Tom. »Nur weil wir uns aus den Augen verloren haben?«

»Aus den Augen?«, höhnte Vlado. »Verdrückt hast du dich! Aus Angst, in den Bunker zu wandern.«

»Du weißt genau, dass meine Eltern damals ihr Haus an der Küste verkauft haben und ich deshalb nicht mehr zurückgekommen bin.«

»Weil sie Schiss hatten. Dachten, ihr armer, unschuldiger Junge kommt bei falschen Freunden unter die Räder.«

»Spar dir deine Häme! Im Übrigen siehst du nicht aus, als wäre es dir viel schlechter ergangen, nach damals«, mutmaßte Tom und spielte auf Vlados wohlgenährten Leib an und auf das fette Goldarmband, das von seinem Handgelenk baumelte.

»Nein. Ich habe meine Strafe abgesessen und mich dann im Grenzgebiet zu Italien herumgetrieben und später in Triest bei einer privaten Sicherheitsfirma gearbeitet. Vor ein paar Jahren habe ich mich selbstständig gemacht und bin in ein lukratives

Transportgeschäft eingestiegen. Ein bisschen so wie damals, falls du weißt, was ich meine.«

»Schmuggel?«, fragte Tom, ohne zu zögern.

»Nennen wir es Handelsunternehmen, das klingt seriöser«, meinte Vlado.

Tom nickte. Seriöser Handel. Damit war Vlado sicher nicht zu seinem Goldklunker gekommen.

Was sie damals in den Ferien getan hatten, war längst verjährt. Sie waren außerdem jung gewesen, halbe Kinder noch, und waren die Risiken eingegangen, weil sie es für ein Spiel, für eine Mutprobe, für ein Abenteuer gehalten hatten. Bis zu dem Tag, der alles verändert hatte.

Er, der mit seinen Eltern die Ferien in Kroatien verbracht hatte, und Vlado mit seinen Kumpels, die am Wasser aufgewachsen waren und besser schwimmen und tauchen konnten als lesen und rechnen. Knapp dreißig Jahre her, rechnete Tom zurück. Nachdem seine Eltern erkannt hatten, dass er durch die Freundschaft mit Vlado auf die – wie sie es nannten – »schiefe Bahn« geraten war, hatte sein Vater die Reißleine gezogen und das Feriendomizil an der Adria verkauft. Seitdem war Tom nie wieder hierher zurückgekommen.

»So seriös wie damals«, sagte er schließlich, »als wir nach Dattelmuscheln tauchten, obwohl es verboten war, sie zu sammeln, weil es die Riffe zerstörte?«

»Du warst ein guter Taucher, für einen *Njemački*!«

»Und du der beste Schmuggler unter den *Hrvatski*.«

Es war eine mühsame Sache gewesen, die Kalksteinriffe unter Wasser zu zertrümmern, um die festsitzenden Muscheln aus ihren Bohrlöchern herauszubekommen. Außerdem war es wegen der Zerstörung der Küstenhabitate verboten. Doch für die jungen Muscheltaucher war es ein lukratives Geschäft gewesen. Sie hatten die irgendwann verbotene Ware über die Grenze im Norden nach Slowenien geschmuggelt, und die slowenischen Gourmetrestaurants in den Touristengebieten zahlten gut für die begehrten Dattelmuscheln.

Sie waren jung gewesen und risikobereit und hatten sich mit dem Schmuggel ihre ersten Mopeds und später sogar Autos verdient. Im Grunde war es nichts anderes, was Vlado jetzt von ihm verlangte.

»Ich bin jetzt zwei Strecken für euch geflogen«, sagte Tom schließlich, »mit jeweils nur einer Handvoll Kisten an Bord. Das Zeug, das ich da transportiere, muss ganz schön wertvoll sein.«

»Ist das der Grund, weshalb Milan mir sagte, du möchtest den Boss sprechen?«

Vlado lachte, und sein Lachen hatte etwas Raues, Hämisches, Verruchtes.

»Milan hat mir nicht erzählt, worum es bei diesen Flügen geht.«

»Na und? Damals hattest du auch kein Problem, ein Geheimnis für dich zu behalten.«

»Ich möchte es trotzdem gerne wissen. Ihr bezahlt mich gut, und ich fliege exklusiv. Du machst mir nicht weis, dass ich einfach teuren Champagner aus Koper an die Cote d'Azur liefere!«

»Was du lieferst, geht dich nichts an! Du bist nur der Kurier, und dafür wirst du bezahlt.«

»Und wenn ich aussteige?«

»Du wirst nicht aussteigen! Es gibt da eine Person, die dir dafür zu wertvoll sein müsste. Sie würde die Folgen zu spüren bekommen. Du weißt, wen ich meine.«

Tom sah Vlado an und kniff die Augen zusammen. Diesem Schwein war alles zuzutrauen.

»Sie wartet auf dich. Und glaub mir, wir beobachten sie auf Schritt und Tritt.«

Tom nickte.

Wie es schien, blieb ihm nichts anderes übrig, als auf Vlados Bedingungen einzugehen. Zumindest noch dieses eine Mal.

»Und jetzt erledigst du gleich deinen nächsten Auftrag, Ware für Deutschland.«

»Und wohin genau?«

»Bodensee-Airport. Milan wird dich begleiten. Nicht, dass

du noch auf dumme Gedanken kommst und den Rückflug vergisst!«

Tom horchte auf, als er den Zielflughafen vernahm. Er beschloss, sobald er ungestört telefonieren konnte, die Person anzurufen, die sein Leben besser kannte als jeder andere Mensch in seinem Umfeld.

Sie mussten sich treffen.

*

»Du hast *was?*«, fragte Sabrina und musste sich zwingen, ruhig zu bleiben, als Isabel ihr von ihrem Fund berichtete.

»Bingo! Hundert Punkte«, kommentierte sie, als die Schwarzwälderin zu Ende erzählt hatte. »Mit diesem *Tartufo vero* fängt zwar keiner mehr was an, aber behalte ihn einfach mal im Gefrierfach. Und pass auf dich auf!«, warnte Sabrina ihre Freundin noch. »Weiß dieser Pilzwirt, wer du bist?«

»Es reicht, dass dieser Graziano es weiß. Aber ich habe noch eine andere Neuigkeit, die vielleicht noch viel brisanter ist.«

»Mach's nicht so spannend!«

»Es soll demnächst eine Trüffelauktion in Baden-Baden stattfinden. Ich hab mal gegoogelt. Im Casino. Ich glaube, da sollte ich mich registrieren lassen.«

»Bitte sei nicht leichtsinnig. Ich habe das Gefühl, wir stochern da gerade …«

»… in einem Wespennest?«, ergänzte Isabel.

*

Belinda verließ das Mietwagenzentrum am *Letališče Brnik*, dem Flughafen von Ljubljana, in einem weißen Lancia Ypsilon und fuhr nach Süden. Zwei Stunden, sagte ihr Navi, würde sie bis zur Grenze nach Kroatien brauchen.

Sie sandte Sabrina eine WhatsApp und erhielt als Antwort den Treffpunkt, ein kleines Restaurant in einem Dorf namens

Grožnjan, das etwas abseits ihrer Route lag. Belinda legte in Buje einen Tankstopp ein und recherchierte das Ziel.

Konoba Pintur, spuckte ihr iPhone aus.

Konoba heißt Kneipe, lästerte Tinker, *das dürfte dann ja genau das Richtige für euch sein! Konoba Ginpur!*

Grožnjan lag hoch oben auf einem Bergsporn, der weit ins Mirnatal hineinragte. Über enge Gassen und an alten venezianischen Steinhäusern vorbei erreichte Belinda das Wirtshaus. Sabrina hatte an einem Tisch mit rot-weiß kariertem Tischtuch auf sie gewartet, und jetzt genossen die beiden Freundinnen istrische Fuži mit Wildem Spargel und Malvasia vom Fass.

»Gibt es einen Grund, dass wir uns hier oben, in diesem malerischen Bergdorf treffen?«, fragte Belinda.

»Ich möchte nicht, dass wir zusammen gesehen werden, und Grožnjan ist abgelegen genug. Außerdem können wir uns hier ungestört auf Deutsch unterhalten. Und die Konoba werden sie kaum als möglichen Treffpunkt im Auge haben.«

»Hast du Angst, verfolgt zu werden?«

»Das nicht. Aber es kommen immer mehr Puzzleteile zusammen.« Sabrina berichtete kurz von Isabels Trüffelfund und der geplanten Auktion.

»Aber auch hier nimmt die Sache langsam Fahrt auf. Diese Botschaft wurde vorletzte Nacht unter meiner Tür durchgeschoben.«

Sabrina reichte Belinda ihr iPhone, mit dem sie den Zettel abfotografiert hatte.

DIE KLEIN STERNKOCHIN IST ETWAS ZU NEUGIERIG STOP SCHNUFFELN!

Lernt erst mal schreiben, bevor ihr hier einen auf dicke Hose macht, ihr Schnuffelheinis, meinte Tinker.

»Hm. Das klingt eindeutig.«

»In der Tat. Isabel sprach treffend von einem Wespennest.«

»Hast du einen Verdacht, wer dahinterstecken könnte?«

»Nein. In Livade habe ich nur mit dem Küchenchef zu tun. Dem traue ich das nicht zu.«

»Sonst hast du zu niemand Kontakt?«

»Jan. Er ist Kellner.« Sabrina rollte die Augen. »Ein smartes Schnittchen. Adrett, jung, elegant. Ihm habe ich mehr oder weniger meine Stellung dort zu verdanken.«

»Und du bist sicher, dass du ihm trauen kannst?«

»Jan? Unbedingt! Von dem würde ich mir das Frühstück ans Bett bringen lassen, ohne mir Sorgen zu machen.«

»Nackt?«

»Das würde ihn erschrecken.«

»Okay, dann scheidet Jan aus. Und das war's?«

»Ja.«

»Und welche Rolle soll ich nun spielen?«

»Du sollst verdeckt ermitteln! Irgendwo zwischen hier und Zavelstein tauchen plötzlich schlechte Trüffeln auf, und eine wertvolle Weiße, die um diese Jahreszeit mit Gold aufgewogen werden kann, landet bei Franz Berlin, um dann in einer Höhle im Schwarzwald zu vergammeln, anstatt wertvolle Hehlerware zu sein. Für mich steht fest, dass sich die seltsamen Machenschaften irgendwo auf dem Weg zwischen Trüffelsuche und Trüffelmenü abspielen müssen.«

»Aha. Und warum ›Trüffeln jagen‹?«

»Sie sprechen hier nicht von Trüffelsuche, sondern von ›Trüffeljagd‹.«

»Und ich soll jetzt mit einem dieser Typen allein in den Wald?«

»Du wirst Spaß haben und dich sportlich in der Natur betätigen. Wenn ich die Philosophie ZIGANTES richtig verstanden habe, sind seine Trüffeljäger auf Herz und Nieren geprüft!«

Die Jäger auf Nieren, das kleine Häschen auf Leber, wenn das mal gut geht!

»Ich hab das für heute arrangiert und gebe dir nachher Treffpunkt und Uhrzeit. Lass dich von dem Trüffeljäger in alle Geheimnisse einweihen.«

»Okay«, stimmte Belinda zu. »Beim letzten Mal waren's Küsse von einem Strauß, dieses Mal werden's Trüffeln von einem geschulten Jäger. Ich hoffe nur, ich werde deinen Erwartungen gerecht.«

»Wohnen wirst du in einem reizenden kleinen Hotel auf halber Strecke zwischen Livade und Portorož, das zu den *Small Luxury Hotels of the World* gehört.«

Kleiner Luxus oder kleines Hotel, das ist hier die Frage, bemerkte Tinker.

»Du wirst begeistert sein. *San Canzian Village* hat eine traumhafte Lage und eine noch traumhaftere Bar. Und Francesca ist eine Perle. Ich habe sie informiert, dass du das Zimmer bewohnst, das Tom und ich gebucht hatten. In einem Land wie Kroatien werden nicht viele Fragen gestellt, also fahr hin und fühl dich wohl. Hier ist die Zimmerkarte. Ach ja, und bitte sei so lieb und erwähne ihr gegenüber nichts von unserer Mission. Tom und sie scheinen sich zu kennen. Ich weiß aber keine genaueren Hintergründe. Daher: Sicher ist sicher!«

»Und was ist mit Tom?«

»Er hat ausgecheckt. Wollte nicht allein dableiben, hat er gesagt. Das wäre dein zweiter Auftrag!«

Was? Tom Gesellschaft leisten? Prima!, klatschte Tinker hocherfreut in die Hände.

»Was?«, hakte Belinda nach.

»Tom. Er hat sich nach Portorož abgesetzt, um zu fliegen. Seitdem habe ich nichts mehr von ihm gehört. Ich wüsste gerne, wohin.« Sabrina zögerte. »Und mit wem!«, fügte sie schließlich noch an.

»Aha«, machte Belinda, »jemand Bestimmtes, auf den ich achten sollte?«

»Eine spindeldürre deutsche Klapperschlange mit hervorstehendem Schlüsselbein, an dem man Kleiderbügel aufhängen kann«, wollte sie schon hervorstoßen, stattdessen sagte sie nur »Katja«, und es klang wie ausgespuckt.

*

Der Morgen war anstrengend gewesen, sie hatte das letzte Meeting erst vor einer halben Stunde beendet und ließ sich jetzt erschöpft auf den Sitz ihres weißen Cayennes gleiten. Sie nahm ihr Smartphone aus der Tasche und schaltete den Flugmodus aus.

Ein Dutzend Anrufe und zahlreiche neue Nachrichten. Sie wählte den Anrufer aus, der ihr am wichtigsten war, und stellte das Handy auf laut. »Anruf heute um 9 Uhr 27«, sagte die computergenerierte, weiblich klingende Smartphone-Stimme.

Sie sah auf die Uhr und stellte erleichtert fest, dass der Anruf noch keine Stunde her war. Die sonore Stimme des Mannes füllte den Innenraum des Coupés und ließ ihr Herz schneller schlagen.

»Hey, Moneypenny, schaffst du es mit deinem übervollen Terminkalender, heute Mittag in Friedrichshafen zu sein? Mir wäre es nach ›Schwäbischer Pasta‹, so wie damals, erinnerst du dich? Ich lande als kulinarischer Kurier um zwei und parke laut Anweisung vor der Zollabfertigung. Ich könnte so gegen drei im *Klosterwirt* sein.«

»Du klingst mal wieder sehr geheimnisvoll, mein Lieber«, las sie heraus. »Schwäbische Pasta«, so hießen in dem Wirtshaus unweit des Flughafens tatsächlich die Nudelgerichte der Heimatküche. Sie hingegen schwärmte für das zarte argentinische Filetsteak mit *Trüffelfritten*, einer weiteren Spezialität des Hauses.

Sie hörte den Rest der Sprachnachricht ab:

»Kann leider nicht über Nacht bleiben, aber so ist das nun mal bei einem Kurier. Muss wieder zurück, mit einem kleinen Stopover in Nizza. Schreib mir, ob du kommst!«

Ende der Nachricht, sagte die weibliche Stimme, und sie legte das Smartphone in ihren Schoß.

Das war mal wieder typisch. »Schreib mir!«

Nur keinen Rückruf.

Mister Heimlich eben.

»Und manchmal unheimlich.« Sie startete den Wagen. Mit dem Cayenne würde sie es schaffen, in drei Stunden von der Oos am Bodensee zu sein.

*

Das verdorrte Laub des lichten Auwalds von Motovun ließ die Sonnenstrahlen zwischen der dunklen Rinde der schlanken Stieleichen auf dem hellbraunen Boden tanzen, und Belinda hörte das Rascheln der dürren Graspolster bei jedem ihrer Schritte.

»Wir hätten vor vier Stunden hier sein müssen«, meinte Joško. »Offiziell darf man erst ab sechs Uhr suchen, da brauchst du noch eine Stirnlampe. In den frühen Morgenstunden, wenn der Tau noch frisch über dem Boden hängt, und bei Nebel ist es für die Hunde leichter, den Duft der Knollen aufzuspüren. Am stärksten riechen Trüffeln nach Neumond.«

Der Trüffeljäger trug eine etwas zu große, abgewetzte dunkle Cordhose, schwere Stiefel, deren Farbe praktisch nicht zu erraten war, und eine dunkelgrüne Fleecejacke. Über der Schulter hing an einem breiten, schwarzen Riemen eine Ledertasche, und in der linken Hand hielt er einen schmalen Spaten, der Belinda an eine zu kurz geratene Schäferschippe erinnerte.

»Woher sprechen Sie so gut Deutsch?«, fragte Belinda.

»Ich habe viele Jahre in Deutschland gearbeitet. War eine sehr schöne Zeit.«

Der übergewichtige Naturbursche zählte sicher weit über siebzig Jahre, sein glatt rasiertes Gesicht war rund und aufgedunsen, ein unscheinbarer Oberlippenbart kräuselte sich grau unter der zu klein geratenen Nase, und seine Augen lagen im Schatten einer ausgebleichten, ehemals sicher blauen Schildmütze. Der breite Stiernacken, das fleischige, wabernde Kinn ließen keinen Hals erkennen, und sein kahl geschorener Kopf erinnerte Belinda an den Schauspieler Gert Fröbe.

»Na, dann mal los, Mister Goldfinger, zeig, was du kannst!«, hatte sie noch gedacht, als sie hinter ihm auf einem schmalen, wackligen Brettersteg einen Bach überquerte. Sie hatte zu der Gestalt, die ihr so gar nicht zu ihrem Bild von einem Trüffeljäger zu passen schien, noch nicht wirklich Vertrauen gefasst.

Nach Sabrinas Schilderung hatte sie damit gerechnet, einem sportlichen, adretten Jäger in den Wald folgen zu müssen, dessen

Kondition sie womöglich nicht gewachsen war. Jetzt hatte sie eher die Sorge, der Übergewichtige würde wohl kaum mit seinen Hunden Schritt halten können, ohne alle fünf Minuten Atem schöpfen zu müssen oder im morastigen Boden des Waldes bis zu den Knien zu versinken.

Doch Belinda hatte sich getäuscht. Der Trüffeljäger schien sich vom behäbigen Koloss in einen behänden Waldläufer verwandelt zu haben und balancierte problemlos auf schmalen Baumstämmen und sprang über breite Gräben.

»Sind Sie schon lange ein Trüffeljäger?«, fragte sie den Alten.

»Schon viele Jahre.« Joško grinste. »Ich bin mit dem Gold von Istrien aufgewachsen, schon mein Vater hat Trüffeln gesucht. Bevor wir als Trüffelland groß geworden sind, haben wir den Italienern unsere istrischen Trüffeln verkauft, und sie wurden dort als Albatrüffeln deklariert. Ich habe viele gute Geschäfte gemacht, aber heute werden Trüffeln intensiv bei uns gejagt und bleiben im Land. Die Kontrollen sind zwar streng, aber viele Trüffeln gehen trotzdem inoffizielle Wege. Manche behaupten sogar, ein Teil aller sogenannten Albatrüffeln stamme noch immer von hier.«

Jetzt rief er Stella und Luna, seine beiden Cockerspaniels, die sich stöbernd zwischen Wurzeln und mächtigen Baumstämmen davongemacht hatten.

»Ich dachte immer, man sucht Trüffeln mit Schweinen?«, fragte Belinda vorsichtig.

»Das waren die Anfänge. Man ist davon ausgegangen, dass sie die feinere Nase haben, aber Hunde stehen ihnen in nichts nach. Wühlende Schweine zerstören zu viel, darum ist Trüffeljagd mit Schweinen heute in manchen Gegenden sogar verboten.«

»Und Hunde fressen keine Trüffeln?«

»Doch.« Der alte Mann schmunzelte. »Darum müssen wir einfach schneller sein. Und den Hunden vertrauen, dass sie sich bemerkbar machen, wenn sie etwas gefunden haben.«

»Giancarlo Zigante soll großen Wert darauf legen, dass der Trüffeljäger seine Hunde gut behandelt«, bemerkte Belinda.

»So denkt Giancarlo Zigante. Der Trüffeljäger muss gut zu

den Hunden sein, die Erde ehren und die Natur lieben. Er sagt, dass Trüffeln unser Land schützen«, ergänzte Joško.

»Sie kennen Zigante gut?«

»Ich war dabei, als er seine Rekordtrüffel mit seinen istrischen Freunden geteilt und gegessen hat. Das war sehr verrückt, denn er hätte sie teuer verkaufen können. Viele haben damals den Kopf geschüttelt, weil er sie nicht zu Geld gemacht hat. Er wäre auf einen Schlag ein gemachter Mann gewesen. Von ihm hat schon mein Vater gelernt, was es heißt, ein guter Trüffeljäger zu sein. Giancarlo war es aus Passion, man erzählt, er hat als kleines Kind seine ersten Schritte im Wald gemacht.«

Jetzt erst registrierte Belinda, wie behutsam der schwergewichtige Trüffeljäger seine Schritte platzierte, um ja kein wertvolles Kraut zu zertreten. Sie folgte Joško, der vor ihr den schmalen Pfad entlang schritt und dabei immer wieder aufmerksam nach seinen beiden Hunden Ausschau hielt.

»Für die Trüffelhunde ist das hier ein Spaß, sie haben Freude an der Suche, und wir spielen mit ihnen«, erklärte er, während die beiden Spaniels munter durch den Wald tobten. Fast schien es Belinda, als wären sie im Wald zu Hause. Auch der Jäger war eins geworden mit seiner Umgebung und seinen Hunden, die immer wieder zu ihm zurückkehrten, seine Hosenbeine streiften, um dann erneut zwischen den umgeknickten Farnen und längst verblühten Primelstauden zu verschwinden, die Nase stets am Boden und die Rute nach oben gereckt.

»Sie suchen nicht nach Drogen und sind auch keine Spürhunde, die arbeiten müssen. Ihre Nasen riechen die reifen Trüffeln, selbst wenn sie einen halben Meter unter der Erde im Verborgenen ruhen, und wir vertrauen auf ihren Instinkt.«

Geschickt duckte sich Joško unter herabhängenden Ästen hindurch und wich durch fast elegant wirkende kleine Bewegungen ausgetrockneten Sümpfen und rissigem Morast aus. Lässig baumelte dabei der schmale Trüffelspaten aus seiner rechten Hand nach unten, während unter der linken Armbeuge die Ledertasche ruhte.

»Mithilfe des schmalen Spatens erhalten wir den Wald. Wer die Natur nicht liebt und den Wald nicht achtet, arbeitet nicht als Trüffeljäger bei ZIGANTE«, betonte der Trüffeljäger. »Und es gibt viele Jäger ohne Lizenz in den Wäldern von Motovun.«

»Schwarze Schafe?«

»Leute, denen es nur um den Profit geht. Die sich auch nicht scheuen, eine Schwarze Trüffel zu schälen und die Knolle mit ihrer glatten Oberfläche als Weiße Trüffel anzubieten. Es gibt immer wieder Streit, Gewalt und vergiftete Hunde.«

Er pfiff laut, als die Hunde Laut gaben und ihm durch Schnuppern und Wühlen einen Fund signalisierten. Jetzt galt es, schneller zu sein als Stella und Luna, sie am Fundort zurückzuhalten, vorsichtig mit dem Spaten nachzugraben und den schwarzen, erdigen Klumpen zu sichern, ehe die Hunde danach schnappen und ihn womöglich zerbeißen konnten. Minuten später hatte Joško mit seinem Spaten die Knolle freigelegt, holte sie vorsichtig mit seinen Fingern aus dem erdigen Loch und reichte die Trüffel Belinda.

»Eine Herbsttrüffel«, kommentierte er, während er das Loch wieder mit Erde füllte und unkenntlich machte, um Spuren zu verwischen, aber auch, um die Sporen vor Austrocknung zu bewahren. »Eine Schwarze Trüffel mit hellerem Fleisch. Man kann sie noch bis in den Winter hier im Wald finden.«

Er griff in seine Jackentasche und belohnte seine beiden Spaniels mit einem Stück getrockneten Fleisches. »Einen guten Hund, einen Spaten, ein Paar Stiefel und Geduld, mehr braucht man dazu nicht.«

Sie gingen zurück zu dem Wiesenstück, wo zwischen Belindas Lancia und dem offenen Suzuki des Trüffeljägers ein verbeulter beiger Kleinwagen geparkt war, dessen Fahrer sich hinter der heruntergekurbelten Scheibe zu einem Nickerchen zurückgelehnt hatte.

Joško ließ seine beiden Hunde auf das Heck des Vitara springen und schloss die Ladeklappe.

»Wenn ich mich über die Transportwege der Trüffeln informieren möchte, wer bei ZIGANTE könnte mir da Auskunft geben?«, fragte Belinda, während sie die Fahrertür ihres Lancia aufschloss.

»Geben Sie mir Ihre Nummer, man wird Sie anrufen«, antwortete Joško.

Sie diktierte ihm die Zahlenfolge laut und vernehmlich, und er gab sie in sein Handy ein.

Der Mann, der in dem Alfa Romeo geschlafen hatte, steckte den Zettel, auf dem er sich die Handynummer der Frau notiert hatte, zufrieden ein und grinste. Er wartete ab, bis Belinda das Wiesenstück verlassen hatte, stieg aus und näherte sich langsam dem Wagen des Trüffeljägers. Joško blickte auf, hörte schweigend zu und nickte. Dann startete er seinen Vitara und fuhr nach Hause.

Der Fahrer des Alfa Romeo grinste zufrieden, stieg ein und griff zu seinem Handy.

»Läuft alles nach Plan«, sagte er, »der Trüffeljäger wird liefern.«

*

Das Luftschiff schwebte in einem langsamen Bogen fast majestätisch über Friedrichshafen ein und hielt Kurs auf seinen Landeplatz. Die Frau, die in der Lounge des Zeppelinhangars einen Champagner trank, beobachtete das Landemanöver des Giganten. Einmal in der Ruhe eines Zeppelins von Friedrichshafen aus über den Bodensee zu schweben, ob zur Bregenzer Bucht oder zur Mainau oder hinüber in die Schweiz, das malerische Ufer am Horizont und die endlos scheinende, tiefblaue Oberfläche des Sees unter sich, wäre ein Traum, den sie sich auch noch erfüllen sollte.

Sie blickte zur Uhr. Zeit, aufzubrechen, um auf die gegenüberliegende Seite des Flughafengeländes zu fahren.

Zehn Minuten später durchquerte sie die Ankunftshalle des Terminals, die durch die einfallenden Sonnenstrahlen der Lichtkuppel einladend hell wirkte, folgte den Schildern mit der Aufschrift *Aussichtsterrasse View* und gelangte über ein schmales Treppenhaus in die oberste Etage des Bodensee-Airports.

Sie stieß die Tür zur menschenleeren Dachterrasse auf und suchte den südlichen Horizont nach Flugbewegungen ab. Hinter den Zwiebeltürmen der Schlosskirche, Wahrzeichen Friedrichshafens, schoben sich die Berge der Schweizer Alpen in den Horizont.

Im selben Augenblick erfasste sie die Piper Seneca, die jetzt in ihr Sichtfeld kam. Sie entzifferte das Kennzeichen, als die Maschine auf der Landebahn des Bodensee-Airports aufsetzte, und beobachtete, wie sie schließlich ihre Parkposition erreichte. Jetzt wurden die beiden Triebwerke des Jets abgestellt, und als sich die Tür zum Cockpit öffnete, erkannte sie den Piloten.

Ein Lächeln huschte über ihr Gesicht, und sie unterdrückte den Drang, ihm zuzuwinken. Sie wusste, dass er das hasste, und vermutete, dass er sie im Gegenlicht hier oben ohnehin nicht erkennen würde. Sie freute sich, den Mann wiederzusehen, mit dem sie so viel verband und den sie zuletzt vor wenigen Tagen in Baden-Baden in ihre Arme geschlossen hatte.

Jetzt kletterte ein zweiter, jüngerer Mann mit hellgrauer Fliegerjacke aus der Maschine und eilte, ein paar Papiere in der rechten Hand, auf den Hangar zu. Sicher auf dem Weg zur Zollabfertigung, die sich dort unten im Ankunftsbereich befand, vermutete sie.

Der Pilot hatte sich inzwischen an der Ladeklappe zu schaffen gemacht und war schließlich ins Heck der Piper geklettert. Der Mann, der mit den Papieren im Terminal verschwunden war, kam jetzt zurück, begleitet von einem untersetzten Typen in dunklem Overall, der einen silberblauen Kofferkuli vor sich herschob.

Die Frau nahm ein kleines Fernglas aus ihrer Handtasche, um besser erkennen zu können, was da vor sich ging. Die beiden Männer hievten eine schwarze Kiste aus dem Laderaum der Piper und stellten sie auf dem Trolley ab.

Der Pilot kletterte aus dem Flugzeug und schien sich daranzumachen, die Ladeklappe zu schließen. Sie stellte das Fernglas scharf und fokussierte auf die schwarze Box auf dem Kofferkuli.

»Was soll das?«, fragte sie sich. »Nur die eine Kiste?«

Die Frau setzte das Fernglas ab und beobachtete die drei Männer. Irgendetwas an ihren Gesten und Bewegungen missfiel ihr. Warum hatte sie das Gefühl, dass dort bei der Maschine eine gewisse Aggression in der Luft lag? War es Einbildung, oder lag in der Körperhaltung der beiden anderen etwas wie Angriffsbereitschaft?

Jetzt konnte sie sein Kopfschütteln erkennen und wie er sich aufrecht stehend mit dem Rücken gegen die Piper lehnte. Waren seine Hände in Abwehrhaltung nach vorne gerichtet oder sollte das eine Umarmung andeuten? Nein, es war eindeutig, dass er in die Defensive gegangen war. Die Vorzeichen eines sich anbahnenden Kampfes waren nicht zu übersehen.

Die Konstellation beunruhigte sie, und sie hatte keine Handhabe, aus der großen Distanz einzugreifen. Hier oben und auf dem Vorfeld war niemand zu sehen, den sie um Hilfe bitten konnte, das Terminal war wie leergefegt gewesen, als sie es betreten hatte, und selbst falls im Büro der Luftaufsicht noch jemand anzutreffen sein sollte, war es unwahrscheinlich, dass er etwas würde ausrichten können.

Es hatte etwas Bedrohliches, wie sich der Untersetzte und der Jüngere dem Piloten näherten, Körperhaltung und Gestik verrieten Feindseligkeit. Eine ungleiche Ausgangslage, bei der die Chancen des Piloten eindeutig schlecht standen.

Verzweifelt suchte sie nach einer Lösung, griff nach ihrem Smartphone und drückte die Kurzwahl mit seinem Namen, doch er ging nicht ran.

Immer enger rückten ihm die beiden Männer auf den Leib, immer energischer waren die Abwehrbewegungen seiner von sich gestreckten Hände. Der Blick des Piloten erstarrte, sein Kopfschütteln hatte sich in ein Nicken verwandelt, er schien die Ausweglosigkeit seiner Situation eingesehen zu haben und senkte beschwichtigend die Arme. Er folgte offensichtlich den Weisungen des Jüngeren, und dann geschah etwas, was nach ihrem Empfinden so ungewöhnlich war, dass es sofort Alarm in ihr auslöste.

Sie riss ihre Arme in die Höhe und begann aufgeregt zu

winken. Gleichzeitig rief sie seinen Namen, war sich aber nicht sicher, ob ihre Stimme bis dorthin trug. Einer der Männer blickte zu ihr herauf, drehte sich dann wieder zu dem anderen um und fing an, aufgeregt zu gestikulieren. Sie fing einen kurzen Blick des Piloten auf und starrte wie gebannt auf die Szene.

Was immer sich dort zwischen den drei Männern abspielte, sie hätte nie damit gerechnet, dass er sich dazu drängen ließ, wieder ins Cockpit der Piper zu klettern und die Maschine zu starten, und doch tat er genau das!

Was war mit ihrem Treffen? Was wurde aus dem gemeinsamen Essen im *Klosterwirt*? Was aus all dem, worauf sie sich so gefreut hatte?

Panik stieg in ihr auf. Nicht wegen der »Schwäbischen Pasta« und dem Filetsteak mit »Trüffelfritten«, hier ging es um Tom! Sie pfiff auf all die Mysterien und Geheimnisse, mit denen er sich so gern umgab – hier lief etwas gehörig aus dem Ruder, und sie musste es machtlos mit ansehen.

Entsetzt zuschauen, wie er in seine Maschine gedrängt wurde.

Verwirrt beobachten, wie der Jüngere, der sie angesehen hatte, zu ihm ins Cockpit stieg und die Tür von innen schloss.

Konsterniert mit ansehen, wie er fremdgesteuert den Kopfhörer überstreifte und Funkkontakt zum Tower aufnahm.

Fassungslos erkennen, dass die Piper Seneca zur Startbahn rollte.

Sie lief aufgeregt an der Gitterfront des Schutzzaunes entlang, als ob es irgendwo eine Lücke gäbe, durch die sie hinunter aufs Vorfeld gelangen und den Start aufhalten könnte. Obwohl sie ahnte, dass niemand sie hören würde, fing sie an, laut zu rufen, doch niemand kam und keiner half ihr.

Die Ausweglosigkeit der Situation hatte etwas Bedrückendes, und sie fasste sich verzweifelt an den Kopf. Sie nahm erneut das Smartphone und drückte die Wahlwiederholung. Vergebens.

Was tun?

Wie ihn erreichen?

Wie ihn aufhalten?

Sie musste anhören, wie die beiden Triebwerke auf Touren kamen.

Sie musste zusehen, wie sich die Maschine holpernd in Bewegung setzte, mit ansehen, dass sie zur Startbahn rollte. Feststellen, dass er sich von ihr entfernte. Und erkennen, dass er dabei war, abzuheben und davonzufliegen, ohne sich auch nur einmal nach ihr umgesehen zu haben.

»Verdammt!«, zischte sie und versuchte, das Durcheinander ihrer Gedanken zu ordnen. »Was geht hier ab?«

Eine Landung am See, eine schwarze Kiste, die als einzige Ware ausgeladen worden war. Ein Typ mit einem Trolley! Sie blickte zur verlassenen Parkposition der Piper.

Weg!

Warum war er so schnell wieder gestartet?

Das war entgegen ihrer Abmachung.

*

Belinda hörte dem Mann am anderen Ende der Leitung zu. Der Anruf, auf den sie gewartet hatte. Er hatte eine sympathische, sonore Stimme, sprach etwas gebrochenes Deutsch, nannte sich Ivo und hatte ihre Nummer und ihren Namen von dem Trüffeljäger, hatte er ihr gesagt.

»Bessere Adresse für ungestörtes Gespräch unter vier Augen gibt es nicht in ganz Portorož«, sagte Ivo und schlug ihr eine entlegene Wellness-Oase, das *Thalasso Spa Lepa Vida* im Landschaftspark *Sečoveljske soline,* als Treffpunkt vor.

»Buchen Sie Behandlung für Morgen. Einer meiner Freunde arbeitet im Spa. Treffen an kleiner Bar ist kein Problem.«

Belinda fand den Gedanken reizvoll, sich dort eine Massage zu gönnen und danach auf den Informanten des Trüffeljägers zu warten. »Es führt nur einsame steile Granitsteinpiste dorthin. Sie folgen Straße, was zum Flughafen führt, und dann Richtung Seča, über *Jernejev Kanal* und stellen Wagen auf Parkplatz ab. Man holt Sie mit Elektrofahrzeug ab. Ich komme mit meinem Boot über *Dragonja-Kanal* direkt zum Anlegeplatz. So bekommt keiner mit, dass wir uns treffen. Joško meint, ist besser so.«

*

Die Frau überquerte die Dachterrasse des Bodensee Airports und spähte auf der anderen Seite hinunter zum Parkplatz jenseits der schmalen Straße, die zu dem etwas abgelegenen Flugplatz gegenüber dem Messegelände führte. Wohin war dieser unförmige Typ mit dem Trolley und der Ware verschwunden?

Nur wenige Autos waren auf den gekennzeichneten Flächen hinter den gelben Schranken abgestellt, und im Halteverbot direkt vor dem Terminal stand ein weißer Kleintransporter. Diese Zone war ausschließlich Flughafenshuttles, Fernbussen und Lkws mit Sonderbewilligung vorbehalten. Als sie sich über das Geländer beugte, um nach dem Untersetzten Ausschau zu halten, und im Augenwinkel den silberblauen Kofferkuli neben dem weißen Kastenwagen entdeckte, schaltete sie.

Gleichzeitig bemerkte sie, wie sich der Kleintransporter in Bewegung setzte. Noch ehe es ihr gelang, das Kennzeichen zu erfassen, entfernte er sich mit aufheulendem Motor in hoher Geschwindigkeit, erreichte die Kurve am Ende des Terminals und verschwand kurz darauf auf der Straße, die in »alle Richtungen« aus dem Flughafengelände führte. Sie hatte nicht einmal erkannt, ob es ein Fiat, ein Ford oder ein Renault gewesen war, und sich auch die Buchstabenkombination des Schriftzugs auf der Hecktür nicht gemerkt.

Versagt auf ganzer Linie! Sie schlug mit der flachen Hand auf die Brüstung, verzweifelt und wütend zugleich, und nur drei Buchstaben tanzten wild in ihrem Kopf, bis ihr schwindlig wurde vor Zorn und Angst:

Tom!

*

Franz stand schon eine Stunde früher als sonst in der Küche seines Sternerestaurants. Noch war er allein. Der Rest seiner jungen Küchenmannschaft hatte erst in einer Stunde Dienstbeginn, und er hatte sich vorgenommen, mit Catrien noch für den Druck der Speisekarten die Menüfolge des Abends durchzugehen.

Er war gerade dabei, die Anzahl der Reservierungen zu prüfen, als sein iPhone, das er auf der Edelstahlanrichte neben sich liegen hatte, klingelte. Der Anruf erreichte ihn nur, weil er noch die Rückmeldung eines Lieferanten erwartete. Daher hatte er das Handy ausnahmsweise nicht außer Hörweite gelassen, wie er es sonst während seiner Küchenzeit tat.

Ohne einen Blick darauf zu werfen, wischte er über das Display und meldete sich, in der Gewissheit, am anderen Ende den Lieferanten zu haben, statt mit seinem Namen mit einem saloppen:

»Wenn Sie liefern, kann ich anfangen …«

In genau diesem Moment kam Catrien mit einem fröhlichen »Hallooo« in der Stimme schwungvoll zur Türe herein und stellte einen Karton, der offensichtlich schwer gewesen sein musste, so laut scheppernd ab, dass der Koch am Telefon nur ein »Ich hoffe, ich störe Sie nicht« mitbekam.

Rasch war ihm klar, dass die sympathisch klingende Frauenstimme nicht dem erwarteten Lieferanten gehörte. Da er jedoch gedanklich schon beim ausgebuchten Abend in seinem Lokal war und es noch einiges mit Catrien zu besprechen gab, antwortete er nur mit einem kurzen »Nein, schießen Sie los!«.

Er war es gewohnt, nicht nach den Namen am anderen Ende der Leitung zu fragen, da eine Vielzahl von Anrufern nur wegen eines Presseartikels, einer Küchenstory, eines Fotos oder eines Interviewtermins anfragten. Worum es sich jetzt handelte, würde er im Verlauf des Gesprächs noch früh genug erfahren.

»Ich wollte nur eine kurze Auskunft haben. Könnte ich vielleicht kurz mit Sabrina reden?«

Franz war unsicher.

»Sabrina? Aus der Verwaltung?«

»Nein, die Köchin aus Südafrika.«

»Sie meinen Sabrina Brendle?«

»Genau die.«

»Sorry, kann ich nicht dienen. Sie ist gerade nicht im Land.«

»Meines Wissens ist sie nicht mehr auf Mallorca.«

Das leicht süffisant freundschaftliche Lächeln in der Stimme am anderen Ende der Leitung signalisierte Franz, dass es sich wohl um eine private Freundin handeln musste. Er bestätigte, kurz angebunden, da Catrien schon ungeduldig mit den Fingernägeln auf einen Topfdeckel trommelte:

»Ja.«

Mit seinem nächsten Satz beendete er das Telefonat: »Mal schauen, was sie jetzt in Istrien alles anstellt!«

Welchen Gefallen er der fremden Anruferin mit dieser Information erwiesen hatte, konnte der Sternekoch nicht ahnen.

*

Die junge Frau in dem Café in Baden-Baden hatte das Handy vor sich auf den Tisch gelegt und nahm einen großen Schluck aus ihrem Wasserglas. Tom war nach wie vor nicht rangegangen und das neue Handy, das sie ihm besorgt hatte, nicht zu erreichen gewesen. Er hatte es mit Sicherheit noch nicht in Betrieb genommen.

Dafür war das Gespräch mit Franz Berlin so verlaufen, wie sie es sich erhofft hatte. Sie kannte nun den Nachnamen Sabrinas und sogar ihren Aufenthaltsort oder zumindest die Ecke, in der sie nach Tom suchen musste. Allerdings bewegte sie die innere Unruhe jetzt dazu, schnell einen Fünfeuroschein aus ihrem Portemonnaie zu fischen und unter ihr noch halb volles Glas zu klemmen. Das würde reichen.

Ihr Gefühl sagte ihr, dass die Zeit drängte.

*

Das Terminal des *Aerodrom Portorož* lag im Dämmerlicht, als Tom und Milan die Maschine verließen.

Der Pilot und sein Begleiter hatten auf dem Flug von Friedrichshafen nach Nizza geschwiegen, dort die Ladung gelöscht und das Betanken der Maschine abgewartet. Ohne auch nur ein Wort zu wechseln, hatten sie den Rückflug nach Portorož angetreten.

Der Vorfall am Bodensee-Airport, bei dem sie Tom mit massiver Gewalt in sein Cockpit zurückgedrängt und zum Start gezwungen hatten, ließ ihm keine Ruhe. Vlado war ein Krimineller, ein Schmuggler, aber schlussendlich doch ein kleines Licht. Außerhalb seines Hoheitsgebiets würde er keinen Einfluss haben.

Tom hegte keinen Groll und dachte auch im Traum nicht daran, Vlados illegale Aktivitäten womöglich an die Behörden zu verraten, doch hatte er keine Lust, deswegen eines Tages seine Pilotenlizenz zu verlieren. Während sie sich über dem Golf von Triest der Halbinsel Istriens näherten, hatte er seinen Plan gefasst. Er hatte während des Fluges einige Male versucht, sein Handy zu aktivieren, doch Milan hatte ihn durch energisches Kopfschütteln davon abgehalten.

Der Anruf musste bis nach der Landung warten.

Als die beiden Männer jetzt auf das Flughafengebäude zuliefen, unterbrach Milans Stimme die gleichmäßigen Laute ihrer Schritte auf dem Flugvorfeld.

»Los, da hinüber«, zischte er, und Tom bemerkte die Gestalt, die unter einer der Markisen auf sie wartete.

Vlado.

»Wir müssen reden. Allein«, sagte er nur und gab Milan ein Zeichen, sich zu entfernen.

»Wir regeln das unter uns«, sagte er, als Milan zögerte und stehen blieb. »Was passt dir nicht? Warum hältst du dich nicht an die Abmachungen?«, fragte er Tom.

»Welche Abmachungen?«

»Na, zum Beispiel die Idee, dich am Bodensee-Airport einfach davonzumachen. Solche Spielchen mag ich nicht.«

»Es wird ja wohl nicht verboten sein, sich mit Freunden zu treffen und einen Schluck zu trinken!«

»Nicht, solange du für mich fliegst! Das war klar so besprochen, so einfach ist das!«

»Dann werde ich eben nicht mehr für dich fliegen, Vlado, so einfach ist das!«, imitierte ihn Tom.

»Ist klar! Solche Geschäfte waren noch nie dein Ding, Ferdinand Seidler!«

»Ich habe keine Lust, für deine Art von Geschäften meine Lizenz zu verlieren!«

Vlado trat einen Schritt auf Tom zu und baute sich vor ihm auf.

»Deine Lizenz? Ha! Für dich gibt es nichts Wichtigeres als deine Lizenz! Und was ist mit mir?«, herrschte er ihn an. »Ich habe fünf Jahre meines Lebens gesessen, nur damit du deine reine Weste behalten konntest! Du bist in den Gefilden der Schönen und Reichen geblieben und hast mich in der Gosse zurückgelassen! Und jetzt fliegt ein gewisser Ferdinand Seidler für mich, und glaube mir, der wird genau das tun, was wir von ihm verlangen!«

»Ich hatte gehofft, wir könnten nach so langer Zeit die alte Geschichte einfach vergessen, uns irgendwo am Meer in eine Kneipe setzen und wie früher einen Sliwowitz zusammen trinken«, versuchte Tom, den aufbrausenden Vlado zu beschwichtigen.

»Sobald mir Milan berichtet, dass unser neuer Kurier keine Schwierigkeiten mehr macht, werden wir ganz sicher mehr als nur einen Sliwowitz zusammen trinken!«

Vlado fuhr sich mit einer Hand über die Narben in seinem Gesicht.

»Findest du nicht, dass du mir noch einen Gefallen schuldig bist? Warst immerhin dabei, als das hier passierte.«

»Mit deinem Unfall habe ich nichts zu tun!«, widersprach Tom.

»Unfall?«, höhnte Vlado. »Und wenn es gar kein Unfall war? Meinst du, es ist mir nicht entgangen, dass dir mein Mädchen damals nicht passte? Dass ich dir ein Dorn im Auge war?«

»Wir waren die besten Freunde, damals«, warf Tom ein.

»Bis zu dem Tag, als das Boot explodierte. Und alle an Land waren, nur ich nicht.«

»Es war ein Unfall, verdammt!«

»Du lügst! Die Explosion war kein Zufall! Ihr habt das gemeinsam geplant, um nicht in den Knast zu kommen. Für dich war es zudem eine gute Gelegenheit, einen unliebsamen Freund loszuwerden, der dir im Weg war. Und während die Polizei den Brand auf dem Boot gelöscht hat, bist du mit den anderen entkommen!«

Tom starrte ihn an.

»Das glaubst du wirklich?«

»Es ist so. Oder weshalb solltest du sonst spurlos verschwunden sein? Der reiche Tom aus Deutschland hatte keinen Grund, seinem armen Freund Vlado zu helfen. Der reiche Tom ging lieber nach Amerika!«

»Du weißt, weshalb meine Eltern damals aus Kroatien fortgegangen sind. Amerika war Jahre später.«

»Egal«, sagte Vlado. »Das Mädchen damals war jung und hübsch. So wie dein Mädchen heute.«

Er senkte seine Stimme zu einem Flüstern: »Jung und hübsch. Sehr hübsch. Sie arbeitet in einem Restaurant in Livade. Sicher sagt dir der Name Sabrina etwas.«

Jetzt war es Tom, der aufbrauste.

»Du Schwein!«

Er packte Vlado am Kragen, doch der holte aus und landete einen gezielten Faustschlag in Toms Magengrube. Tom war nicht darauf vorbereitet gewesen, sackte vornüber und ging in die Knie. Gleichzeitig traf ihn Vlados Faust im Gesicht, er spürte den stechenden Schmerz zwischen Mund und Nase und schmeckte gleichzeitig das Blut seiner geplatzten Oberlippe an seinem Gaumen. Er taumelte hustend zu Boden und blieb für ein paar Sekunden halb benommen liegen.

*

In einer Stunde würden die ersten Gäste im Gourmetrestaurant der *Krone* Platz nehmen. Franz Berlin hatte wie immer alles im Griff und war die Ruhe selbst.

Seine Küchenmannschaft war komplett versammelt, und er war mit dem, was er in den Töpfen und auf den Schneidebrettern zu sehen bekam, sehr zufrieden. Er hatte sich nach dem Telefonat mit seinem Lieferanten vorgenommen, künftig sein Handy wieder in seinem Büro oder im Auto zu lassen. Gefühlt hatte er mehr telefoniert als gekocht.

Er gönnte sich am Hinterausgang noch eine letzte Zigarette, bevor es in seiner Küche für die nächsten drei Stunden hektisch werden würde. In den letzten Strahlen der frühen Abendsonne blickte er auf die Fassade des gegenüberliegenden Hotelkomplexes, als die Automatiktür sich öffnete und Catrien zu ihm herüberwinkte. Aus ihren Zeichen schloss er, dass sie versuchte, ihm etwas mitzuteilen. Mit ihrer linken Hand, die sie wie ein Telefon ans Ohr hielt, schien sie ihm sagen zu wollen, dass ein Anruf für ihn eingegangen war. Er schüttelte abweisend den Kopf, während sie eindringlich nickte und sich offensichtlich nicht abwimmeln ließ. Von ihren Lippen meinte er das Wort »dringend« ablesen zu können, und sie signalisierte ihm, in der *Krone* ans Telefon zu gehen.

Der Sternekoch hob den Daumen nach oben, die erst zur Hälfte gerauchte Zigarette fand ihr Ende in einem Gully, und während er auf dem Weg in sein Restaurant war, eilte Catrien zurück an die Rezeption, um zu verbinden.

»Endlich!«, begrüßte ihn eine bekannte Frauenstimme. »Ich wusste mir nicht anders zu helfen, als bei deinen Mädels anzurufen. Auf deinem Handy hatte ich keine Chance.«

Sabrina klang hektisch.

»Du weißt doch, wenn ich in der Küche bin …«

»Ja, ja … aber es ist dringend!« Hektisch und aufgeregt.

»Wo brennt's denn?«

»Hör zu. Ich weiß noch nicht viel, nur, dass ich hier offensichtlich richtig bin. Und ich scheine gewissen Leuten ein Dorn im Auge zu sein. Sie haben mich schriftlich aufgefordert, die Füße stillzuhalten.«

»Oh – oh …!«

Mehr fiel ihm in dem Moment nicht ein.

»Ja. Ich werde beobachtet. Und sie wissen, wer ich bin.«

Franz machte ein etwas verständnisloses Gesicht.

»Du hast doch aber kein Geheimnis um deine Person gemacht, oder?«

»Nein, das nicht, aber ich habe keinem Menschen meinen richtigen Namen gesagt. Die können das gar nicht wissen, und trotzdem habe ich hier einen Zettel mit einer eindeutigen Botschaft gefunden.«

Franz überlegte kurz. Das Telefonat am Nachmittag fiel ihm ein.

»Wo ist Tom? Kann er auf dich aufpassen?«

»Puuuh! Ich fürchte, da haben wir leider die nächste Baustelle. Tom ist mir grade nicht nur fremd, sondern er verhält sich auch sehr suspekt. Irgendwas stimmt da nicht!«

»Und das sagst du mir erst jetzt?«

»Sorry, ich habe dir das bisher verschwiegen, aber ich wollte die Pferde nicht scheu machen. Außerdem hast du gerade selbst so deine Problemchen …«

»In der Tat.«

Der Sternekoch schüttelte ungläubig den Kopf und traf mit seiner nächsten Frage ins Schwarze:

»Wo ist Tom jetzt?«

Sabrinas knappe Antwort signalisierte ihm, dass sie die Geschichte mit der gestohlenen Trüffel wohl etwas auf die zu leichte Schulter genommen hatten:

»Verschwunden!«

*

Die Frau stand in ihrem klimatisierten Büro im 8. Stock des modernen Gebäudekomplexes in Baden-Baden und hatte das

Telefon unter ihr Kinn geklemmt, solange sie sich ihre Schuhe auszog. Nach ein paar vergeblichen Anrufversuchen ging nun tatsächlich jemand ran.

Sie verzichtete auf eine der üblichen Begrüßungsformeln und konfrontierte ihren Gesprächspartner direkt mit ein paar Fakten:

»Ja, genau. – Nein, heute noch! – Die Zeit drängt! – Okay. Ich bin in einer halben Stunde da. – Bitte kümmern Sie sich darum, dass ich schnell wegkomme. Bis gleich!«

Sie legte auf und wandte sich unmittelbar der Reisetasche zu, die sie mit aus der Tiefgarage ins Büro genommen hatte.

Rasch zog sie ihr Designerkleid aus, nahm eine Jeans und ein Shirt aus der Tasche und tauschte ihr Outfit. Schließlich zog sie noch zum Shirt passende Turnschuhe an. Mit einem Schwung bückte sie sich nach vorne, entfernte zwei Haarklammern aus der perfekt gestylten Frisur und verwuschelte ihre Haare mit beiden Händen. Geschickt fasste sie die Haarmähne zusammen und streifte das Haargummi vom Handgelenk, und im Aufrichten war aus der Hochsteckfrisur ein sportlicher Pferdeschwanz geworden. Ein prüfender Blick in den Spiegel neben der Eingangstür überzeugte sie, dass ihre Verwandlung geglückt war.

Noch einmal summte ihr Handy, und sie gab auf die Frage des Anrufers noch eine letzte Information durch:

»Ach sorry, das hatte ich vergessen. Portorož. Istrien. Oder besser gesagt: Slowenien.«

Sie steckte das Handy ein. Ihre Klamotten, mit denen sie noch vor fünf Minuten den Raum betreten hatte, waren jetzt in der Reisetasche verstaut. Sie verließ eilig das Zimmer in Richtung Aufzug und fuhr in das Untergeschoss der Tiefgarage.

Kurz darauf verließ ein weißer Cayenne in hohem Tempo die Kurstadt an der Oos in Richtung Baden Airpark.

*

Vlado beugte sich über Tom, tastete ihn ab und half ihm wieder auf die Beine. Tom taumelte und stützte sich an der Mauer des

Gebäudes ab, kniff die Augen zusammen und versuchte, den stechenden Schmerz in seinem Oberkiefer zu unterdrücken.

»Das solltest du nicht tun, *Prijatelj*«, hauchte Vlado an seinem Ohr.

»Nenn mich nicht Freund!«, zischte Tom. »Und lass Sabrina aus dem Spiel. Sie hat nichts damit zu tun!«

»Sie hat mir dir zu tun. Und wenn du nicht funktionierst, *Prijatelj*, bekommt sie es mit mir zu tun. Oder mit Milan. Und ich weiß nicht, wer von uns beiden für sie die bessere Option wäre.«

»Du bist so widerlich«, zischte Tom und fuhr sich mit der Hand über die schmerzende Gesichtspartie.

»Aber nicht doch, *Prijatelj*. Ich mein es doch nur gut mit dir. Wenn du tust, was ich dir sage!«, fügte er noch in scharfem Ton hinzu.

»Und das hier …«, Vlado hielt ihm ein Smartphone entgegen »… behalte ich vorläufig bei mir!«

Tom tastete seine Hosentaschen ab. Vlado musste ihm sein Handy entwendet haben, während er benommen am Boden gelegen hatte.

»Anfängerfehler!«, sagte er zu sich selbst und versuchte, den Schmerz zu ignorieren. Wie gut, dass Katja ihm schon ein zweites Gerät mit anderer Nummer organisiert hatte. Jetzt musste er nur noch verschwinden und darauf achten, dass mit Sabrina alles glatt lief. Für einen Augenblick spielte er mit dem Gedanken, einfach nach Livade zu fahren. Doch er verwarf die Idee im selben Augenblick.

Vlado hatte herausgefunden, dass sie zu ihm gehörte und wusste zu viel über sie und auch über ihn. Es war besser, sie in den nächsten Tagen nicht zu sehen. Was er brauchte, war ein Versteck, ein Ort, an dem sie ihn nicht fanden und von dem aus er doch seine Fühler ausstrecken konnte.

Und plötzlich hatte er ein Bild vor sich.

Die einsame Straße, die ins Nirgendwo führte. Hinauf in die Wildnis, wo sie sich als Schotterpfad zwischen karger Karsthochfläche, tiefen Schluchten und undurchdringlichen Wäldern verlor. Zerfallene Mauern, überwuchert von wilden Dornenhecken. Leere Räume, durch deren offene Türen wilde Eichen wuchsen. Eingestürzte Dächer und verlotterte Kamine. Verfaulte Holztreppen und windschiefe Balken. Fenster, in denen zwischen zerborstenen Scheiben Efeu wucherte und deren hölzerne Läden aus den Angeln gehoben waren.

Ein Ort, dessen Vergangenheit in toten Mauern eingeschlossen und in dem die Gegenwart ausgestorben war. Ein Ort, der keine Zukunft hatte. Ein Lost Place im Nirgendwo. Tom hatte sein Ziel klar vor Augen:

Sažoni, das vergessene Dorf am Ende der Welt.

III

COFFEE TO GO

Belinda war vom *San Canzian Village* aus der Straße nach Norden gefolgt und hatte von einer langgezogenen Linkskurve aus erstmals den Blick auf das unter ihr liegende *Aerodrom Portorož* vor sich.

Die Farben, die sich hinter der kerzengeraden, asphaltgrauen Landebahn und dem Grün der Salzpflanzenwiesen bis zum Horizont erstreckten, verschlugen ihr den Atem. In allen Schattierungen, von Cyan bis Azur, schimmerten die Blautöne der Adria, die sich weit draußen im wolkenlosen Himmel verlor. In grellem Silberweiß leuchteten die Salzfelder der *Salinen von Sečovlje*, dazwischen bildeten die graubraunen Kanäle und aufgeworfenen Erdwälle ein seltsames Muster aus Rechtecken, Trapezen und anderen geometrischen Formen.

Ein Teil der Salinen im Norden des Landschaftsparks *Sečoveljske soline* dienten noch immer der Gewinnung der feinen, an der Oberfläche hauchdünn ausgebildeten Salzkristalle, die auch *Solni Cvet* oder Blüte des Salzes genannt wurden. Sie wurden auch heute noch von Hand abgeschöpft und galten als eine besonders wertvolle, reine Kostbarkeit. Wie hatte Sabrina einmal zu ihr gesagt: »Salz ist Meer, das es nicht zurück in den Himmel geschafft hat.«

Belinda genoss die knapp halbstündige Massage und das anschließende Peeling im *Thalasso Spa Lepa Vida* und zog sich danach auf eine der Holzliegen am Pool zurück. Eine halbe Stunde später saß sie mit einem frischgepressten Fruchtsaft an der Bar, als Ivo auftauchte.

»Mein Vater sagt, du brauchst Information?«, fragte er in etwas gebrochenem Deutsch, als er sich neben sie setzte und ein Mineralwasser bestellte. Er war groß und strahlte eine behagliche Gemütlichkeit aus, und Belinda stellte sich vor, dass er jetzt lieber ein kühles Bier trinken und eine Zigarette dazu rauchen würde.

Sie nickte und musterte den knapp Vierzigjährigen. Er hatte schulterlanges, schwarzes Haar, das sein bronzefarbenes, glatt rasiertes Gesicht in dichten Locken einrahmte. Sie hatte nicht gewusst, dass er der Sohn des Trüffeljägers war, doch das stärkte ihr Vertrauen. Joško war Trüffeljäger aus Passion, nicht wegen des Profits, wenn Ivo nur ein bisschen die Tugenden seines Vaters geerbt hatte, war es kein Fehler, sich mit ihm hier zu treffen.

»Warum bist du nicht in Motovun geblieben und Trüffeljäger geworden, wie dein Vater?«, begann sie vorsichtig, um nicht gleich mit der Tür ins Haus zu fallen.

Ivo lächelte.

»Kann immer zurück«, sagte er. »Aber Aufgabe ist hier. Familie lebt in Portorož. Ich arbeite am Airport.«

Belinda erwiderte sein Lächeln. Und doch fiel ihr Sabrinas Geschichte von Rotkäppchen und den harmlosen Mitläufern ein. Sie beschloss daher, weiter auf der Hut zu sein und ihm nicht den wahren Grund ihrer Mission zu verraten.

»Ich möchte mich über den Lufttransport von frischen Trüffeln informieren«, sagte sie jetzt. »Wie kommt die Ware auf kürzestem Weg an ihren Bestimmungsort? Angenommen, ich bestelle frische Trüffeln für mein Restaurant in Süddeutschland?«

»Machen wir per Kurier an Bestimmungsort«, sagte er nur.

»Exklusiv für eine einzige Bestellung?«

»Wenn Kunde will und zahlt, fliegt Kurier exklusiv. Ist Sache von Verhandlung.«

»Lohnt sich das?«

Ivo nickte.

»Wer auf teurer Yacht für Champagnerparty Trüffeln möchte, bezahlt auch Kurierflug. Kein Problem.«

»Und mein kleines Restaurant in Süddeutschland?«

»Gute Restaurants sind Premiumkunden. Flight-Sharing bringt guten Preis dafür. Mit Trüffeln fliegen Olivenöl, Wein und Schaffelle.«

Belinda schwieg.

Bisher hatte sie nur allgemeine Auskünfte bekommen und sich noch nicht getraut, das zu fragen, was sie wirklich wissen wollte. Eine Information über den Verbleib Toms.

»Könntest du mir auch Auskunft geben, wenn ich dich nach der Fracht einer bestimmten Maschine frage?«

Ivo zögerte, und sein Lächeln schien mit einem Mal eingefroren.

»Weiß nicht. Habe nicht alle in Kopf. So viele sind nicht. Weißt du Flieger?«

»Eine Piper Seneca V«, antwortete sie spontan.

Bevor Ivo antworten konnte, wurde ihr Gespräch durch einen Anruf auf Belindas Handy unterbrochen.

»Wir haben Ihre Nummer von Joško bekommen«, sagte eine Frauenstimme am anderen Ende. »Er sagte, Sie benötigen Auskunft über die Transportwege von Trüffeln. Das läuft alles intern über die Firma ZIGANTE.«

Belinda hielt den Atem an und starrte auf den Mann, der sich als Sohn des Trüffeljägers ausgegeben hatte.

Eine Veränderung in seinem Mienenspiel ließ sie innehalten. Das eingefrorene Lächeln hatte einem hämischen Grinsen Platz gemacht und etwas Bedrohliches sprach aus seinem Blick.

»Auf wen bist du hereingefallen?«, durchschoss es sie in einem Anflug von aufkommender Panik.

*

Im Trüffelrestaurant waren am Abend alle Tische besetzt, und Sabrina war in der Küche voll in ihrem Element gewesen. Längst hatte der Küchenchef erkannt, dass sie die gehobene Kochkunst, die auch hier praktiziert wurde, perfekt beherrschte. Als die letzten Gäste das Haus verlassen hatten, tat sie das, was sie sich schon immer, und zuletzt auch in Südafrika, angewöhnt hatte: Sie gönnte sich einen Gin Tonic und ging in den Innenhof, um die frische Luft und die Ruhe zu genießen, die nach einem hektischen Abend in der Küche immer eine Wohltat für sie waren, als das Handy in ihrer Gesäßtasche vibrierte.

Auf dem Display sah sie das Profilbild von Franz Berlin.

»Hallo, mein Sonnenschein. Na, hast du schon Feierabend?«

»›Schon‹ ist gut. Durch meine Hände sind heute Abend geschätzt einhundert Teller mit feinsten Trüffeln gegangen. Aber in der Tat, Schluss für heute. Was gibt es so Wichtiges, dass du mich um diese Uhrzeit noch anrufst? Es ist halb zwölf, Kollege!«

Sabrina wusste, dass es in ihrem Metier nicht ungewöhnlich war, um diese Uhrzeit noch zu telefonieren, dennoch war ihr klar, dass der Sternekoch sie nicht ohne Grund anrief.

»Ich weiß. Aber mir ist da noch was eingefallen, was vielleicht wichtig sein könnte. Bist du allein? Wenn nicht, dann hör mir jetzt einfach nur zu.«

»Passt schon. Schieß los!«

Zur Sicherheit scannte Sabrina kurz den Innenhof ab, ob nicht Jan oder ein anderer ihrer Kollegen auch noch den warmen und lauen Herbstabend im Freien genoss.

»Pass auf. Gestern Abend habe ich einen seltsamen Anruf erhalten. Man wollte dich sprechen.«

»Mich? Bei dir? In Zavelstein? Wer?«

»Keine Ahnung, aber sie schien dich zu kennen.«

»Moment! Du sagtest *sie*?«

»Ja. Sie. Es war eine Frau.«

Sabrina war schon leicht irritiert, weshalb man sie in Zavelstein vermutete. Dass es sich bei der Person jedoch um eine Frau handelte, ließ sie aufhorchen. Wer konnte das sein?

»Ihr Name?«

»Tut mir leid, der ging unter. Hier war es laut, und ich hatte nur zufällig das Handy bei mir. Ehrlich gesagt, erschien mir der Name in dem Moment auch gar nicht so wichtig, zumal ich ihr sowieso nicht weiterhelfen konnte.«

»Und was wollte sie?«

»Das war seltsam. Du solltest besser fragen: Was wusste sie?«

»Wie meinst du das?«

Franz berichtete detailliert: »Na ja. Über dich! Sie wusste immerhin, dass *du* nicht mehr auf Mallorca warst. Aber dass du inzwischen in Istrien bist, wusste sie nicht!«

Sabrina kombinierte rasch.

»Mist! Außer meinen Eltern, den Mädels und dir wusste niemand, dass ich auf Mallorca war«, resümierte sie laut.

»Und Tom!«, vervollständigte Franz.

»Stimmt! Belinda ist bei mir in Livade. Isabel bei dir im Schwarzwald. Meine Eltern sind seit drei Wochen auf Kreuzfahrt irgendwo in der Südsee …«

»… und Tom ist verschwunden.«

»Warum hast du die Anruferin nicht nach ihrem Namen gefragt, das würde uns jetzt viel Kopfzerbrechen ersparen!«

Sabrinas Stimme klang vorwurfsvoll, und Franz Berlin bemühte sich, dieses Versäumnis wiedergutzumachen:

»Sorry. Ich könnte sie unter einem Vorwand zurückrufen, mich blöd stellen und nach ihrem Namen fragen. Soll ich?«

»Du hast ihre Nummer?«

Sabrina klang aufgeregt und überrascht zugleich.

»Ja. Mein Handy hat mir eine Nummer angezeigt.«

»Okay. Lass mir Zeit nachzudenken. Ich ruf dich morgen an.«

*

Belinda hatte sich entschieden, auf dem schnellsten Weg ins *San Canzian Village* zurückzukehren. Ihr Name tauchte dort nirgends auf. Francesca hatte ihr einfach bei einem Gin Tonic auf der Terrasse die Schlüsselkarte von Sabrinas Zimmer übergeben. Die lockere Art dieses Landes, mit Bürokratie umzugehen, hatte ihr hier perfekt in die Karten gespielt.

Das *Small Luxury Hotel* war, da Tom dort ausgecheckt hatte, die ideale Bleibe, um unentdeckt in Schlagdistanz zum Flughafen in Slowenien und zum kroatischen Livade agieren zu können. Sie hatte zunächst mit dem Gedanken gespielt, sofort Sabrina anzurufen, sich dann aber doch dagegen entschieden.

»Wer weiß, wenn sie jetzt schon deinen Namen kennen, vielleicht checken sie auch deine Anrufe?«

Die Nähe zum Aerodrom Portorož brachte Belinda auf eine Idee, trotz des Anrufs aus der ZIGANTE-Zentrale und des darauf erfolgten abrupten Endes des Gesprächs mit Ivo noch an weitere Informationen über Toms Flüge zu gelangen.

Es kostete Belinda nur ein listiges Augenzwinkern, damit Francesca ihr den Gefallen tat und für sie bei der *Cargo* des Flughafens anrief. Nach wenigen Minuten hatte sie einen Mitarbeiter des Luftfrachtzentrums in der Leitung.

»Hören Sie, es ist wirklich dringend, da es um verderbliche Ware geht«, erklärte Francesca auf Slowenisch. »Ich habe hier eine Kundin von Ihnen als Hausgast, die für einen großen Lebensmittelkonzern in Deutschland arbeitet und eine Beschwerde wegen Ihres Cargo-Service hat. Sie spricht nicht Slowenisch und hat die Auskunft zu einer nicht erfolgten Lieferung ihrer Ware nur in der Landessprache bekommen.«

Francesca machte eine Pause und zwinkerte Belinda verschlagen zu. »Die schieben Panik«, flüsterte sie auf Deutsch, und es schien ihr Spaß zu machen, für Belinda Detektivin zu spielen, »das läuft!«

Schlagartig änderte sie wieder ihren Tonfall, als sich am Flughafen der zuständige Mitarbeiter meldete:

»Es geht um eine Fracht, die mit einer deutschen Piper Seneca V zugestellt werden sollte. Wie bitte?«

Sie sah Belinda fragend an.

»Die brauchen das Kennzeichen!«

»Delta – India«, begann Belinda und schrieb das komplette Kennzeichen von Toms Piper nach dem Alphabet der Zivilluftfahrt auf einen Zettel.

Francesca gab es durch und wartete.

»Ja. Nach Deutschland, richtig. Kennen Sie die genaue Destination?«

Erneute Pause. Sie kritzelte drei weitere Buchstaben unter das Kennzeichen.

FDH

»Das ist nicht Frankfurt, oder? – Aha!«

Belinda entzifferte die nächste Notiz: Bodensee Airport, und es durchzuckte sie ein Gedanke. Bodensee? Die Nähe zum Schwarzwald!

»Und die Fracht, nur damit wir sicher gehen? Es müsste sich um Trüffeln gehandelt haben. – Aha. Richtig! Wie bitte? Sind sie sicher?«

Erneut flitzte der Kugelschreiber über das Papier.

»Chardonnay von *Vina Koper* für den Rückflug nach Nizza? Ja, genau. Vielen Dank, Sie haben uns sehr geholfen. Nein, wir werden keine Beschwerde einreichen.«

Francesca lächelte und reichte Belinda die Notizen, die sie sich während des Gesprächs gemacht hatte. Belinda überflog sie und schüttelte den Kopf.

»Du bist dir sicher, Francesca?«

»So lautet die Auskunft der Cargo.«

Sie musste Sabrina informieren und beschloss, das Zimmertelefon dafür zu benutzen.

Wenn sie das alles richtig kombinierte, war Tom mit seiner Maschine nach Friedrichshafen geflogen, nur um eine Kiste Trüffeln zu liefern. Wie viele Kilo der wertvollen Ware würden diesen Aufwand rechtfertigen?

*

Der Mann hatte sie über menschenleere Straßen zu der kleinen Lichtung im Tal der Mirna begleitet. Beschattet von zwei alten Zypressen und fast zugewachsen von Flaumeichenbüschen und dornigen Schlehenhecken, war die kleine Jagdhütte vor fremden Augen verborgen. Der schwere Schlüssel öffnete das verrostete Vorhängeschloss an der schweren Holztür, und ihre Augen mussten sich an die Dunkelheit gewöhnen. Sie verzichteten auf das Licht ihrer Handylampen. Das perfekte Versteck, um die wertvollen Trüffeln aufzubewahren, bevor sie mit Billigware gestreckt wurden.

Der Mann deutete auf eine metallisch glänzende Fläche in einer Ecke und schritt darauf zu.

»Der passt überhaupt nicht zu dem anderen Sperrmüll hier drin«, meinte Milan, der zum ersten Mal hier war und den hochwertigen Kompressor-Kühlschrank erkannte.

»Solarstrom macht's möglich«, kommentierte Vlado, der von der Zelle auf dem Dach wusste.

Der Mann entriegelte die Abdeckung des Kühlschranks und brachte eine Box von der Größe eines Schuhkartons zum Vorschein.

»Luftdicht«, murmelte Milan, »darin übersteht die Ware auch den Flug.« Vlado nickte.

Der schweigsame Mann öffnete die Box und ließ seine beiden Geschäftspartner einen Blick in ihr Inneres werfen.

Vlado pfiff anerkennend durch die Zähne und sah Milan an.

»Prachtstück«, sagte der nur.

»Wie schwer?«, fragte Vlado.

»888 Gramm«, sagte der Mann, und Vlados Augen leuchteten.

»Eine einzige Trüffel? Oder hast du mal wieder zwei so zusammengefügt, dass es wie eine große aussieht?«

»Nein«, lautete die knappe Antwort. »Das ist hier nicht nötig.«

»Und du musstest ihn auch nicht mit Metallteilchen füllen, um das Gewicht zu erreichen?«

»Nein. Das lassen wir schon wegen der Detektoren auf den Flughäfen schön bleiben.«

»Nehmen wir ihn gleich mit?«, fragte Milan.

Vlado schüttelte den Kopf und hakte stattdessen nach: »Was ist mit dem Gutachten und der Lizenz? Du weißt, wir brauchen beides für die Zulassung zur Auktion.«

Der Mann grinste.

»Die pflanzengesundheitlichen Zeugnisse besorge ich, wie die letzten Male, über eine Spedition. Und um die Lizenz müsst ihr euch keine Gedanken machen. Der Trüffeljäger, der dieses Teil ausgegraben hat, ist lizenziert, für sein Schweigen habe ich gesorgt. Ich gebe acht, dass seine Hunde nicht vergiftet werden, und er hat mir dafür sehr gerne dieses Prachtexemplar überlassen.«

»Ich hoffe nur, wir haben dieses Mal mehr Glück. Bei dieser Trüffel wäre es eine Katastrophe, wenn sie auch wieder in einer Höhle verfault, nur weil unsere Leute in Deutschland zu blöd sind und ihre Vertriebswege wie Anfänger in den Sand setzen. Das Teil hier ist Minimum zehnmal so viel wert wie unser Versuchsballon, und bei einer Auktion noch ein Vielfaches mehr.«

Der Deckel der Box schloss sich, und Ivo ließ den istrischen Diamanten wieder im Kühlschrank verschwinden.

*

»Wir müssen äußerst vorsichtig sein, solange wir nicht wissen, wer in diesem Spiel auf wessen Seite steht«, meinte Sabrina. Die beiden Frauen hatten sich erneut im *Pintur* in Grožnjan getroffen, diesmal am Vormittag, und Sabrina hatte, noch mehr als zuvor, in den Rückspiegel geschaut, als sie den Parkplatz des Trüffelrestaurants in Livade verlassen hatte.

Allein Belindas Anruf wegen des Gesprächs mit diesem Ivo und ihre Auskunft über Toms Flug nach Deutschland hatten Sabrina schon zur Genüge beunruhigt, doch als sie am Morgen erneut eine Botschaft auf dem Fußboden ihres Zimmers vorgefunden hatte, gab es für sie keine Alternative, als sich noch einmal mit Belinda zu treffen.

»Es ist schon schlimm genug, dass ich bei Tom immer noch nicht weiß, woran ich bin«, sagte sie, »und wenn es wirklich stimmt, dass er wegen einer einzigen Kiste Trüffeln nach Deutschland fliegt, werde ich den Verdacht nicht los, dass er in der Sache ordentlich mit drinsteckt.«

»Mit drin? Du meinst …«

»Diese Trüffelmafia!« Sabrina holte Luft. »Überleg doch mal logisch. Er ist immerhin der Einzige, der meine wahre Identität kennt. Woher sonst sollen die hier wissen, dass ich Sterneköchin bin?«

»Hast du ihn mal darauf angesprochen?«

Sabrina schüttelte den Kopf. »Wann denn? Ich habe nichts mehr von ihm gehört, seit er wieder in Portorož ist. Und sein Handy ist seitdem tot.«

»Das ist in der Tat merkwürdig.«

»Und heute Morgen habe ich das hier auf dem Boden meines Hotelzimmers gefunden.«

Sabrina reichte Belinda einen Bogen DIN-A4-Papier, auf dem mit einem Kugelschreiber in Großbuchstaben nur wenige Worte zu lesen waren:

ES REICHT SABRINA BRENDLE. SONT PASIERT WAS!

»Hm«, machte Belinda und las noch einmal jedes einzelne Wort. »Mit der deutschen Sprache hat es der Schreiber offensichtlich nicht so ganz.«

»Da bin ich mir nicht so sicher«, widersprach Sabrina, »das könnte auch eine Finte sein. Aber die Botschaft ist eindeutig.«

»Und was hast du jetzt vor, *Miss Undercover*?«

»Ich werde mich noch unauffälliger verhalten als ohnehin schon. Was auf der anderen Seite heißt, dass du noch mehr die Augen offen halten musst als bisher. Was ist denn jetzt mit diesem Ivo? Auf wessen Seite steht er?«

»Ivo? Schwer zu sagen. Das Ende unseres Gesprächs hat mir in der Tat nicht gefallen. Ich habe meine Zweifel, dass er wirklich der Sohn des Trüffeljägers ist. Joško ist ein integrer Partner von ZIGANTE. Ich versuche, mich noch einmal mit ihm zu treffen. Er weiß sicher, wie sein Sohn aussieht.«

»Fakt ist, Ivo wäre nicht der erste Doppelagent auf der Welt«, unterbrach Sabrina. »Somit kommen wir hier erst mal nicht weiter. Wir müssen jetzt dringend herausfinden, ob Tom mit den Trüffeln im Schwarzwald zu tun hat. Ich habe die Info von

Isabel, dass dort demnächst eine Trüffelauktion stattfindet. Das sollte man mal aktuell verfolgen. Aber vorsichtig.«

»Mit ›man‹ bin dann wohl ich gemeint?«, versicherte sich Belinda.

»Ja. Wir sollten davon ausgehen, dass sie uns beide doch schon miteinander in Verbindung bringen. Ist dir irgendwann mal etwas aufgefallen?«

»Hm. Es gab da mal einen Typen, der in seinem Wagen schlief, während ich dem Trüffeljäger meine Nummer gegeben habe. Ist mir damals nicht aufgefallen, aber jetzt kommt es mir verdächtig vor. Und diese Botschaften, die du bekommen hast? Bist du sicher, dass es im Restaurant in Livade keine undichte Stelle gibt?«

»Für die Leute bei ZIGANTE lege ich meine Hand ins Feuer. Aber ich hatte in der Tat schon mehrmals das Gefühl, von außen beobachtet zu werden.«

Sie erinnerte sich an das Geräusch vor dem Küchenfenster und die nächtliche Auseinandersetzung im Innenhof. War es dabei doch um sie gegangen?

»Es ist auf alle Fälle besser, wenn wir uns zunächst nicht mehr treffen und nur noch in dringenden Fällen telefonieren.«

Sabrina blickte ihre Freundin an und überlegte.

»Pass auf!«, fuhr sie schließlich fort: »Wenn wir ab sofort Informationen austauschen müssen, wird Jan unser Bote sein. Ich gebe dir seine Nummer. Über ihn kannst du mich, wenn nötig, erreichen.«

»Du vertraust ihm?«, fragte Belinda. Sabrina nickte.

»Sicher?«

»Ganz sicher.«

*

Tom war sich sicher, das Richtige zu tun. Mehr noch, er wusste, dass er keine andere Chance hatte, sich selbst in Sicherheit zu bringen und gleichzeitig Sabrina nicht noch weiter in die Sache hineinzuziehen. In seinen Augen war es das Sinnvollste, abzutauchen und erst mal Gras über die Sache wachsen zu lassen. Er durfte sich keinen falschen Schritt erlauben, nichts riskieren. Vlado und Milan waren zwei Typen, die nicht zimperlich waren, das wusste er.

In Sažoni, dem aufgegebenen Dorf, das, verlassen auf einem Hochplateau weitab der Straßen und Ortschaften, in einen Dornröschenschlaf verfallen war, würden sie ihn nicht suchen. Er war überzeugt, dass nicht einmal Vlado auf die Idee kommen würde, zu den Ruinen dort oben zu fahren. Zugleich wusste er, dass er die halb zerfallenen Häuser nur kurzzeitig als Versteck nutzen konnte. Bald würde er nach Portorož gelangen müssen, um seine Maschine zu betanken.

Dort, oder in Livade, wo Sabrina arbeitete, würden sie ihn abpassen. Er würde überlegt handeln und nahm sich vor, nichts zu überstürzen. Und er musste vorsichtig sein, zumal sie ihm sein Handy abgenommen hatten und er somit auf sich ganz allein gestellt war. Immerhin hatte er das neue Handy von Katja im Wagen, sobald es geladen war, würde sie ihn erreichen können. Und sie würde es versuchen, da war er sich sicher. Zu dumm, dass er noch keine Nummern dort abgespeichert hatte, es gab keine Chance für ihn, Sabrina auf diesem Weg zu kontaktieren.

Tom stellte seinen Wagen unter dem halb eingestürzten Dach eines Schuppens ab, nur wenige Meter von dem mehrgeschossigen Haus entfernt, das als eines der wenigen hier oben noch nicht dem Verfall preisgegeben und sogar zeitweise bewohnt war. Ein Onkel hatte es vor Jahren erstanden und zum Ferienhaus umgebaut. Das Haus nebenan diente ebenso als Wochenendresidenz, und ein drittes Haus, das am Ende des kleinen Plateaus lag und dessen Terrasse zur Schlucht hin lag, verfügte sogar über einen Pool und eine Panoramafensterfront mit wundervoller Aussicht auf die gegenüberliegende Landschaft aus Olivenhainen und Wiesen, auf denen Ziegen und Schafe grasten. Tom überzeugte sich durch einen kurzen

Spaziergang davon, dass die Nachbarn die Feriendependance derzeit nicht nutzten.

Die drei Häuser unterschieden sich von den anderen, zerfallenen und windschiefen Ruinen durch ihr gut erhaltenes Äußeres, die gepflegten Flächen, die sie umgaben, und die geschlossenen und in verschiedenen Farbtönen, von Grau über Grün bis Türkis gestrichenen Holzfensterläden. Drähte eines Strommasts liefen zu den hohen Dächern und an den Wänden entlang, und Tom wusste, dass es drinnen auch Wasser gab.

Er ging auf die graue Holztür zu, neben der eine gusseiserne Glocke an der Steinwand befestigt war, und tastete auf der oberen Querlatte des Rahmens nach dem Schlüssel, wie es ihm sein Onkel gezeigt hatte, als er in Ferientagen mit ihm und seiner Familie hier oben gewesen war. Tom schaltete in der Diele den Strom ein und verband Katjas neues Handy mit dem Ladekabel. Er trat über einen schmalen Flur in den Raum im Erdgeschoss, der aus einer kleinen Küchenzeile und dem Essbereich bestand. Ein altertümlicher Holzofen in der Küche würde am Abend für behagliche Wärme sorgen, und auf den gusseisernen Herdplatten standen eine emaillierte knallrote Kaffeekanne und ein Topf mit Deckel.

Tom hielt sämtliche Fensterläden geschlossen und sorgte so dafür, dass seine Anwesenheit von außen nicht bemerkt werden konnte. Schließlich ging er einmal ums Haus herum, um die Wasserleitung zu öffnen, holte Brennholz im nahen Schuppen, machte Feuer in dem kleinen Küchenofen und setzte Wasser für einen heißen Kaffee auf. Er sah mit vagem Optimismus, dass sein neues Handy lud und Katja sogar ihre Nummer dort eingespeichert hatte. Er würde sie kontaktieren können, sobald die Zeit gekommen war.

Immer wieder schlich er zu einem der Fenster und spähte durch die Ritzen und Astlöcher der geschlossenen Jalousien hinaus. Alles blieb ruhig. Keine Menschenseele verirrte sich nach Einbruch der Dunkelheit in die Ruinenlandschaft der alten Häuser und zerfallenen Mauern.

Tom konnte nicht ahnen, dass sich das schon am nächsten Morgen ändern sollte.

*

Sabrina war noch im *Pintur* in Grožnjan sitzen geblieben, um ungestört mit Franz Berlin zu telefonieren. Sie hatte über diese seltsame Anruferin nachgedacht, und es hatte ihr keine Ruhe gelassen, dass sie ihre Identität nicht kannte.

»Hast du kurz Zeit, um mal etwas zu testen?«, fragte sie, als sie den Kollegen in der Leitung hatte. Ihr Tonfall zeigte eindeutig, dass sie sich konzentrierte und scharf zu überlegen schien.

»Sag mir, was ich tun soll!«

Es war ihm anzuhören, dass er Sabrina unbedingt helfen wollte, zumal er sie nicht sofort von diesem seltsamen Anruf unterrichtet hatte und er ihm, angesichts der suspekten Geschehnisse der letzten Tage, auch nicht ganz geheuer schien.

»Franz, hör genau zu, es klingt komplizierter, als es ist: Du speicherst jetzt bitte diese Nummer aus deiner Anrufliste in deinen Kontakten. Speichere sie einfach unter *Mission Trüffel.* Soweit klar?«

»Hab ich.«

»Gut. Jetzt öffne dein WhatsApp. Rufe den Kontakt auf und sag mir, was du siehst«, dirigierte ihn Sabrina weiter.

Franz hatte verstanden, was er zu tun hatte, wusste jedoch nicht, welches Ziel Sabrina verfolgte.

»Hast du ihn?«, fragte sie.

»Den Kontakt?«

»Ja.«

»Er ist in meiner WhatsApp-Liste.«

»Das ist gut. Das heißt schon mal, die unbekannte Anruferin benutzt WhatsApp. Jetzt öffne den Kontakt. Erkennst du was? Ein Profilbild vielleicht?«

»Nein. Alles grau.«

»Das wäre auch zu schön gewesen. Also Plan B. Für Fortgeschrittene. Schreibe jetzt eine WhatsApp an genau diese Nummer mit folgendem Wortlaut: *Ich gehe davon aus, Sie haben Sabrinas Telefonnummer. Sie ist jetzt wieder zu erreichen. Alles ist wieder gut. Wenn Sie noch etwas brauchen, melden Sie sich. Liebe Grüße, Franz*«, diktierte Sabrina langsam, Wort für Wort.

Franz hatte den Handylautsprecher eingeschaltet und tippte. Als er die Nachricht verfasst, aber noch nicht abgeschickt hatte, hakte er ein: »Was soll das, Sabrina? Ist das dein Ernst, dass ich einer Unbekannten tatsächlich deine Telefonnummer geben soll? Oder weitere Auskünfte über dich? Und das alles, solange du nicht weißt, wer sie ist? Das ist nicht dein Ernst!«

Seine Reaktion machte ihr deutlich, dass er nicht hinter den Zweck dieser WhatsApp kam, und somit hoffte sie, dass auch die Unbekannte ihre Taktik nicht durchschauen würde

»Beruhige dich, mein Lieber. Ich will sie nur locken. Aber dazu musst du sie zuerst etwas anfüttern. Nur, wenn sie die Konversation annimmt und dir zurückschreibt, haben wir eine Chance, ihr Profilbild zu sehen. Ich sehe sonst keine Möglichkeit, hinter die Identität dieser Frau zu steigen, verstehst du?«

Franz kam einmal mehr die Erkenntnis, wie durchtrieben und einfallsreich Frauen sein konnten, wenn sie etwas unbedingt herausfinden wollten. Der Spruch eines Freundes fiel ihm ein: *Pass auf, eine Frau findet alles heraus … und wenn nicht, tun es ihre Freundinnen.*

Selbst neugierig geworden, fragte er Sabrina ungeduldig, ob er die Nachricht jetzt so verschicken könne.

»Ja, schick los! Und dann heißt es abwarten.«

»Und hoffen!«

»Du wirst sehen, wenn tatsächlich etwas dahintersteckt, wird sie neugierig sein und reagieren.«

»Sprichst du aus Erfahrung? Sind Frauen so?«

Er versuchte, Sabrina mit seinem kleinen Scherz etwas aufzulockern, doch statt eines lässigen Spruchs als Konter hörte er am anderen Ende der Leitung ein entschlossenes, einsilbiges und dafür umso deutlicheres »Ja!«

Franz fiel darauf keine spontane Antwort ein, und so tat er etwas, was er unter anderen Umständen als klassisches *Frauensyndrom* bezeichnet hätte: Er checkte den Status seiner WhatsApp.

Online …

Tatsächlich!

»Sabrina! Es funktioniert!«, berichtete er fast atemlos. »Die Nachricht hat schon zwei blaue Häkchen!«

Sabrina spürte, wie ihr Herzschlag an Geschwindigkeit zulegte.

»Warte!«, rief Franz.

Schreibt …

»Sie antwortet tatsächlich!«

Würden sie in der Geschichte um die seltsame Trüffellieferung endlich einen Schritt weiterkommen?

»Immer noch?«

»Ja.«

Sabrina wurde ungeduldig.

»Jetzt! Eine neue Nachricht!«

»Lass hören!«

»*Was ist mit Sabrina? Steckt sie in Schwierigkeiten? Wissen Sie etwas darüber?*«, las Franz vor.

»Okay. Das hat schon mal funktioniert. Aber darunter? Kein Gruß oder Absender? Irgend so etwas?«

»Gar nichts.«

»Dann schau mal nach oben, in den kleinen Kreis. Immer noch grau?«

»Nein. Da ist ein Bild!«

»Perfekt!« Sabrina jubilierte innerlich. »Tippe auf das Bild, damit machst du es groß!«

Sabrinas Anweisung waren unmissverständlich, und sie wunderte sich, eine gefühlte Ewigkeit keine Reaktion von Franz zu erhalten.

»Franz? Bist du noch da?«

»Ja«, kam es, seltsam zögernd.

»Hast du das Bild von ihr?«

»Ja.«

»Jetzt spann mich nicht auf die Folter! Zeigt es die Frau?«

»Ja.«

In seiner Stimme schwang Fassungslosigkeit mit, und Sabrina wurde unruhig.

»Kennst du sie?«

»Nein.«

Es gelang dem Sternekoch selbst in dieser einen Silbe nicht, seine Sorge zu unterdrücken, dass für Sabrina gleich eine Welt zusammenbrechen musste: die Welt einer menschlichen Verbindung. Inwiefern dies darüber hinaus für die Trüffelgeschichte relevant war, stand noch auf einem ganz anderen Blatt!

»Was ist? Stimmt irgendetwas nicht?«

»Ich schick dir das Bild«, sagte er nur.

Gleichzeitig wusste er, dass Sabrina nur seinetwegen allein und auf sich gestellt in Istrien saß. Und sobald sie das Bild sehen würde, auch inmitten eines großen Scherbenhaufens und womöglich in Gefahr.

Ihre Hände zitterten, als sie seine WhatsApp öffnete. Dann starrte sie auf das Bild.

»Verdammt!«

Die Frau auf dem Bild erkannte sie nicht. Dafür den Mann, der sie lässig in seinem Arm hielt. Und ab diesem Moment hatte die unbekannte Anruferin auch einen Namen: Katja!

»Sabrina?« Sie hörte Franz wie durch einen Filter. »Alles okay bei dir?«

»Sag bitte, dass das nicht wahr ist!«

*

»Es war ein Fehler, ihm das Handy abzunehmen!«, protestierte Milan. »Wie willst du ihn dann erreichen?«

Vlado starrte hinüber zu der Piper Seneca mit dem deutschen Kennzeichen und fauchte zurück: »Wie hätten wir sonst verhindern sollen, dass er Kontakt zu dieser Köchin aufnimmt?«

»Aber jetzt ist er spurlos verschwunden, und wir stehen ausgerechnet kurz vor dem Transfer ohne Piloten da.«

»Er wird zum Flughafen zurückkommen, da bin ich mir sicher. Er muss seine Maschine betanken, um unter Umständen kurzfristig und schnell von hier wegzukommen.«

»Aber wann? Du weißt genau, dass wir nicht ewig Zeit haben!« Milan konnte seine Nervosität nicht verbergen. »Wenn die Ware nicht in zwei Tagen in Deutschland ist, können wir alles vergessen!«

»Meinst du, das weiß ich nicht?«, zischte Vlado. »Ich habe überall nach ihm gesucht, und die Jungs haben auch die anderen Hotels in Portorož gecheckt.«

»Und wenn er doch über die Grenze ins *San Canzian* zurück ist?«

»Dort ist diese andere Deutsche aufgetaucht, um die sich Ivo kümmert. Wir haben alles im Griff. In Livade beobachtet unser Mann diese Köchin. Sollte Tom sich mit ihr treffen, wissen wir das im selben Augenblick und schnappen ihn uns dort.«

Die beiden Männer blickten hinüber zum Flugfeld, wo die Passagiere eines Rundflugs ihre Maschine verließen und zu Fuß zu dem kleinen Flughafengebäude kamen.

»Verdammt! Das ist doch …«, rief Milan und zog Vlado zu sich in den Schatten der Palme, neben der sie gestanden hatten.

»Wer? Wen meinst du?«, fragte Vlado.

»Diese schlanke Frau mit der dunklen Jeans und dem weißen Shirt, die jetzt die Familie mit den beiden Kindern überholt hat! Scheint es mächtig eilig zu haben.«

»Die mit der braunen Reisetasche?«

»Ja.«

»Was ist mit der?«

»Verdammt, Vlado, ich will auf der Stelle tot begraben sein, wenn das nicht die Kleine ist, die am Bodensee-Airport nach Tom gerufen hat.«

»Bist du dir sicher?«

»Ohne Zweifel. Hey, so einen Anblick vergisst du nicht! Das ist sie, jede Wette!«

Vlado holte Luft. »Und du sagst, sie hat in Friedrichshafen auf Tom gewartet?«

»Ganz genau. Sie hat seinen Namen gerufen und gewunken, doch Tom tat so, als würde er es nicht bemerken. Sie kennt ihn, und wenn sie jetzt hier gelandet ist, weiß sie vielleicht, wo sie ihn finden kann.«

»Wenn das stimmt«, sagte Vlado, »dann haben wir ihn! Los, häng dich an sie ran und lass sie nicht aus den Augen. Ich bleibe hier und achte auf seine Piper. Wenn du ihn hast, melde dich!«

»Du hast einen Plan?«, fragte Milan.

Vlado nickte.

»Lass die Kleine nicht aus den Augen! Ich sorge in der Zwischenzeit dafür, dass diese Sterneköchin für eine Gegenüberstellung bereitsteht. Und eines verspreche ich dir: Nach diesem Showdown wird der gute Tom freiwillig in den Flieger steigen und unsere Ware ans Ziel bringen!«

*

Sabrina verließ Grožnjan über die kurvenreiche Straße, die hinunter ins Mirnatal führte. Ihre Gedanken drehten sich unkontrolliert im Kreis, seit sie auf dem Profilbild diese Katja neben Tom identifiziert und zudem von seinen Kurierdiensten für die Trüffelmafia erfahren hatte.

Als sie Richtung Livade abbog, erhielt sie den Anruf einer anonymen Nummer. Sie fuhr rechts ran und ließ den Wagen auf dem Grünstreifen ausrollen. Die deutsch sprechende, männliche Stimme am anderen Ende klang rau, der Akzent verriet ihr, dass sie einem Einheimischen gehörte. Sofort fielen ihr Jan oder Željko ein, doch es war keiner der Männer, mit denen sie in den letzten Tagen zu tun gehabt hatte. Die ersten Worte klangen befremdlich in ihren Ohren, und sie glaubte, bei laufendem

Motor nicht alles richtig verstanden zu haben. Hatte er wirklich »hör mir genau zu, das ist kein Scherz und könnte böse Folgen für dich haben« gesagt?

»Wer ist bitte dran?«, fragte sie alarmiert.

»Mein Name tut nichts zur Sache, und ich möchte, dass du genau das tust, was ich von dir verlange.« Die Stimme ließ keinen Widerspruch zu. »Es könnte sein, dass dein Tom sonst böse wird!«

Der Anrufer machte eine kurze Pause, vermutlich, um seine Drohung wirken zu lassen, und fuhr dann im Befehlston fort: »Du wirst dich ab jetzt zu unserer Verfügung halten! Bleib in Livade, wir holen dich zu gegebener Zeit dort ab. Versuche nicht, uns zu entkommen oder auszutricksen! Wir würden dich finden, und Tom versteht da keinen Spaß, hast du das kapiert? Wir melden uns, lass dein Handy auf Empfang, auch in der Küche.«

Ein Knacken verriet ihr, dass der Anruf beendet war.

Sabrina starrte auf ihr Handy, auf dessen Display immer noch der Schriftzug *Anonym* leuchtete.

Was war das?

Hatte man sie da gerade wirklich bedroht? Und hatte die fremde Stimme wirklich von Tom gesprochen?

Sabrina brauchte eine Minute, ehe sie in der Lage war, weiterzufahren.

Tom!

Er würde keinen Spaß verstehen, hatte der Anrufer gesagt, und er könne böse werden!

Also hatte sie sich doch nicht getäuscht!

Tom war dieses Mal auf der Seite der Bösen!

Dennoch passte das alles für sie nicht ganz zusammen.

Sabrina hatte Mühe, sich auf die Straße zu konzentrieren.

Was nun?

War ihre Beziehung in sich zusammengestürzt wie ein Kartenhaus? War der charmante Lover ein skrupelloser Blender und Verräter? War alles Lug und Trug?

Sabrinas Herz krampfte sich zusammen, als sie den Wagen vor dem ZIGANTE Restaurant abstellte und sich an ihren gemeinsamen Abend dort und die schönen Momente mit Tom erinnerte.

War das echt gewesen? Oder doch eher große Schauspielkunst? Nach allem, was sie herausgefunden hatte, war nur ein großes Misstrauen übriggeblieben. Die Tatsache, dass sie zum Spielball dunkler Machenschaften geworden war, machte ihr zunehmend Angst.

Wie sehr hatte sie sich gewünscht, dass ihre Ahnung sie täuschen möge. Dass alles, was sie über Tom erfahren und von ihm entdeckt hatte, sich durch eine einfache Erklärung in Wohlgefallen auflösen würde. Dass ihre düsteren Gedanken sich als Hirngespinste entpuppten und sich ihr Verdacht gegen Tom als haltlos erweisen würde. Konnte es nicht sein, dass sie etwas Wichtiges übersehen hatte?

Der bucklige Stribor beobachtete die schöne Frau, wie sie ausstieg und die Straße überquerte. Er zückte sein Handy und suchte in den Kontakten nach einer Nummer, die er jetzt benötigte.

*

»Du hast mir gar nicht gesagt, was der *Kleine Prinz* für ein Juwel ist«, meinte Carsten, als sie an einem der Tische auf der schmalen Balustrade des gemütlichen Restaurants Platz genommen hatten. Dort oben waren sie allein und konnten ungestört reden.

»Für den Innenarchitekten oder für den Großen Löwen, der hier eine Nacht verbringen könnte?«, fragte Isabel.

»Für den Großen Löwen im *Kleinen Prinzen*«, antwortete Carsten verschmitzt lächelnd. Er griff Isabels Handgelenke und drückte sie sanft. Sie spürte einmal mehr die Schmetterlinge tanzen, doch ihre romantischen Gedanken wurden unterbrochen, als Carsten ihr in die Augen sah und seine Stimme ernst wurde.

»Was ich dir am Telefon nicht sagen wollte, ist Folgendes: Ich war im Nebenzimmer des *Lichtentaler Hofs* und wurde ungewollt Zeuge eines Telefonats, das Graziano geführt hat. Es ging um eine Weiße Trüffel. Wohl ein wertvolles Exemplar. Es soll demnächst aus Istrien eingeflogen werden.«

»Istrien?«, hakte Isabel fast forsch nach. Der Ernst in ihrer Stimme verriet, dass sie dem, was Carsten zu berichten hatte, große Bedeutung beimaß.

»Ja. Und jetzt halt dich fest: Die Trüffel wiegt satte 888 Gramm!«

Isabel holte hörbar Luft.

»Du erinnerst dich, dass ich dir von dieser Auktion in Baden-Baden erzählt habe?«, fragte Carsten.

Isabel nickte.

»Wenn ich das alles richtig mitbekommen habe, will Graziano diese Weiße Trüffel genau dort unter den Hammer bringen.«

*

Der Mann am Steuer des rostigen, verbeulten Lada hatte Mühe, dem weißen Opel Mokka zu folgen. Die Frau nahm die langgezogenen Kurven auf der Strecke nach Buje schnittig, und er schloss aus ihrem sportlichen Fahrstil, dass sie die Straße nicht zum ersten Mal fuhr. Woher kannte sich die Frau hier so gut aus? Er hatte ohnehin das Gefühl gehabt, dass Vlado sie kannte, doch woher? Gut, er hatte auch diesen Tom gekannt, warum nicht diese Frau, die ihn jetzt vielleicht zu Tom führen würde. Der Verfolger hielt Abstand, nur wenige Autos befuhren um diese Zeit die Straße, die von Buje nach Livade führte, und er musste unbedingt vermeiden, dass die Frau ihn bemerkte. Die Worte Vlados hämmerten in seinem Kopf: »Lass die Kleine nicht aus den Augen!«

Milan sah gerade noch, wie der weiße Mokka die Straße in einer Linkskurve verließ und in eine Seitenstraße einbog, die zwischen den Pinien und Eichen bergan in eine Waldschneise führte. Seine Augen registrierten das gelbe Straßenschild, das auf Sažoni wies, und er wunderte sich.

Sažoni? Was zum Teufel wollte diese Frau aus Deutschland in diesem verlassenen Dorf am Ende der Welt? Milan selbst war noch nie dort gewesen, doch man erzählte sich, dass zwischen den verfallenen Mauern der alten Häuser Hornvipern lebten und es in den Nächten dort oben spuken sollte. Er hatte wenig Lust, sich allein in dieses Schlangennest zu begeben, und als er sich überzeugt hatte, dass die Asphaltstraße in eine Schotterpiste überging und es nirgends eine Abzweigung gab, hielt er an und stieg aus.

Milan wartete. Dort unten, zwischen Büschen und Dorngestrüpp schimmerten die grauen Mauerreste der verfallenen Häuser, und als er die roten Bremslichter des Mokkas aufleuchten sah, grinste er. Er würde hier stehen bleiben und auf Verstärkung warten. Da er zu seiner Verwunderung in diesem Niemandsland Netz hatte, rief er Vlado an und gab ihm seinen Standort durch.

*

Die Frau fuhr von der Schotterpiste ab und ließ den Wagen über eine abschüssige Wiese holpern. Sie trat erst auf die Bremse, als sie weit genug von der schmalen Straße entfernt war, um von dort nicht mehr bemerkt werden zu können. Sie ärgerte sich, dass sie in ihrer Eile so unvorsichtig gewesen war, nicht zu bemerken, dass sie verfolgt wurde. Dabei war es absehbar gewesen, dass die Männer, die Tom offensichtlich zum sofortigen Rückflug nach Slowenien gezwungen hatten, auch sie hier ins Visier nehmen würden. Leider hatte sie sich auf dem Bodensee-Airport zu unvorsichtig verhalten, und es war nicht auszuschließen, dass der Begleiter Toms sie erkennen würde.

Zudem hatte sie den grauen Lada mit kroatischem Kennzeichen schon zum ersten Mal im Rückspiegel bemerkt, kurz nachdem sie den Flughafen verlassen hatte. Auch an der Grenze hatte er hinter ihr gestanden, und sie hatte es geschafft, ihn durch ihre schnittige Fahrweise auf der Strecke nach Buje abzuhängen.

Hatte sie gedacht.

Als sie kurz darauf auf der staubigen Piste nach Sažoni die Staubfahne hinter sich aufsteigen sah, kamen ihr Zweifel, und sie hegte den Verdacht, dass man sie verfolgte. Sie hatte keine andere Wahl, als auf die Tarnung des Buschdickichts zu vertrauen und abzuwarten. Sie sah in den Rückspiegel und suchte nach dem aufsteigenden Staub, der ihren Verfolger verraten würde, doch die Luft blieb klar. Sie kurbelte die Scheibe herunter, um besser sehen zu können, und lauschte gleichzeitig nach dem verräterischen Geräusch eines näher kommenden Motors.

Sie hatte nicht lange gebraucht, um zu wissen, wo sie Tom suchen musste. »Sažoni ist das perfekte Versteck«, hatte er mehr als einmal zu ihr gesagt, als sie früher dort gewesen waren.

Es blieb still. Nur das schrille Zirpen der Zikaden drang an ihre Ohren. Kein Motorengeräusch weit und breit. Sie schreckte hoch, als plötzlich ein Fasan aufflog und mit lautem Flügelschlag Schutz im Unterholz suchte.

Nach einer halben Stunde lenkte sie den Mokka auf den Weg zurück und ließ ihren Blick über die beiden Fahrrinnen der Schotterpiste gleiten. Wäre ein Verfolger hier vorübergefahren, würde der Staub, den seine Reifen aufgewirbelt hätten, noch in der Luft liegen.

Sie hatte sich wohl getäuscht. Argwöhnisch blickte sie auf der Piste den Weg zurück, den sie gekommen war. Was sollte sie tun? Zurückfahren, um sicher zu gehen, dass es keinen Verfolger gab? Oder den Weg fortsetzen und ihr Misstrauen begraben?

Sie entschied sich für Letzteres und erreichte nach wenigen Minuten das verlassene Dorf. Wie lange war sie nicht mehr hier gewesen? Sie nahm mit Befremden wahr, dass die Zeit, die vergangen war, keine Gnade hatte walten lassen. Wie viele Stürme würden die alten Mauern noch überstehen?

Sie parkte den Wagen auf dem schmalen Weg oberhalb des Grundstücks, der nach rechts zwischen die Ruinen abbog und talwärts führte. Sie wunderte sich nicht, keine Spur von Tom zu entdecken. Sollte sie ihre Vermutung täuschen, wäre er gar nicht hier. Sollte sie aber recht behalten und er hier oben sein, um unterzutauchen und sich vor etwaigen Verfolgern zu verstecken, würde er wissen, sich unsichtbar zu machen.

Zu Fuß ging sie zum Haus. Es war eines der wenigen, deren Mauern noch unversehrt standen und deren Fenster noch von gut erhaltenen Läden beschirmt wurden. Ihr Blick ging hinter das Haus, wo direkt an der Wand die Wasserrohre aus der Tiefe führten. Sie bemerkte den verschobenen Schachtdeckel, bückte sich, schob ihn beiseite und erkannte, dass die Wasserzufuhr geöffnet war. Es musste jemand im Haus sein.

Tom?

Die Frau ging an der Schmalseite des Hauses entlang und bog um die Ecke bis zur Tür, drückte vorsichtig die Klinke nach unten und spürte keinen Widerstand. Die Tür war offen, und sie trat leise ein. Ein Blick zum Sicherungskasten genügte, um zu wissen, dass jemand da sein musste. Doch der Raum vor ihr, eine kleine Küchenzeile mit Esstisch und einem großen Kühlschrank, war leer. Kein Licht brannte, nur durch den Türspalt fiel ein schmaler Streifen Tageslicht auf den Fußboden und die Wand dahinter.

Sie roch den Duft frischen Kaffees und befühlte vorsichtig die Herdplatte.

»Warm. Wer immer hier ist, hat Feuer gemacht.«

Sie sah sich um. Kein Gepäck stand herum, keine Klamotten hingen über den Stühlen, kein Geschirr stand gebraucht im Spülstein. Und doch spürte sie die Nähe Toms. War es sein Aftershave, das sie roch? Oder war es Einbildung? Wunschgedanke?

»Tom?«, hauchte sie leise, und doch laut genug, dass man es im Erdgeschoss hören konnte.

Das zweite »Tom?« war lauter, und sie lauschte an der Treppe, die zum nächsten Stockwerk führte.

Es blieb still, und sie war sich sicher, dass die Person, die das Wasser angestellt und den Strom eingeschaltet hatte, nicht im Haus war.

Die Frau lauschte. Alles blieb still. Sie schloss die Tür von innen, lehnte sich mit im Rücken verschränkten Armen dagegen und schloss die Augen, um in Ruhe zu einem Entschluss zu kommen.

*

»888 Gramm?«

Isabels Stimme am Handy hatte verzerrt geklungen, und Sabrina glaubte zunächst, sich verhört zu haben.

»Sag das noch mal! Du weißt schon, was eine Weiße Trüffel in dieser Gewichtsklasse wert ist?«

»Allerdings. Und ich glaube nicht, dass Carsten sich verhört hat oder mir einen Bären aufbinden will. Und es ist dir sicher klar, was mit einer Weißen Trüffel passiert, die mehr als 100 Gramm auf die Waage bringt!«

Isabel hatte es nicht als Frage, sondern als Feststellung formuliert und Sabrinas Stimme zitterte, als sie es aufgewühlt auf den Punkt brachte: »Sie geht auf schnellstem Weg zu einer Auktion.«

»Genau das hat Graziano mit diesem Teil vor!«

Sabrina hatte vor Augen, was Belinda über Tom herausgefunden hatte.

Auf solchen Auktionen wurden für Prachtexemplare unvorstellbare Summen erzielt, und die Trüffeln waren so schnell am anderen Ende der Welt, dass es oft unmöglich war, ihren Weg nachzuverfolgen. Im letzten Jahr hatte ein 800 Gramm schweres Prachtstück knapp 100 000 Euro erzielt und war nach Hongkong gegangen.

»Und jetzt zähl mal Eins und Eins zusammen!«, forderte sie ihre Freundin im Schwarzwald auf. »Das passt alles zusammen!«

»Meinst du, die Trüffel könnte …«, versuchte Isabel, ihren Verdacht auszusprechen, »… in Toms Maschine hierherkommen? Und dass Tom vielleicht deshalb verschwunden ist?«

»Ein knappes Kilo Weiße Trüffel! Dafür kann man schon mal abtauchen.«

»Carsten hat in der Tat von ›demnächst‹ gesprochen.«

»Das bedeutet aber, Tom wartet nur getarnt auf seinen nächsten Einsatz«, murmelte Sabrina mehr zu sich selbst. »Ein exklusiver Flug über die Alpen mit einer einzigen Trüffel an Bord.«

»Bitte, Sabrina«, Isabels Stimme klang besorgt, »falls dir Tom über den Weg läuft, pass auf dich auf. Nach alldem, was du mir erzählt hast, glaube ich langsam auch, dass er seine Finger im Spiel hat. Du darfst ihm nicht mehr trauen!«

»Mach dir keine Sorgen«, versuchte Sabrina ihre Freundin zu beruhigen, »ich habe hier einen Beschützer. Mit ihm fahre ich heute noch ans Meer. Und wenn ich zurück bin, kümmere ich mich um Tom.«

*

Tom war früh aufgestanden und hatte Kaffee gekocht. Er versuchte vergeblich, Katja zu erreichen, und hinterließ eine kurze Sprachnachricht auf ihrer Malbox.

Wenngleich die Wahrscheinlichkeit groß war, dass Vlados Komplizen in Livade auf ihn warteten, musste er riskieren, Sabrina dort aufzusuchen. Noch hatte er keinen Plan, doch er traute sich zu, die richtige Entscheidung zu treffen. Er würde seinen Wagen außerhalb des Ortes verstecken und sich zu Fuß zum Restaurant begeben. Sicher fand sich irgendein Halbwüchsiger, den er für ein paar Kuna mit einer Botschaft zu Sabrina schicken konnte. Alles Weitere würde sich finden.

Bevor er den Lost Place verließ, wollte er den Holzvorrat in der Küche aufstocken. Der Besitzer musste nicht wissen, dass in seiner Abwesenheit jemand hier gewesen war. Er verließ das Gebäude und ging, den leeren Korb am Arm, zum Schuppen, der etwa fünfzig Meter entfernt am Ende des Geländes lag. Tom war gerade dabei, den Weidenkorb mit den trockenen Brennholzscheiten zu füllen, die unter dem Dach des Schuppens aufgeschichtet waren, als er das Geräusch hörte und in seiner Bewegung innehielt.

Das Knirschen der Reifen auf der geschotterten Zufahrt war deutlicher zu vernehmen als der Motor, und Tom sah auch schon das Weiß der Karosserie zwischen den Ranken und Gestrüppen aufblitzen. Wer konnte das sein? Es war unwahrscheinlich, dass jemand von der Bande sein Versteck kannte. Dennoch beschloss er, vorsichtig zu sein, und verschwand rasch hinter dem Schuppen. Auf dem Weg sah er sich nach einer Waffe um. Irgendwo bei diesem Holzlagerplatz musste es doch eine Axt oder eine Säge geben? Er griff nach einem armlangen, kantigen Stück Holz und hielt es schlagbereit. Er erreichte die Tür an der Rückseite des Schuppens, doch sie war verschlossen.

Deutlich vernahm er jetzt das Drosseln des Motors, als das Fahrzeug auf dem Weg oberhalb des Grundstücks hielt und abgestellt wurde. Immerhin war von dort oben sein Wagen nicht zu sehen. Er hielt die Luft an, als er das Zuschlagen der Autotür hörte.

Ein harter, metallischer Ton.

Eine Person!, sagte ihm sein Verstand. Sollte er es wagen, sich dem Besucher zu zeigen? Er glaubte, Schritte zu vernehmen, die sich über den losen Schotter dem Haus näherten, dann blieb es still. Er riskierte einen Blick um die Ecke des Schuppens, um gerade noch eine Gestalt im Haus verschwinden zu sehen. Die Bewegung, die er im Bruchteil einer Sekunde an der Tür wahrnahm, erschien ihm eindeutig weiblich.

Tom verließ die Deckung und schlich mit raschen Schritten auf das Haus zu, das Holzscheit noch immer in der rechten Hand. Er duckte sich hinter einem halbverdorrten Obstbaum und verharrte unentschlossen. Die Schritte hinter sich vernahm er zu spät, er spürte den Lufthauch, als der Schlag auf ihn niedersauste. Ein stechender Schmerz in seiner Schulter ließ ihn zu Boden gehen, und er blickte entsetzt in das starre Gesicht Vlados, der seinen Zeigefinger als Zeichen des Schweigens auf seine Lippen gelegt hatte.

»Ganz leise sein und mitkommen«, flüsterte er. »Wir wollen doch nicht, dass der Kleinen etwas zustößt, oder?«

»Der Kleinen?« Vor Toms geistigen Auge tauchte das Gesicht einer Frau auf. Doch es war nicht Sabrina, die er sah, und er folgte Vlado schweigend.

*

Die Frau schrak auf, als es an der Tür in ihrem Rücken heftig klopfte. Noch ehe sie sich umdrehen konnte, wurde die Tür mit einem Ruck geöffnet, sie taumelte und fiel in die Arme eines Mannes, der sie unbeholfen auffing und mit eiserner Härte ihre Handgelenke umklammerte.

»Tom!«, wollte sie schon rufen, doch sie starrte in das bärtige Gesicht eines anderen.

»Der Typ vom Bodensee-Airport!«, durchfuhr es sie. »Der Verfolger im grauen Lada!«

Wie übel musste er sie ausgetrickst haben, um ihr schließlich doch noch gefolgt zu sein und sie jetzt zu überwältigen!

»Lass mich los!«, herrschte sie ihn an und wand sich unter seinen harten Griffen.

»Ganz ruhig, kleine Wildkatze!«, raunte er jetzt in gebrochenem Deutsch.

»Pass auf!«, flüsterte er, und sie spürte seine sabbernde Zunge an ihrem rechten Ohr. »Wenn du tust, was wir sagen, passiert deinem Tom nichts! Hast du verstanden, was ich gesagt habe?«

Die Frau nickte, und der Angreifer lockerte die Klammern um ihre Handgelenke.

Sie trat einen Schritt zurück, doch er hatte den Fuß nach vorne gestellt, um ein Schließen der Tür zu verhindern.

»Keine Tricks, denk an Tom.«

»Was ist mit ihm? Was habt ihr mit ihm vor?«, fragte sie, und aus ihrer Stimme sprach Sorge.

»Wir?«, fragte er mit unschuldiger Miene. »Wir haben gar nichts mit ihm vor. Er hat noch eine Schuld einzulösen, das ist alles. Und wir möchten nicht, dass ausgerechnet du uns einen Strich durch die Rechnung machst.«

»Und was habt ihr mit mir vor?«

»Mir dir?« Er lachte hämisch. »Sei froh, dass mir der Boss verboten hat, etwas mit dir vorzuhaben. Sonst würden wir beide es uns jetzt so richtig gemütlich machen. Und glaub mir, in diesen alten Ruinen gibt es Plätzchen, wo es richtig Spaß macht!«

Sein dreckiges Lachen ließ sie angewidert erschauern, und sie krallte sich mit beiden Händen im Türrahmen fest.

»Es ist ganz einfach. Du bleibst vorläufig hier und rührst dich nicht vom Fleck. Glaube mir, wir finden dich, und dann lernst du diese Ruinen kennen, und zwar auf meine Weise!«

Die Frau rührte sich nicht und hoffte nur, dass der Alptraum vorbeiging.

»Los, her mit dem Autoschlüssel und deinem Handy! Das brauchst du jetzt nicht.«

Sie griff in die Taschen ihrer Jeans und reichte ihm beides.

»Ich nehme es nur in Verwahrung, damit du auf keine dummen Ideen kommst. Ich komme zurück, haben wir uns verstanden?«

Die Frau nickte.

»Und es wäre gut, wenn du dann noch da wärst.«

Er ließ eine Pause und schob dann noch nach: »Gut für deinen lieben Tom!«

*

»Wie weit ist es nach Novigrad?«, fragte Sabrina den smarten Mann neben sich am Steuer.

»Nicht weit«, sagte er nur. »Halbe Stunde. Wir werden rechtzeitig zu deinem Dienstbeginn wieder im Restaurant sein, ich muss mich ja auch noch für die Schönen und Reichen zurechtmachen.«

Sie sah Jan an, der in lässiger Jeans und sportlichem, dunkelblauem Poloshirt den Wagen über die schmalen Straßen steuerte, und stellte sich den jungen Kellner gleichzeitig wieder im gutsitzenden schwarzen Anzug vor. Er war nicht sehr redselig, seit er sie zu einem kleinen Ausflug ans Meer eingeladen hatte. Während er im Restaurant mit seinem sympathischen Lächeln die Gäste bediente und sie auch nach Dienstschluss immer noch zu einem Bier in geselliger Kollegenrunde überredete, kam er ihr jetzt eher verhalten und unsicher vor.

»So denkst du über deine Gäste?«, fragte sie. Immerhin waren auch Tom und sie Jan an jenem denkwürdigen ersten Abend als Gäste begegnet.

»Das sollte nicht abwertend klingen«, rechtfertigte er sich, »aber wer zu ZIGANTE kommt, um Trüffeln zu essen, wird es sich wohl schon leisten können. Und die Männer, die es sich leisten können, ihre Begleiterinnen dorthin auszuführen, kommen immer mit schönen Frauen.«

»Gerade nochmal die Kurve gekriegt«, dachte Sabrina. »Und warum fahren wir dann nach Novigrad und essen nicht bei ZIGANTE?«, versuchte sie ihn zu locken.

»Weil ich es mir nicht leisten kann, mit meiner schönen Begleiterin dort Trüffeln zu essen«, antwortete er, und sie horchte auf. Zum ersten Mal schien er sie zu ihrer Verwunderung nicht nur als Kollegin, sondern als Frau wahrzunehmen, ganz entgegen seiner sonst so kumpelhaften Art bei der gemeinsamen Arbeit zwischen Küche und Restaurant. Während sie sich nicht ganz im Klaren war, ob sie nun in Begleitung eines bisher gut getarnten kroatischen Casanovas oder eher doch Stockfischs unterwegs war, fügte er rasch noch hinzu: »Und weil ich dir das Meer zeigen mag.«

Schweigend fuhren sie weiter und erreichten schon kurze Zeit später das kleine Städtchen Novigrad, das sich entlang einer Halbinsel bis zum Meer erstreckte.

Jan schien sich auszukennen, denn er fand in einer der schmalen Gasse gezielt einen Parkplatz, und nach wenigen Schritten stand Sabrina an der Mauer, die die Promenade mit ihren Cafés, Bistros und Pinten vor der schäumenden Gischt der heranrollenden Wellen schützte.

Jan trat neben sie und legte lässig einen Arm um ihre Schulter. Sabrina ließ es irritiert geschehen und bemerkte dabei ein leichtes Kribbeln. Vielleicht sollte sie doch einmal darüber nachdenken, ob es nicht sinnvoll sein würde, einen Weg zu finden, sich gedanklich etwas von der Geschichte mit Tom abzulenken. Schließlich drehte sie sich zu Jan um, ohne seinen Arm abzuschütteln. Ihre Gesichter waren nur noch wenige Zentimeter voneinander entfernt.

»Ich hätte jetzt Lust auf einen Kaffee«, sagte sie und reckte ihr Kinn leicht nach oben.

»Da drüben bei Paolo gibt's den besten.«

Jan deutete auf eine Pinte, an deren Tresen sich eine Traube von Menschen gebildet hatte. »Die Tische und Stühle im Freien sind gemütlich.«

Sabrina wunderte sich. Sehr einladend sah die Pinte in ihren Augen nicht aus, und sie hätte noch vor einer Minute gewettet, dass Jan ein lauschigeres Plätzchen unter den Arkaden lieber gewesen wäre, als mit ihr dort im Straßencafé wie auf dem Präsentierteller zu sitzen.

Sie nahmen an einem Bistrotisch in der zweiten Reihe Platz, und Sabrina bestellte einen Cappuccino, während ihr Begleiter sich für eine kleine Cola entschied.

Sabrina hatte ihre Sonnenbrille aufgesetzt und ließ ihren Blick über die belebte Promenade schweifen, als sie plötzlich Jans Finger auf ihrem Handrücken spürte. Er hatte seinen Stuhl dicht neben ihren geschoben, und während seine rechte Hand sanft über ihren nackten Unterarm strich, hatte er seinen linken Arm um ihre Schulter gelegt.

Sie waren nicht das einzige Paar, das die warme Herbstsonne am Meer genoss, und sie dachte einen Augenblick lang an Tom, der seit Tagen nicht mehr aufgetaucht war, und an Belinda, von der sie ebenfalls nichts gehört hatte. Das war zwar Teil ihrer Abmachung, doch auch Jan hatte bisher nicht anklingen lassen, dass sich Belinda bei ihm gemeldet hätte. Irgendwie seltsam. Sie entschied sich, ihn nicht danach zu fragen. Noch nicht. Es erschien ihr sinnvoller, Jan als Kellner in ZIGANTES Restaurant, also an der Quelle der hiesigen Trüffelszene, ein paar unverfängliche Fragen zu stellen.

Sabrina spürte das angenehme Kreisen von Jans Fingerkuppen auf ihrer linken Schulter. Sie begann beiläufig, ihn nach einigen Abläufen im Trüffelrestaurant zu befragen, und streichelte dabei mit den Fingern über den Handrücken, der auf ihrem Arm ruhte. Als er ihr eine Frage nach den Lieferungen Weißer Trüffeln beantwortet hatte, legte sie möglichst belanglos nach, indem sie ihre Streicheleinheit intensivierte und ihn schelmisch anlächelte. Er erwiderte ihr Lächeln, und sein Gesicht kam ihr langsam näher.

»Jan, du weißt ja, dass ich Sterneköchin bin. Wenn ich nun für mein Restaurant in Deutschland auf der Suche nach einer besonders wertvollen Weißen Trüffel wäre, wie könnte ich an ein solches Prachtexemplar gelangen?«

»Mit viel Geld«, antwortete Jan.

»Legal?«

»Legal oder illegal. Das geht beides. Mit Weißer Trüffel lassen sich gute Geschäfte machen. Aber warum reden wir nicht über etwas anderes, ebenso Wertvolles?«, fragte er.

»Und worüber?«

»Über die Liebe?« Sein Mund näherte sich ihr für einen ersten Kuss.

Rasch legte Sabrina zwei Finger an ihre leicht geöffneten Lippen und deutete einen Kussmund an. Die benetzten Finger wanderten anschließend auf Jans Lippen, und sie hauchte leise: »Erzähl mir etwas über die Weiße Trüffel …«

Sabrina war sich bewusst, dass sie hoch pokerte, doch es war ihr ebenso klar, dass sie ohne Toms Hilfe und womöglich jetzt auch ohne Belindas Unterstützung ans Ziel gelangen musste. Sie war nicht nur allein und auf sich angewiesen, sondern musste inzwischen damit rechnen, in Tom einen Gegenspieler zu haben. Und Jan, soviel glaubte sie berechnen zu können, würde sie nach ein paar Küssen wieder in seine Schranken weisen. Er würde es kaum wagen, durch das Auffliegen einer Affäre mit der Köchin seines Arbeitgebers die Stelle im angesehensten Trüffelrestaurant des Landes aufs Spiel zu setzen.

»Zuerst ein Kuss«, forderte er und streichelte ihre Wange.

»Hier, wo alle es sehen können?«, fragte Sabrina gespielt schüchtern und näherte sich seinem Mund.

»Ja«, flüsterte er, »genau jetzt und hier ...«

*

»Habe ich es dir nicht gesagt?«, fragte Vlado. »Bist du nun zufrieden?«

Tom fuhr hoch, doch die kalte Klinge an seinem Hals gebot seiner Bewegung Einhalt. Sie standen zu dritt eng nebeneinander und lehnten rücklings an der Hafenmauer wie drei gute Freunde, jeder eine Dose Bier in der Hand. Ihr Blick ging hinüber zu der kleinen Pinte auf der anderen Seite der Promenade, wo Vlado ihm Sabrina in der Begleitung eines jungen Mannes präsentiert hatte.

Vlado und Milan hatten Tom so in ihre Mitte genommen und sich bei ihm eingehakt, dass er nicht entkommen konnte. Vlado schob zudem seinen rechten Arm unter Toms T-Shirt, und die Klinge des Austernmessers ragte unter dem linken Ohr an seinen Hals. Tom fühlte das warme Blut, das aus einem kleinen, kaum fühlbaren Kratzer geträufelt war und in seine Halsbeuge rann. Vlado würde die Klinge tiefer ritzen lassen, das wusste er.

Er hatte Jan, den adretten Kellner aus dem Trüffelrestaurant, erkannt und hielt sich in seinem Drang zurück, sich loszureißen und diesem jungen Scheißkerl das Bier in die grinsende Visage zu kippen. Er schäumte vor Wut und Eifersucht, und genau das nahm Vlado mit größter Genugtuung wahr. Die Rechnung schien aufzugehen.

»Siehst du, wie schnell sich dein Püppchen einen neuen Typen geangelt hat!«, höhnte er, um Tom noch weiter in Rage zu versetzen. »Wegen der musst du dir keine Gedanken mehr machen!«

*

Kurz bevor sich ihre Lippen berührten, drehte Sabrina das Gesicht zur Seite, holte tief Luft und bot Jan nur die Wange an. Sie kniff ihre Augen zusammen, wie um nicht von der tiefstehenden Sonne geblendet zu werden, und hielt die Luft an, als Jans Mund ihre Haut berührte. Als es vorbei war und sie die Augen wieder öffnete, glitt ihr Blick über die breite Promenade hinüber zur Hafenmauer und von dort hinaus auf das silberblau glitzernde Meer.

In der Menschenmenge, die dort stand, fiel ihr eine Traube von drei Männern auf, die in ungewöhnlicher Haltung eng beieinander lehnten. Schon wollte sie ihr Gesicht wieder Jan zuwenden, als sie in ihrer Bewegung erstarrte. In der Mitte des Dreierpulks erkannte sie Tom!

Die Erkenntnis durchfuhr sie wie ein Blitz, und sie spürte im selben Moment die Gänsehaut auf ihren Armen. Tom stand eindeutig, wie von den beiden anderen Männern in die Zange genommen, drüben bei der Hafenmauer.

»Ist dir kalt?«, flüsterte die Stimme Jans unmittelbar an ihrem Ohr. Er musste ihre Gänsehaut wahrgenommen haben.

»Nein«, antwortete sie im Affekt und fast, ohne ihre Lippen zu bewegen, »ich genieße den Moment.«

Gleichzeitig erfasste sie für den Bruchteil einer Sekunde Toms strafenden Blick und wusste, dass er sie trotz der großen Entfernung erkannt hatte. Irgendwie hatte sie mit einem Mal das ungute Gefühl, zum Spielball einer Manipulation geworden zu sein, wagte es jedoch nicht, Jan abzuschütteln, solange sie von den Männern bei Tom womöglich beobachtet wurden. Sie begriff, wie das, was er von ihr und Jan zu sehen bekam, auf ihn wirken musste.

»Du musst es ihm sagen!«, durchfuhr es sie.

In einem logischen Reflex spannte sie ihre Muskeln an, um aufzuspringen, hinüberzulaufen und Tom die Situation zu erklären. Doch sie hielt sich zurück, als sie beim Blick aus dem Augenwinkel heraus erneut die unnatürliche Haltung der drei Männer wahrnahm. Tom war nicht der Typ, mit zwei Männern auf Tuchfühlung zu gehen, er hatte schon Probleme, wenn Sabrina ihn zu fest in eine Umarmung presste. Nie würde er ohne Grund so eng mit anderen zusammenstehen, da war sie sicher. Es galt, nachzudenken und erst dann zu handeln.

Jan suchte keine weitere Nähe, fast, als hätte er sein Ziel erreicht und müsste nicht um weitere Zärtlichkeiten kämpfen. Sabrina wusste, dass sie nicht viel Zeit hatte, um etwas zu unternehmen, doch was auch immer sie tun könnte, es musste schnell gehen und durfte nicht bemerkt werden.

Noch einmal wandte sie ihr Gesicht Jan zu, um aus der Deckung heraus einen geschützten Blick auf die drei Männer zu werfen. Bildete sie es sich nur ein, oder hatte der Jüngere rechts von Tom in jener Nacht in der Loggia vor ihrem Hotelzimmer in Livade gestanden?

Wie fremdgesteuert löste sie sich von Jan, dessen Arm noch immer auf ihrer Schulter lag.

»Ich brauch noch einen Kaffee«, sagte sie und erhob sich, den Blick bewusst von Tom und den Männern abgewandt. Warum hatte sie das Gefühl, dass es Jan gar nicht unrecht war, die angebahnte Zweisamkeit zu unterbrechen?

»Ich komme mit«, bot er an.

»Nein, ich geh allein!«, widersprach sie und fand, dass er auf eine seltsame Weise verloren wirkte.

»Ich begleite dich!«, beharrte er, fast als wollte er sie auf keinen Fall allein gehen lassen.

Sabrina fand sein Verhalten mehr als befremdlich und registrierte aus dem Augenwinkel heraus, wie sein Blick in einem vermeintlich unbeobachteten Moment verstohlen zu den drei Männern huschte, und auf einmal wurde ihr klar, dass Jan auf irgendeine Weise mit Tom und den beiden Männern zu tun haben musste. Sie hoffte bei dieser Erkenntnis inständig, dass Belinda den von ihnen geplanten Kontakt zu Jan noch nicht hergestellt hatte. Sabrina würde alle Hebel in Bewegung setzen müssen, dies noch zu verhindern.

Sie hatte das ungute Gefühl, in einem Film zu agieren, in dem sie weder das Drehbuch noch die Rollen der beiden Hauptdarsteller kannte.

*

Belinda hatte Joško auf seinen Sohn angesprochen. Jetzt hatte sie ein Gesicht vor Augen. Und seinen Namen.
Sie starrte auf ihr Handy.

Keine Nachricht, schon den ganzen Tag, und sie wusste, wie schwer ihr die Erkenntnis fiel.

»Verdammt schwer, dem Mann nicht zu trauen, der so etwas wie ein Licht am Ende des Tunnels für dich ist.«

Sie hatten sich getroffen, am letzten Abend. Im *San Canzian Village*. Belinda hatte noch von ihrem Zimmerfenster aus beobachtet, wie er vom Parkplatz gefahren war, und beschlossen, Sabrina vorerst nichts davon zu erzählen. Als er das Hotelgelände verlassen hatte, war die Sonne gerade über den Hügeln im Osten aufgegangen.

Seitdem hatte sie nichts mehr vom Sohn des Trüffeljägers gehört.

*

Es war Sabrina klar geworden, dass sie ein Problem hatte.

Toms Reaktion auf Jans Umarmung war eindeutig gewesen. Welches falsche Spiel hier auch immer gespielt wurde, es stand für sie fest, dass diese Begegnung geplant worden war und Jan mit den beiden Männern bei Tom unter einer Decke steckte.

Es erschien ihr in diesem Moment am dringendsten, Tom unauffällig ein Zeichen zu geben, das weder von den Männern an der Hafenmauer noch von Jan wahrgenommen und gedeutet werden konnte.

Einmal mehr erwies sich Sabrinas analytisches Denken als Schlüssel für eine Lösung. Die große italienische Kaffeemaschine auf dem Tresen der Pinte sprang sie an, und sie dachte an einen kleinen Disput, den sie vor wenigen Tagen mit Tom auf Mallorca geführt hatte.

»… wenn es etwas gibt, was ich wirklich hasse, ist es ein Coffee to go. Das boykottiere ich … und falls du mich mal mit einem Coffee to go in der Hand siehst, kannst du davon ausgehen, dass irgendetwas schiefgelaufen ist …«

Entschlossen zog sie Jan mit sich zum Tresen und betrachtete die Tassen, die aufeinandergetürmt neben dem Kaffeeautomaten standen. Dann entdeckte sie zu ihrer Freude die Becher. In bunt quietschendem Pink stapelten sie sich in drei verschiedenen Größen im Regal hinter der Theke.

Die Personen vor ihr hatten ihre Getränke bezahlt, und Sabrina war als Nächste an der Reihe.

»Einen Coffee-to-go!« sagte sie bestimmt und zu Jans Verblüffung.

»Willst du dich nicht noch einmal setzen?«, fragte er und schielte zu dem Trio.

»Doch«, antwortete sie, »aber ich liebe diese bunten Coffee to go-Becher!«

»Wie groß?«, wurde sie von dem Mann hinter der Theke gefragt.

»Ihr größter Becher«, antwortete sie, »den größten, den sie haben!«

Sie registrierte sein breites Grinsen, als er sich bückte und aus einem Schrank einen Becher hervorholte, der gut und gerne die Größe eines Bierkrugs hatte. Sabrina hatte noch nie einen so großen Coffee to go-Becher gesehen.

»Genau den!«, sagte sie und verlangte Cappuccino.

Zwei Minuten später hielt sie den pink glänzenden Becher wie eine Trophäe in der Hand. Sie drehte sich seitlich zur Hafenmauer und ging zum Tisch zurück, ohne zu Tom hinüberzusehen. Sie war sicher, dass er sie beobachtete. Sie vermied Blickkontakt zu Jan und hielt den Becher in einer Hand vor der Brust, wo sie ihre Arme verschränkt hatte. Genau in der Flucht zu Tom ragte der leuchtende Pappbecher zur Hafenmauer, bewusst hatte sie ihn oben verschlossen und ein Röhrchen ein Stück weit hineingeschoben, um ihn formvollendet als Coffee to go-Becher erkennbar zu machen.

Als sie ihren Tisch erreicht hatte, blieb sie fünf Sekunden länger als notwendig stehen, wandte sich geschäftig gestikulierend Jan zu, der auf seinem Handy eine Nachricht zu lesen schien, und war sich schließlich sicher, dass Tom ihr Zeichen zumindest bemerkt haben musste.

Ein erneuter Blick aus dem Augenwinkel zeigte ihr, dass das Trio sich entfernte.

Als Tom verschwunden war, stand Sabrina auf und ging zielstrebig hinüber zur Hafenmauer. Jan folgte ihr und beobachtete sie aus einiger Entfernung. Sie ignorierte ihn und bückte sich dort, wo sie Tom entdeckt hatte, nach einem weißen Taschentuch. Mit spitzen Fingern hob sie es auf und bemerkte die frischen dunkelroten Flecken auf dem Stoff.

Sie spürte, dass sie beobachtet wurde, drehte sich um und starrte in die Fratze des Buckligen, der an der Hafenmauer lehnte und zu ihr herübersah.

*

Sabrina stierte Jan an und kochte vor Zorn.

»Ich kann das erklären«, stammelte er, »und du wirst mich verstehen!«

»Ach was! Verpiss dich!«, zischte sie, wandte sich von ihm ab und überlegte einen Augenblick, einfach wegzurennen.

»Das bringt doch nichts!«, schalt sie sich. »Wie willst du denn ohne ihn nach Livade zurückkommen? Du brauchst einen Wagen, also stell dich nicht so an!«

Sie drehte sich wieder zu ihm um und sagte trocken: »Also gut, das bringt jetzt nichts. Fahren wir zurück!«

Sie ließ es wie eine Aufforderung und nicht wie eine Frage klingen und gab ihm somit keine Chance für einen Gegenvorschlag. Schon nach wenigen Metern hatten sie die Gasse erreicht, in der Jan seinen Wagen abgestellt hatte. Sabrina blieb abrupt stehen, als sie den Mann erkannte, der lässig an der Fahrertür lehnte und auf Jan zu warten schien.

»Komm ruhig näher, Sterneköchin«, begrüßte Milan die beiden und richtete sich auf. »Wir haben einen neuen Job für dich!«

»Einen neuen Job?«, echote Sabrina. »Ich brauche keinen neuen Job!«

»Darauf können wir leider keine Rücksicht nehmen. Solange Tom für uns arbeitet, wirst du tun, was wir dir sagen! Und wirst diesen Job für uns erledigen. Es könnte nämlich sein, dass Tom sonst Schwierigkeiten bekommt, und das willst du doch nicht. Los, steig ein!«, befahl er und fügte, an Jan gerichtet, hinzu: »Du fährst. Ich sitze hinten und sage dir, wohin. Und wenn du Mätzchen machst …«

Er ließ das Austernmesser aufblitzen und grinste fies.

Kurz nachdem sie Novigrad verlassen hatten, reichte Milan Sabrina zwei Gegenstände nach vorne.

»Hier«, sagte er, »das ist ein Teil deines Jobs. Du wirst dort, wohin wir dich bringen, eine Frau treffen. Wahrscheinlich kennt ihr euch. Zumindest weiß sie, wer Tom ist. Wir haben ihr versprochen, dass sie das zurückbekommt.«

Sabrina starrte auf ein Smartphone und einen Autoschlüssel, die in ihrem Schoß gelandet waren.

»Du gibst ihr das zurück! Und sag ihr, sie sollte besser aufhören, hinter Tom herzuschnüffeln. Das gilt auch für dich! Tom macht seinen Job, und der geht euch beide nichts an!«

Milan ließ Jan nach einer Fahrzeit von zehn Minuten auf eine Seitenstraße abbiegen, die bergan in einen Wald führte und in eine Schotterpiste mündete. Als sie den Kamm des kleinen Hügels erreicht hatten, befahl er Jan anzuhalten.

»Der Transfer endet hier. Wenn du auf der Schotterpiste in dieser Richtung weiterläufst, kommst du in ein verlassenes Dorf. Ich bin mir sicher, dass du sehnsüchtig erwartet wirst. Seht zu, wie ihr von dort wieder wegkommt. Und lasst Tom seine Arbeit tun, alles andere würde ihm nur schaden! Und jetzt: Raus!«

Milan war ausgestiegen und hielt Sabrina gespielt zuvorkommend die Beifahrertür auf. Mit Blick auf ihre eleganten blauen Ballerinas höhnte er: »Viel Spaß beim Flanieren. Ich würde sie anlassen, auch wenn es in dieser Wildnis besseres Schuhwerk gibt. Die Schlangen in dieser Gegend sind giftig. Nur wenn Wildschweine kommen, solltest du die Schlappen ausziehen, dann bist du schneller!«

Milans schepperndes Lachen klang noch in ihren Ohren, als das Geräusch des in Richtung der Straße zurückfahrenden Wagens längst verklungen war und sie nur das Krächzen der Zikaden und das Zirpen der Heuschrecken umgab.

Sie war allein in der herbstlichen Trockenheit des heißen Septembertags und dazu mitten in der Wildnis. Sie starrte auf das Smartphone in ihrer Hand, doch es war gesperrt. Wem gehörte beides?

Wer war die Besitzerin des Handys, von der dieser Milan behauptet hatte, sie würde hinter Tom herschnüffeln?

Sie spürte bei aller Angst und Ungewissheit eine Beruhigung, dass es sich nicht um Belindas Handy handelte. Da sie nicht mehr mit ihrer Freundin telefoniert hatte, seit sie von Grožnjan zurückgekommen war, wusste sie nicht, wie es ihr seither ergangen war. Es war fraglich, ob sie in dieser Einöde eine Chance haben würde, ihr eine Nachricht zukommen zu lassen.

Sie hatte zunächst mit dem Gedanken gespielt, zurück zur Straße zu laufen und per Anhalter nach Livade zu gelangen. Was aber, wenn man sie dort erwartete? Dann doch besser »die Schotterpiste in dieser Richtung«, wie ihr befohlen worden war? Zumal sie auch die Neugier vorantrieb, dieser an Tom interessierten Frau zu begegnen, soviel gestand sie sich ein.

Gab es tatsächlich noch weitere Beteiligte in diesem ohnehin schon so undurchsichtigen Trüffel-Komplott?

Sabrina machte sich auf den beschwerlichen Weg. Immer wieder knickte sie in ihren Ballerinas auf dem unebenen Schotter um, sie schwitzte und fuhr erschrocken zurück, als es im hohen Gras raschelte und irgendwelche wilden Tiere vor ihr davonstoben. Erleichtert atmete sie auf, als sie das Meckern von Ziegen erkannte und die kleine Herde vor ihr die Piste überquerte. Kurz darauf ragten graue Mauern vor ihr auf, und sie erkannte die Umrisse baufälliger Häuser, die fast schon Ruinen glichen und sich wie düstere Schatten vor ihr erhoben.

Sie ging jetzt langsamer und lauschte bei jedem Schritt. Alles blieb ruhig, selbst die Zikaden schienen diesen unheimlichen Lost Place zu meiden.

Sabrina wusste später nicht mehr, wer von beiden Frauen die andere zuerst entdeckt hatte. Nahezu gleichzeitig erklang das zweistimmige »Hallo?« in der Stille der Einsamkeit, und Sabrina hob wie ein Erkennungszeichen das Smartphone und den Autoschlüssel in die Höhe. Sie glaubte, im Blick der gut aussehenden brünetten, jungen Frau etwas wie Erleichterung zu entdecken, die langsam in ein vorsichtiges Lächeln überging. Im selben Moment erkannte sie das schmale, leicht gebräunte Gesicht.

»Reiß dich zusammen!«, befahl sie sich. »Es ist besser, wenn sie nicht weiß, dass du sie kennst! Spiel die Unwissende!«

»Sie bringen mir tatsächlich meine Sachen?«, hörte sie Katjas volle, angenehm tiefe Stimme und scannte mit einem Blick Figur, Klamotten und Make-up ihrer Erzrivalin.

Sabrina nickte.

»Nicht bedrohlich«, dachte sie, »aber stilvoll. Tom hat Geschmack, das muss ich ihm lassen. Na ja, vielleicht nicht ganz richtig gedresst für diese Einöde.«

Sabrina musterte die Designerjeans, das lässige Shirt und die farblich passenden Turnschuhe, dazu registrierte sie den Duft eines frischen Parfums, der bis zu ihr herüberwehte. Wobei sie zugeben musste, mit ihren Ballerinas auch schon besser in eine

Landschaft gepasst zu haben. Über Frauenthemen würde man sich mit dieser Frau auf alle Fälle unterhalten können. Jetzt kam die brünette Schönheit auf sie zu, nahm ihr Smartphone und Autoschlüssel ab und reichte ihr die Hand.

»Danke.«

*

Katja schaltete hastig ihr Smartphone ein und warf unbemerkt einen kurzen Blick auf das Display. Gekonnt verbarg sie ihre Aufregung, als sie eine Sprachnachricht von Tom darauf entdeckte, und überlegte ungeduldig, wie sie es schaffen konnte, sie ungestört abzuhören.

Sie musterte Sabrina nun ebenfalls mit skeptischem Blick, und um ihre vollen Lippen spielte ein vorsichtiges Lächeln.

»Gehörst du zu einem der schweren Jungs, die mich hier zurückgelassen und meinen Wagen fahruntüchtig gemacht haben? Oder hat man dich hier auch in dieser Einöde ausgesetzt?«

Mehr als das plötzlich gewählte »Du« überraschte Sabrina die Treffsicherheit, mit der diese Katja ihre Situation erfasste. Bei ihrer nächsten Vermutung jedoch verschlug es ihr förmlich die Sprache.

»Der Beschreibung nach könntest du Sabrina sein!«

Sabrina hielt die Luft an.

»Und, bist du's?«, fragte die andere.

Sabrina nickte.

»Ja, aber woher wissen Sie?«, setzte sie ihr Versteckspiel fort, worauf Katja mit einem lässigen Schulterzucken in entschlossenem Ton antwortete: »Von Tom.«

Diese beiden Worte reichten aus, um Sabrinas Schauspielerei und die aufgesetzte Zurückhaltung in pure Aggression umschlagen zu lassen, und die vier Silben explodierten wie eine ganze Ladung Dynamit aus ihrem Mund: »Sie sind Katja!«

Hass und Zorn waren nicht zu überhören.

»Ganz ruhig«, versuchte Katja sie zu beschwichtigen, »ich weiß nicht, warum dich mein Name so aus der Fassung bringt.

Jetzt sitzen wir beide erst mal im selben Boot und brauchen nicht noch ein zusätzliches Problem.«

»Von wegen im selben Boot. Im selben Bett vielleicht! Ich habe euer Spiel schon lange durchschaut.«

»Sabrina! Es reicht! Wir haben jetzt nicht die Zeit, und ich habe auch keine Lust, dir alles zu erklären!«

»*Sie* müssen mir gar nichts erklären«, blaffte Sabrina. »Ich hab von Erklärungen so was von die Schnauze voll!«

»Schluss jetzt! Wir sollten handeln, statt uns hier anzuzicken!«

»Handeln? Dass ich nicht lache! Sie und Tom, ihr beiden steckt doch unter einer Decke!«

»Jetzt lass mich verdammt noch mal ausreden!«, herrschte Katja sie an, unbeeindruckt von ihrem Beharren auf das distanzierende »Sie« und dem gerade geäußerten Vorwurf. »Hier steckt niemand mit jemandem unter einer Decke! Nicht mit dieser Bande, und Tom schon gar nicht mit mir!«

»Und wie sollen wir von hier wegkommen?«

»Die Schweine haben irgendwelche Kabel herausgerissen. Ich glaube nicht, dass mein Wagen noch läuft.«

»Wissen Sie, wie weit es von hier bis zur Straße ist?«

»Fünf Kilometer«, antwortete Katja ohne Zögern.

»Woher wissen Sie das so genau?«

»Weil ich mich hier auskenne, Punkt. Ich war schon ein paar Mal hier«, fügte sie noch hinzu.

»Jetzt sag bloß nicht, mit Tom«, dachte Sabrina, »sonst passiert hier gleich was!«, und laut sagte sie: »Es gibt ja ganz sicher kein Netz in diesem Drecksloch!«

»Doch«, widersprach Katja. »Ich könnte im *San Canzian* anrufen und Francesca bitten, uns einen Mechaniker zu schicken.«

Sabrina stolperte von einer Ohnmacht in die nächste. Katja kannte das *San Canzian*, wo sie mit Tom wundervoll wilde Nächte verbracht hatte! Somit war auch das Rätsel gelöst, woher diese Francesca Tom so gut kannte. Sie unterdrückte ihre Neugier und wurde schon vom nächsten Erstaunen überrannt.

»Aber wir sparen Zeit, wenn ich mir das selbst mal ansehe«, sagte Katja.

Sabrina traute ihren Augen nicht, als die junge Frau in ihrem Designeroutfit mit fachmännischem Griff die Motorhaube des Mokkas öffnete und dort zu hantieren begann.

*

Sabrina hatte sich auf einem Stein niedergelassen und starrte geistesabwesend in die karge Felsenlandschaft. Sie war ratlos. Ein Zustand, den sie nicht mochte, denn er war der Vorbote der Tatenlosigkeit und, was sie als noch schlimmer empfand, ein Gefährte der Hilflosigkeit.

Ein Rascheln im dürren Gras zwischen den Felsen ließ sie kurz hochschrecken. Ein leuchtendes Grün zog ihre Aufmerksamkeit an, und sie entdeckte dort drüben eine große, wie ein Edelstein funkelnde Eidechse. Blauer Azurit, grüner Malachit, dunkle Granattupfer und ein Hauch von Purpur strahlten sie an. Das Leuchten der Farben wurde durch das Sonnenlicht verstärkt und ließ die schuppige Reptilienhaut wie das filigrane Geschmeide aus der Werkstatt eines Kunstschmieds glänzen.

»Du hast es gut«, sinnierte sie, »darfst einfach in der Sonne liegen und musst dir keine Sorgen machen.«

Die grün schimmernde Haut des Reptils erinnerte sie an die Frühlingswiesen im Schwarzwald, und ihre Gedanken wanderten in die Ferne.

»Fast wie damals.« Sie hatte im *Conradshof* vor dem Naturschwimmteich gesessen und statt der Eidechse eine kleine Libelle beobachtet.

Dort war ihr damals ihr väterlicher Freund Gottfried eingefallen und hatte sich als Joker in ihrem unüberschaubaren und wirren Gedankenlabyrinth erwiesen. Sabrina sah den grau melierten, elegant wirkenden und sympathischen Hirschenwirt vor sich und hörte immer noch sein beschwichtigendes »Mädle …«, mit dem er versucht hatte, auf sie einzureden und sie davon zu überzeugen, dass sie sich in ihrer Meinung von Tom geirrt hatte.

Später hatte sie ihn angerufen und mit seiner Hilfe tatsächlich Licht ins Dunkel gebracht. Der Stich, der sich jetzt in ihr Herz bohrte, brachte sie in die Wirklichkeit zurück.

»Wo bist du jetzt, Gottfried?«, hauchte sie, fast unhörbar. Wie gerne würde sie ihn auch jetzt wieder anrufen, er hätte sicherlich eine Idee, einen Rat. Und wenn nicht, da war sie sich sicher, würde er sie zumindest irgendwie beruhigen können. Doch Gottfried war nicht mehr, sie konnte den Joker nicht mehr ziehen. Unfassbar. Wo war sein Schutzengel gewesen, hatte sie sich gefragt, als sie die Nachricht bekommen hatte.

»Wo bist du?«, hauchte sie noch einmal und war sich sicher, er hätte auch jetzt die passenden Worte und – wer weiß? – vielleicht sogar genau die Idee, die ihr in diesem Moment fehlte, den Rat, den sie jetzt so dringend brauchte.

Ein lautes Rauschen riss sie aus ihren Gedanken, sie registrierte den dunklen Schatten, der wie ein Stein vom Himmel gefallen war, registrierte die Flügelschläge, mit denen der kleine Greif sich ausbalancierte, nachdem seine Klauen die Eidechse ergriffen hatten.

Sabrina hielt eine Hand schützend über die Augen, da die Sonne sie blendete, und sah den Vogel mit seiner zappelnden Beute entschwinden.

»Auch kein Schutzengel«, flüsterte sie und blickte hinüber zu dem weißen Stein, auf dem sich die Echse ahnungslos gesonnt hatte. Sie nahm eine Bewegung wahr und glaubte zunächst nicht, was sie sah.

War das dieselbe Eidechse, die gerade von dem Falken geschlagen worden war? Plötzlich registrierte sie es: Der Eidechse fehlte der Schwanz! Das war es, was der Falke zappelnd davongetragen hatte! Die Echse hatte ihren Schwanz abgeworfen und so ihr Leben gerettet.

»Und was willst du mir damit sagen?«, fragte Sabrina leise. Sie stellte sich vor, wie Gottfried verschmitzt grinste.

»Mädle«, würde er sagen, »mach's wie die Eidechse!«

»Wie die Eidechse?«, murmelte sie und beobachtete, wie die Echse mit ihrem Schwanzstummel zwischen den Felsen verschwand. »Aha. Ich glaube, ich habe kapiert: Solange dein Feind glaubt, dass er dich hat, kannst du in aller Ruhe verschwinden. Ganz schön raffiniert!«

Sie beschloss, dem Vorbild der Echse zu folgen. »Solange Katja glaubt, dass sie dich hat, kannst du in aller Ruhe dein Ding machen!«

Ihre Gedanken wanderten zu Tom.

Immerhin ging es um ihn. Sie würde ihn nicht aufgeben! Dieses Opfer war zu groß.

*

Sabrina ging zu Katja zurück.

»Konntest du was ausrichten?«, ging sie jetzt auf ihr »Du« ein.

»Nach Portorož dürften wir es schaffen«, meinte Katja und steckte rasch ihr Handy ein, auf das sie gerade noch gestarrt hatte. »Was ist? Kommst du mit, oder bleibst du hier?«

»Was wollen wir in Portorož?«

»Ganz einfach«, antwortete Katja, inzwischen leicht genervt, »du und ich, wir haben beide dasselbe Ziel: Tom! Also müssen wir zunächst zum Flughafen!«

»Können wir noch den Umweg über Livade machen?«

»Wozu? Die Zeit drängt! Ich muss zu Tom. Er wartet in Deutschland auf mich.«

»Hat sie mit *ihm* telefoniert?«, durchfuhr es Sabrina. Diese Frau war nicht zu unterschätzen!

»Ob du nun meine Komplizin sein willst oder nicht, das ist mir egal. Entscheide dich! Mitkommen oder hierbleiben!«

Sabrina starrte Katja an.

»Solange sie glaubt, dass sie dich hat« – sie hatte die Echse vor Augen und antwortete: »Ich komme mit.« Sabrina kostete jetzt wenigstens den Triumph ihres Vorsprungs aus: »Nach Baden-Baden!«

»Weißt du mehr?« Jetzt war es Katja, die irritiert war.

Sabrina zögerte. Wie viel konnte sie preisgeben? Sie beschloss, ihr Geheimnis für sich zu behalten.

Noch.

»Vielleicht. Wir müssen nach Livade!«

»Das kostet uns hin und zurück locker eine Stunde!«

»Trotzdem. Wir müssen dort eine Freundin abholen. Ich fürchte, sie ist vielleicht auch in Gefahr.«

»Wieso ›auch‹?« Diese überspitzt klingende Frage von Katja irritierte sie.

»So wie ich.«

*

Eine knappe halbe Stunde später erreichten die beiden Frauen über die Nebenstrecke nördlich des Motovuner Walds Livade. Kurz vor dem Zigarettenladen überholten sie den Buckligen mit seinem Zweiradkarren.

Sabrina hatte sich noch auf der Schotterpiste Katjas Smartphone geliehen, da ihr Handy keinen Akku mehr hatte. Während sie mit ein paar schnellen Handgriffen Belindas Nummer einspeicherte, zwang sie sich vergeblich, nicht auf dem Display nach Toms Nummer zu sehen. Sie schluckte trocken, als sie sein Profilbild und die drei roten Herzen neben seinem Namen gleich an erster Stelle erkannte.

Sie schickte Belinda eine kurze Nachricht per WhatsApp:

Pack alle Sachen und die Klamotten aus meinem Zimmer bei ZIGANTE ein und komm in einer halben Stunde in den kleinen Zigarettenladen an der Straße nach Motovun, unterhalb der Kreuzung mit dem Trüffelmonument. Sag bitte Željko, ich bin krank! Wir müssen weg! Keine Fragen – machen! Und lass Jan raus!

Bevor Sabrina Katjas Handy wieder in seinen Ruhezustand zurückversetzte, das Display aber noch erleuchtet und noch nicht schwarz war, erkannte sie das Hintergrundbild. Es war dasselbe Motiv, das ihr Franz Berlin am Vortag geschickt hatte.

Katjas Anruf bei Franz im Restaurant fiel ihr in diesem Moment wieder ein. Da war Katja noch auf der Suche nach ihr gewesen. Jetzt aber hatte sie sie gefunden. War es vielleicht doch ein Fehler, zu dieser Frau ins Auto gestiegen zu sein?

Katja hatte den Opel auf der Straße gewendet und auf Höhe des Zigarettenladens in Fahrtrichtung stadtauswärts geparkt.

»Fluchtrichtung«, hatte Sabrina anerkennend festgestellt und sich erneut vorgenommen, die Frau, an deren Seite sie sich in ein unabwägbares Abenteuer stürzen würde, nicht zu unterschätzen und vor allem ab sofort nicht mehr aus den Augen zu lassen.

»Wir bleiben hier sitzen, bis deine Freundin kommt«, meinte Katja, »ich geh mir nur noch rasch Zigaretten holen. Du rauchst wohl nicht.«

Sabrina schüttelte den Kopf. Die wenigen Züge, die sie im Jahr machte, konnte man kaum als »Rauchen« bezeichnen. Ob Katja dieses »ja wohl nicht«, das nicht nach einer Frage klang, auch von Tom gehört hatte? Was alles wusste diese fremde Frau noch über sie? Was erzählte dieser Mann der einen Frau über die andere – und warum erzählte er ihr nichts über diese Katja?

Sabrinas Gedanken wurden abgelenkt, als sie Katja dem Buckligen etwas zustecken sah. Er hatte seine übervoll mit Früchten des Herbstes beladene Karre an der Wand des Zigarettenladens abgestellt und schüttelte den Kopf. Als Katja in dem Laden verschwand, zückte er sein Handy und sah sich verstohlen um.

»Was ist mit deinem Wagen? Willst du ihn nicht mitnehmen und abgeben?«, fragte Katja, als sie mit den Zigaretten zurückkam.

Sabrina schüttelte den Kopf.

»Zu auffällig. Könnte sein, dass jemand dort auf mich wartet. Auch Belinda soll ihren Wagen lieber hierlassen. Wir geben die Schlüssel im *San Canzian* ab.«

»Gute Idee. Das liegt auf der Strecke, und Francescas Leute können das regeln.«

»Schon wieder Francesca!«, dachte Sabrina. Wie viele Menschen, die Tom kannten, wussten auch über diese Katja Bescheid? Welche Rolle spielte diese Frau wirklich in Toms Leben? Sabrina war nicht bereit, ihr Feindbild aufzugeben.

Im Gegenteil. Jetzt war Vorsicht geboten.

Sie wurde von ihren Gedanken abgelenkt, als Belindas Wagen hinter ihnen hielt. Die Begrüßung fiel mit der gebotenen Kürze aus, Sabrina stellte Belinda als ihre Freundin vor und zögerte kurz, als Belinda Katja fragend ansah.

»Das ist Katja«, sagte sie schließlich.

»Eine Vertraute Toms«, ergänzte Katja. Sabrina spürte bittere Galle in ihrer Kehle und hoffte gleichzeitig, dass Belinda nicht näher darauf einging.

Sie hievten wortlos Sabrinas Tasche in Katjas Kofferraum.

»Was ist, wohin brecht ihr so überstürzt und geheimnisvoll auf?«, fragte Belinda schließlich.

»Das erzähl ich dir unterwegs, los, rein mit dir!«

»Aber ich hab mein Zeug im *San Canzian*!«

Belinda sah Sabrina fragend an, die ihr jedoch keine Aufmerksamkeit schenkte. Sie schien viel zu sehr von der Frau auf dem Fahrersitz abgelenkt.

»Da fahren wir vorbei.«

»Kann mir mal eine von euch erklären, was hier gespielt wird?«

Sabrina sah zuerst Belinda an, dann Katja und beschloss, die Katze aus dem Sack zu lassen: »Es gibt eine Trüffelauktion in Baden-Baden.«

»Woher hast du diese Information?«, wollte Katja wissen.

»Sagen wir mal – aus sicherer Quelle.« Sabrina machte eine kurze Pause und fügte dann noch hinzu: »Von einer guten Freundin.«

»Von Isabel?«, plapperte Belinda unüberlegt und erntete hierfür einen strafenden Blick von Sabrina.

»Na dann, ab in die Heimat«, kommentierte Katja und startete den Motor.

»Und wie kommen wir dorthin?«, fragte Belinda.

»Vom Flughafen Portorož aus«, antwortete Katja und hielt weitere Erklärungen wohl nicht für notwendig. Sabrina, die wusste, dass in Portorož zuletzt auch Toms Maschine geparkt war, verzichtete ebenfalls auf eine Rückfrage, spürte aber, wie ihr Herz raste.

Würden sie womöglich auf Tom treffen? Würden sie in seine Maschine einsteigen? Wenn es sich tatsächlich bei Katja um Toms Komplizin handelte und die beiden gemeinsame Sache machten, waren sie und Belinda genau jetzt in einer ziemlich unguten Situation. Im dümmsten Fall saßen sie sogar in einer Falle!

Während der Mokka langsam auf die Straße rollte, warf Sabrina einen Blick aus dem Fenster hinüber zum Zigarettenladen. Ein Gegenstand, der dort jetzt im Dreck lag, irritierte sie. Sie sah genauer hin und erkannte den umgekippten, leeren Karren des Buckligen, die Rüben, Äpfel und Maiskolben lagen weit über den Platz verstreut. Das Rad, das auf der nach oben gekippten Seite des Karrens in die Luft ragte, drehte sich noch langsam und blieb schließlich stehen. Während Katja beschleunigte und sie Livade verließen, fragte sich Sabrina, wohin der Bucklige so überstürzt ohne seine kostbare Fracht verschwunden war und was Katja ihm zugesteckt hatte.

Die Entschlossenheit in der Stimme der Fahrerin lenkte Sabrina abermals ab, und sie übersah, wie Stribor mit einem kleinen Motorroller in die Nebenstraße nördlich des Walds von Motovun einbog.

»Auf geht's nach Baden-Baden!«

*

Belinda war die ganze Fahrt über wenig gesprächig, was Sabrina erleichtert zur Kenntnis nahm. Beide Frauen hingen ihren Gedanken nach, und während Sabrina sich von den Ereignissen der letzten Stunden mehr als überfahren fühlte, hatte Belinda noch immer den Namen der beiden Männer im Kopf, denen sie während ihrer Mission begegnet war. Ivo und Jan.

»Lass Jan raus«, hatte Sabrina ihr geschrieben, ohne zu wissen, wer der wirklich Böse in diesem undurchsichtigen Spiel war.

»Das wirst du noch für dich behalten«, beschloss Belinda, »bis du mit Sabrina unter vier Augen sprechen kannst.«

»Gebt mir eure Wagenschlüssel, ich regle das rasch mit Francesca«, sagte Katja, als sie den Opel Mokka auf dem kleinen Parkplatz des *San Canzian Village* abgestellt hatte. Sabrina spürte schon wieder diesen frostigen Stich, als sie die kurze Zeit mit Tom hier in diesem Idyll vor Augen hatte, und sie fragte sich:

»Warum Katja? – Warum gehe nicht *ich* zu Francesca?«

Sie zog ihre Hand mit dem Schlüssel ihres Mietwagens zurück und sagte mit Betonung des Wortes »Ich«:

»Ich mache das selbst. Sei mir nicht böse, ich brauche kein Kindermädchen. Ich kenne Francesca auch und möchte ihr noch ein paar Fragen stellen.«

Lass sie, schaltete sich Tinker mal wieder ein, *die Frau Sterneköchin mag sich ihre Suppe selbst versalzen.*

»Ich komme mit«, bestimmte Belinda, »ich kann so lange meine Sachen holen.«

Sabrina ließ sich Belindas Wagenschlüssel geben und traf die dunkelblonde Hotelmanagerin auf der sonnigen Terrasse. Francesca empfing sie wie eine alte Freundin. Sie ließ es sich in ihrer natürlichen Offenheit nicht nehmen, sie zu einem Begrüßungscocktail einzuladen, und auch Sabrinas Bemerkung, es warteten zwei Freundinnen auf sie, hielt Francesca nicht davon ab.

»Hol sie her, wollt ihr nicht über Nacht hierbleiben?«

Sabrina schüttelte den Kopf und bat sie, sich um die beiden zurückgelassenen Mietwagen in Livade zu kümmern.

»Wir fliegen noch heute nach Deutschland zurück und haben es leider sehr eilig. Wenn du die Formalitäten für uns erledigen könntest …«

»Kein Problem«, unterbrach sie Francesca, »es ist nicht das erste Mal, dass unsere Jungs sich um Mietwagen unserer Gäste kümmern. Und für eine Freundin von Tom mache ich das sehr gerne.«

Sabrina nahm das Thema dankbar auf, brauchte sie doch nicht umständlich auf Tom zu sprechen kommen.

»Darf ich dich etwas fragen, Francesca? Unter Frauen?«

Wieder registrierte Sabrina dieses seltsame Flackern in den grünen Augen, als Francesca verstohlen nickte.

»Ich hatte den Eindruck, dass ihr euch kennt, Tom und du«, begann sie vorsichtig.

»Tom und ich? Aber ja, jako dugo vremena!«, verfiel sie lachend in ihre Sprache. »Schon sehr lange. Wir sind so etwas wie … alte Freunde.«

Sabrina nickte und überlegte, mit welchen Fragen sie weiterkommen konnte, ohne die offene Art Francescas zu torpedieren.

»Kennt ihr euch … gut?«

Francesca grinste.

»Was meinst du mit ›gut‹?«

»Na ja … eben gut … ich meine … du weißt schon!«

Jetzt lachte Francesca laut. »Nein. Ich weiß nicht, was du meinst! Aber deine Frage ist so gut, dass ich sie nicht durch meine Antwort verderben möchte.«

Sabrina nickte und kaute auf ihrer Unterlippe. Eins zu null für Francesca.

»Kennst du eine gewisse Katja?«, startete sie einen neuen Versuch.

»Katja? Wir sind immer noch bei Tom, oder?«

»Ja.«

»Ich kenne Katja.«

»Sie war auch schon hier? Ich meine, mit Tom?«

»Hm. Findest du die Frage nicht etwas indiskret?«

»Sorry. Es ist nur so, dass sie mir immer wieder begegnet. Und jetzt werde ich mit ihr nach Deutschland fliegen.«

»Ja, Katja ist Pilotin. Genauso wie Tom.«

»Haben sie sich beim Fliegen kennengelernt?«

Francesca schüttelte den Kopf. »*The answer is blowin' in the wind.* Das hat schon Bob Dylan gesungen. Und es passt zu Tom. Er hat sich schon immer gern mit Geheimnissen umgeben, falls du das noch nicht bemerkt hast.«

»Ich würde nur zu gerne wissen, wer diese Katja ist.«

»Hast du ihn nach ihr gefragt?«

Sabrina verneinte.

»Dann solltest du das tun«, riet Francesca, »statt ihn mit Misstrauen und unausgesprochenen Vorwürfen zu konfrontieren.«

»Und wenn er schweigt?«

»Dann wird er seine Gründe haben. Manchmal ist es auch gut, Dinge einfach nicht zu wissen.«

»Ich fürchte nur, dass ich gar nichts weiß. Ich weiß nicht einmal, wer Tom wirklich ist. Hatte er mal in Amerika zu tun?«

»Sabrina!«, ermahnte sie Francesca. »Frag ihn einfach, wenn dich das wirklich interessiert. Ich bin weder ein Auskunftsbüro noch eine Paartherapeutin. Das Einzige, was ich dir jetzt noch über Tom verrate, ist: Ich würde für ihn – wie sagt man auf Deutsch – meine Hand ins Feuer legen!«

Francesca nahm ihre Hand und sah sie mit ihren grünen Augen ernst an. »Ich kenne Tom lange, und, ja, ich kenne ihn gut. Aber ich kenne ihn nicht so gut wie du.«

Francesca zwinkerte Sabrina zu und ließ ihr einen Kuss über die flache Hand zufliegen.

»Danke«, sagte Sabrina, »du hast mir sehr geholfen.«

»Kommst du wieder?«, fragte Francesca. »Ich meine, zusammen mit Tom? Ihr habt noch mindestens zwei Nächte gut.«

Sabrina zögerte.

»Es gibt eine deutsche Version des Songs von Bob Dylan. Marlene Dietrich hat sie gesungen: *Die Antwort weiß ganz allein der Wind.*«

*

Nach kurzer Fahrt vom *San Canzian* über die Grenze nach Norden bog Katja auf das Flughafengelände ein und stellte den Wagen auf dem Mietwagenparkplatz ab. Um ihren Mund spielte ein zufriedenes Lächeln. Sie hatte die Wartezeit im *San Canzian Village* genützt, um ungestört zu telefonieren.

Jetzt nahm sie ihr Handy erneut aus der Tasche, wählte und hielt sich das Smartphone ans Ohr:

»Es kann gleich losgehen, wir sind in drei Minuten da. Ja, danke fürs Betanken. Nein, wir gehen nicht durch die Kontrolle, wir kommen direkt.«

Die beiden Frauen folgten Katja, die sich zielstrebig durch das kleine Flughafengebäude auf den Weg Richtung Rollfeld gemacht hatte.

Sabrina scannte die Umgebung und suchte auf dem Vorfeld vergeblich Toms Maschine. Sie traute ihren Augen nicht, als sie die nachtblaue *Bell Jet Ranger* erkannte, auf die Katja eindeutig zusteuerte.

Sie würden in einem Luxushelikopter nach Deutschland fliegen!

*

Sabrina beobachtete die Pilotin rechts von sich aus dem Augenwinkel, wie sie den Helikopter auf den Baden-Airpark zuschweben und trotz der aufgewirbelten Luft sanft aufsetzen ließ. Diese geheimnisvolle Frau und Tom gingen ihr nicht aus dem Sinn.

Katja nahm ihr Kopfsprechgeschirr ab und deutete auf das Auslaufen der Rotoren. Zwei Minuten würden sie noch warten, bis die Blätter zum Stillstand gekommen waren.

»Was für eine Frau!«, musste sich Sabrina eingestehen, mit Blick auf die toughe Pilotin, die sie in den letzten knapp drei Stunden sicher und routiniert über die Adria und die Alpen in die Heimat geflogen hatte. Wäre es nicht ausgerechnet diese Katja, da war sie sich sicher, würde sie diese sportliche Frau cool finden. War es klug, sie weiterhin als Konkurrentin oder sogar als Feindin zu behandeln?

Sabrina beschloss, die kurze Zeit, die sie hier im abebbenden Lärm der Rotoren nebeneinandersaßen, zu nützen, um sich wenigstens grob mit ihr abzustimmen.

»Danke für den Flug«, begann sie, »aber ich fürchte, wir kommen zu spät.«

»Wie meinst du das?«

Sabrina beschloss, nachdem sie festen Boden unter ihren Füßen hatte, Katja jetzt mit ihrer Mission zu konfrontieren wobei sie noch immer nicht wusste, was davon dieser Frau schon längst bekannt war. Immerhin schien sie Toms Ziele genau gekannt zu haben, soviel hatte sie inzwischen herausgehört.

»Ich gehe davon aus, dass du informiert bist, weshalb wir hier sind«, begann sie, ihr zu erzählen, was sie für nötig hielt, und schloss kurz darauf mit den Worten: »Ich weiß nicht, was uns erwartet und was du vorhast, aber ich glaube nicht, dass wir noch eine reale Chance haben, diesem mysteriösen Trüffelskandal auf die Spur zu kommen, geschweige denn, diese offensichtlich gestohlene, wertvolle Trüffel vor dieser Auktion zu retten.«

Katja sah Sabrina an und nickte fast unmerklich.

»Wir wissen beide«, fuhr Sabrina fort und versuchte, den Kloß, der ihr im Hals saß, hinunterzuschlucken, »dass es auch um Tom geht. Die Trüffel ist uns entglitten. Ich hoffe, Tom noch nicht.«

Sabrina hatte ihre rechte Hand zu einer Faust geballt und spürte erstaunt, wie Katja danach griff und sie umfasste.

»Was immer hier gespielt wird, du musst an ihn glauben«, sagte sie so leise, dass es im Rattern der auslaufenden Rotorblätter gerade noch zu hören war, und fügte schließlich hinzu: »Ich bin auch noch da. Noch ist nichts verloren. Und ich glaube, ich kann euch helfen, eure Mission, wie du es nanntest, zu Ende zu bringen. Eine Trüffel von 888 Gramm, sagtest du?«

Sie drückte Sabrinas Faust und bedeutete ihr, auszusteigen, nachdem der Rotor zum Stillstand gekommen war. Sabrina suchte das Vorfeld nach Toms Maschine ab und glaubte, seine Piper Seneca zwischen einigen anderen Privatmaschinen stehen zu sehen.

Auch Belinda kletterte aus dem Hubschrauber und holte erleichtert Luft. Ein Kleinbus mit dem gelb-roten Logo des *Ba-*

den-Airparks hielt neben dem Helikopter, und Katja reichte dem Fahrer Flugpapiere und den Helikopterschlüssel durchs offene Fenster.

»Hat alles geklappt?«, fragte der Mann.

»Ja, Danke. Und hier?«

»Auch. Los, steigt ein«, forderte er sie auf und wies nach hinten. »Es sind grade zwei Maschinen aus Heraklion und Palma gelandet, ich bringe euch zu einem anderen Ausgang, dann seid ihr gleich auf dem Parkplatz.«

Sabrina und Belinda sahen sich fragend an und folgten seiner Anweisung, während Katja auf dem Beifahrersitz Platz nahm.

»Was wird das denn?«, zischte Belinda. »Erst in dieser blauen Libelle über das Hochgebirge und jetzt im Flughafentransporter einmal quer übers Vorfeld?«

Wenn jetzt noch eine weiße Chrysler-Stretchlimo vor der Hütte steht, steh ich ab sofort auf Frauen, bemerkte Tinker.

Belinda sah irritiert zum Fenster hinaus und Sabrina schwieg. Keine fünf Sätze hatten sie miteinander gewechselt, fast schien es, als stünde diese Katja wie eine Panzerglasscheibe zwischen ihnen. Wo war Tom? Sollte er doch nicht nach Baden-Baden geflogen sein?

Belinda dachte wieder an den Sohn des Trüffeljägers. Hatte er ihre Nachricht bekommen?

Der Kleinbus verließ den Flughafen durch ein Seitentor und steuerte den Kurzzeitparkplatz direkt vor dem Hangar an. Der Fahrer übergab Katja einen Schlüssel, die drei Frauen stiegen aus, und Sabrina traute ihren Augen nicht, als sie das Klicken des Wagenschlosses hörte und gleichzeitig das kurz aufleuchtende Lichtsignal eines weißen Porsche bemerkte.

Hui!, rief Tinker, *ein weißer Cayenne! Da reicht* eine *Weiße Turbotrüffel nicht, um den zu bezahlen!*

»Wohin fahren wir?«, fragte Sabrina, als sie zwei Minuten später mit Katja am Steuer des weißen *Cayenne Turbo Coupé* den Parkplatz des *Baden-Airports* verließen.

Völlig egal, jubilierte Tinker, *nur Hubschrauberfliegen ist schöner!*

Sabrina bemerkte, dass Katja schon über die Freisprecheinrichtung ein Telefongespräch begonnen hatte.

»Ich brauch noch eure vollen Namen«, sagte sie an ihre beiden Mitfahrerinnen gewandt. »Und auch den eurer … Informantin. Isabel, nicht wahr?«

Sabrina zögerte kurz, aber nannte schließlich die drei Namen, die Katja sofort ihrem Gesprächspartner am Telefon weitergab. Sie ließ ihm Zeit, die Namen zu notieren, und fuhr dann, mit kleinen Pausen, fort: »Einhunderttausend bitte – Okay? – Wie immer!«

Sie drückte zum Beenden des Anrufs die rote Telefontaste am Lenkrad und sah zu Sabrina hinüber.

»Wohin wir fahren?«, wiederholte sie Sabrinas Frage, um gleich die Antwort nachzulegen: »Nach Baden-Baden, ins Casino. Großes Spiel!«

*

Der weiße Cayenne parkte in der Auffahrt eines beeindruckenden Bürokomplexes des *Ferd-Seid-Konzerns*, kurz nachdem sie stadteinwärts Richtung Festspielhaus gefahren waren. Sabrina hatte auf der linken Straßenseite das *Roomers* erkannt, ein schickes Lifestylehotel, in dem sie einmal mit einer Freundin übernachtet hatte. Wo würde sie wohl die kommende Nacht verbringen? War Tom auch in der Stadt?

»Ich hoffe, ihr habt eure feinen Klamotten dabei?«, fragte Katja gut gelaunt, als sie ausstieg und lässig mit dem Schlüssel winkte.

»Ich muss meine noch kurz holen und schauen, ob unsere Eintrittskarten auf meinem Schreibtisch liegen. Bin in fünf Minuten wieder da. Ihr könnt sitzen bleiben und mit Theo an die Tanke fahren.«

Ein junger Mann, der aus dem Gebäude mit der verspiegelten Fassade getreten war, fing gekonnt den Autoschlüssel auf, den

Katja ihm salopp zugeworfen hatte, und setzte sich ans Steuer des Porsche.

»Mach voll, Theo!«, rief Katja noch. »Wer weiß, wohin wir heute noch verschwinden müssen.« Sie betrat durch die Drehtür das Innere des beeindruckenden Bürohauses.

Die beiden Frauen, die auf der Rückbank des Wagens sitzen geblieben waren, blickten Katja nach. Sie fuhren los, und Belinda war versucht, die Gelegenheit für ein ungestörtes Gespräch zu nutzen. Doch sie kannte Sabrina und wusste, dass sie noch immer unter einer enormen Anspannung stand. Der Zeitpunkt, sie einzuweihen und ihr zu berichten, was sie in Istrien noch herausgefunden hatte, war denkbar ungünstig. Belinda schwieg. Die Geschichte vom Sohn des Trüffeljägers musste noch warten.

Zehn Minuten später parkte das Coupé wieder in der Auffahrt, und der wortkarge Mann, der mit Belinda und Sabrina zur Tankstelle gefahren war, stieg aus und ging einer elegant gekleideten Frau entgegen, die aus dem Eingang trat.

»Sicher die Chefin von Katja und diesem gesprächigen Theo«, vermutete Sabrina und betrachtete die attraktive Geschäftsfrau im modernen Businessoutfit mit einer Mischung aus Neid und Bewunderung. Allein der dunkle Jumpsuit mit tiefem Ausschnitt zog sicher die Blicke aller auf sie, die raffinierte Hochsteckfrisur und die hochhackigen Schuhe waren formvollendet darauf abgestimmt und ließen die seriös wirkende, schlanke Frau noch größer erscheinen, als sie ohnehin schon war.

Sabrina konzentrierte sich jetzt erst auf das Gesicht und traute ihren Augen nicht: Die Frau war Katja!

»Na, können wir?«, fragte sie, immer noch so salopp wie zuvor, als sie einstieg, und reichte ihrer Beifahrerin einen hochwertigen Pilotenkoffer aus schwarzem Leder.

»Ist das eine neue Art von Designerhandtasche?«, fragte Belinda vom Rücksitz, während Sabrina immer noch unter Schockstarre stand.

»Das ist mein Schminkkoffer«, antwortete Katja heiter, um gleich anzufügen: »Quatsch! Mein Portemonnaie. Fällt heute, dem Anlass entsprechend, mal etwas größer aus.«

»Haben wir auch noch eine Chance, uns etwas aufzuhübschen?«, plapperte Belinda munter weiter.

»Habe ich organisiert. Ach ja, eure Ausweise als Firmengäste zu der Auktion habe ich in der Handtasche. Fühlt euch bitte eingeladen.«

»Jetzt mal im Ernst«, unterbrach Sabrina die Plauderei der beiden, »was hast du vor? Schlägst hier perfekt gestylt auf, lädst uns als Gäste einer wasauchimmer Firma ein, und ich hab hier ein Ding auf dem Schoß, das nach Größe und Gewicht eher wie ein Waffenkoffer aussieht?«

Katja schmunzelte und nickte.

»Waffenkoffer ist gar nicht schlecht. Mal schauen, ob wir damit einen Sieg einfahren. Da drin …«, sie tätschelte das aufgeraute Leder, »sind die Waffen einer Frau. Nicht tödlich, aber mindestens so wirkungsvoll.«

Sabrina hob den Koffer leicht an.

»Und zumindest nicht sehr schwer.«

»Ja, in der Tat«, sagte Katja und rauschte mit einem gelungenen Kavaliersstart vom Platz. »Scheine wiegen nicht so viel!«

*

»Willkommen im Herzstück unserer Stadt!«, rief Katja nicht ohne Stolz in ihrer Stimme. Ihr ausgestreckter Arm deutete auf das langgestreckte, weiß strahlende Gebäude, dessen Vorhalle von markanten Säulen getragen wurde.

»Sicher kennt ihr das Kurhaus, als stolze Schwarzwälderinnen?«, fragte sie, fuhr standesgemäß direkt vor das Casino, und der Cayenne reihte sich ein in eine kleine Kolonne hochglänzender Limousinen und Coupés der Oberklasse. Die Kennzeichen von Bentley, Tesla und Lamborghini ließen auf internationales Publikum schließen.

Das sind Teile wie bei einer Oscarverleihung, flüsterte Tinker ehrfurchtsvoll.

Sie stiegen aus, und Katja übergab den Wagenschlüssel einem der bereitstehenden Mitarbeiter des Casinos.

»Ein Anruf nach der Veranstaltung, und der Wagen steht wieder startbereit vor dem Eingangsportal, in Fluchtrichtung, falls wir fortmüssen.«

Sie begleitete Belinda und Sabrina in die Empfangshalle, beide schwiegen, beeindruckt von der schlichten Eleganz des Interieurs.

»Im rechten Flügel ist das Casino, ihr schmeißt euch aber jetzt erst mal in Schale.«

Katja deutete auf die beeindruckende grüne Treppe, die nach oben führte.

»Ich habe für euch den Spiegelsaal auf der Beletage reservieren lassen, genau das Richtige. Ihr habt von der Dachterrasse eine wundervolle Aussicht, aber beeilt euch ein bisschen. Danach treffen wir uns hier im unteren Foyer bei den Amphoren am Fuß der Treppe wieder.«

Wenig später führte Katja die beiden Freundinnen durch die Prunksäle der weltberühmten Spielbank, und sie sogen die extravagante Atmosphäre in sich auf.

»Man sagt nicht umsonst, das Auge spielt mit.« Belinda ließ ihren Blick verträumt über die barocke Pracht glitzernder Kronleuchter und goldverzierter Spiegel gleiten. Dazu das Flair des Großen Spiels und das leise Stimmengewirr der elegant gekleideten Gäste aus aller Herren Länder.

Wie passend, flüsterte Tinker, *hier mal kurz den Jackpot knacken und dann die Weiße Trüffel ersteigern.*

Sie betraten das Restaurant, und Katja reichte ihnen die Karten, die ihnen als registrierte Gäste den Zutritt zur Auktion ermöglichten.

»Du scheinst dich hier auszukennen«, registrierte Sabrina, doch Katja ignorierte geschickt die versteckte Frage.

»Das sind eure Bieternummern. Ihr seid hiermit legitimiert,

Gebote abzugeben, aber überlasst das vielleicht besser mir«, flüsterte sie noch, und sie nahmen in der letzten Stuhlreihe Platz.

Sabrina sah sich um. Der Saal war gut gefüllt, fast keiner der Stühle war leer geblieben. Vereinzelt standen Personen entlang der Spiegel und Vorhänge zu beiden Seiten der Stuhlreihen. Vorn auf der Bühne leuchteten helle Scheinwerfer, und der Auktionator hatte seine Position hinter dem Edelholz-Stehpult eingenommen.

»Die haben ja schon begonnen?«, zischte Sabrina, und Katja nickte.

»Ich weiß. Aber die Trüffel wird laut Losnummer als Letztes aufgerufen.«

Sabrina spürte Belindas Ellbogen in ihrer Seite und folgte mit ihren Augen der Richtung, in die Belinda verschwörerisch deutete.

Sie entdeckte Isabel, die in einem eleganten Hosenanzug neben einem schwarzhaarigen jungen Mann stand und ihre beiden Freundinnen beim Betreten des Saales erkannt hatte. Kurze Blicke und ein angedeutetes Kopfschütteln genügten, um Diskretion und weiteres Abwarten zu vereinbaren.

Ihre Aufmerksamkeit wurde jetzt von dem Auktionator beansprucht, der das nächste Los aufrief. Als sie die Worte »Istrische Weiße Trüffel« hörten, reckten sie ihre Hälse und verfolgten gespannt die Saalauktion.

*

Das Limit für die Weiße Trüffel lag bei 20 000 Euro.

Sabrina wusste zwar, dass der Besitz einer wertvollen Trüffel Prestigesache war, schluckte jedoch trocken angesichts dieser Summe. In wenigen Tagen war das kostbare Stück zwar verspeist, doch sein Besitzer konnte sich ein Leben lang im Triumph sonnen, ihn ersteigert zu haben. Nicht umsonst kursierten im Netz Meldungen über eine ein Kilo schwere Trüffel, die im Piemont von einem anonymen Bieter für 120 000 Euro ersteigert worden war.

Sabrina war gespannt, welchen Preis die 888-Gramm-Trüffel hier erzielen, und vor allem, wer den Zuschlag bekommen würde. Bei dieser klassischen Auktion waren alle Bieter im Saal anwesend und gaben Handzeichen, indem sie die Karte mit ihrer Bieternummer emporreckten.

Als Bietschritte waren 1000 Euro festgelegt worden, und schon nach wenigen Minuten war der Preis für das Los auf 30 000 Euro angestiegen.

Zwei Männer hatten sich bislang als Bieter abgewechselt und in Tausenderschritten gesteigert. Als das Gebot bei 40 000 Euro angelangt war, zischte Katja: »Jetzt reicht's!«, und hob den Arm.

»50 000 Euro!«, sagte sie laut, und ihr Gebot löste ein Stimmengemurmel in den Stuhlreihen aus. Der Kopf eines der beiden Bietenden fuhr herum, und Belinda erstarrte.

»Oh Gott! Das ist Ivo!«, zischte sie zu Sabrina. »Was macht denn der hier?«

»Und weshalb bietet er mit?«

»Als Preistreiber. Wer ist der andere Bieter?«

»Keine Ahnung! Aber hast du gesehen?« Belindas Blick ging zu dem Schwarzhaarigen. »Die haben sich grade Zeichen gegeben. Der Dunkle neben Isabel hat versucht, Ivo ein unauffälliges Time-out zu signalisieren.«

»Das Zeichen aufzuhören?«, hakte Sabrina nach. »Wenn der Typ neben ihr dieser Graziano ist, passt das alles zusammen! Aber was bitte hat Katja jetzt vor?«

Die Trüffel ersteigern, was sonst?, ereiferte sich Tinker.

»Sie ist jetzt schon bei 60 000 Euro!«

Sabrina nahm Belindas Worte kaum wahr. Ihre Hände schwitzten, und sie reckte immer wieder den Hals, um unter den Anwesenden vielleicht Tom zu entdecken.

*

»… zum Ersten, zum Zweiten und … zum Dritten!«

Das Klopfen des Auktionshammers war nicht zu überhören.

»Du hast den Zuschlag!«, kreischte Belinda und klatschte wie ein kleines Kind in die Hände.

»Bist du wahnsinnig? Von 70 auf 100, das musst du mir mal erklären«, kommentierte Sabrina, als auch schon die Stimme des Auktionators erscholl:

»Das Los geht für 100 000 Euro an die Bieterin«, begann er und nannte Katjas Bieternummer.

Das hast du fein gemacht!, frotzelte Tinker.

»Dann werde ich mal mein Portemonnaie zücken und den Hauptgewinn abholen«, sagte Katja nur und tätschelte den schwarzen Pilotenkoffer auf ihrem Schoß.

»Du hast ihn echt ersteigert«, kam es Belinda noch immer ungläubig über die Lippen.

Das wird ein teures Festmahl, meinte Tinker trocken.

»Ganz genau. Der Stein des Anstoßes ist jetzt in meinem Besitz. Und jetzt schauen wir mal, wie die Unterwelt darauf reagiert.«

»Jetzt haben wir die Trüffel«, sinnierte Sabrina, »aber du bist dein Geld los!«

»Das sehe ich ein bisschen anders. Du hast recht, jetzt haben wir erst mal die Trüffel. Aber nach eins kommt zwei.«

Schon scheiß viel Kohle!, motzte Tinker. *Das ist dreimal so viel, wie Omas Maultaschenbude in Rottenburg einbringen würde!*

»Du hast wirklich 100 000 Euro in bar da drin?«, zweifelte Belinda.

»Sogar noch ein bisschen mehr. Du darfst das Aufgeld nicht vergessen. 18 Prozent vom Zuschlagspreis bekommt das Auktionshaus als Provision.«

Ich fass es nicht!

»Halt die Klappe, Tinker!«, wisperte Belinda.

So viel Geld für einen Dreckbollen!

*

Während Katja ihr Los abholte, gingen Belinda und Sabrina zu Isabel. Der Typ, der neben ihr gestanden hatte, war grinsend Richtung Ausgang verschwunden.

Nachdem sie sich begrüßt und tuschelnd die wichtigsten Neuigkeiten ausgetauscht hatten, fragte Isabel:

»Wer ist die Wohlhabende, die da grade so locker zugeschlagen hat? Ich hab gesehen, sie ist mit euch gekommen.«

Sabrina holte Luft.

»Erklär ich dir später. Und dieser schwarzhaarige Schönling neben dir?«

»Erklär ich dir später. Ich glaube, wir sollten los!«

»Warum? Wohin?«, fragten Belinda und Sabrina wie aus einem Mund.

»Na, ich denke, das war noch nicht das letzte Kapitel in diesem Thriller, oder?«

»Nein! Jetzt holen wir uns die Kohle zurück«, stimmte Katja zu, die sich inzwischen zu den drei Freundinnen gesellt hatte.

»Schon alles erledigt?«, staunte Belinda, während Sabrina schwieg. Ihre Gedanken waren noch immer bei Tom. Wo, wenn nicht hier würde sie ihn wiedersehen?

»Ja, Geld gegen Ware«, antwortete Katja.

»Jetzt sind die *Drei Engel für Trüffel* komplett. Ich hab dir von unserer Mission erzählt«, stellte Belinda jetzt Isabel vor.

»Oder *Drei Engel für Franz*«, verbesserte Isabel und reichte Katja salopp die Hand. »Ich bin Isabel.«

»Katja. Ich habe eure Mission mal kurzfristig gesponsert.«

Klar, die ist zum Zahlen da, weil kochen kann die *ganz sicher nicht!*, musste Tinker jetzt loswerden.

»Und wie geht es jetzt weiter mit dieser Weißen Trüffel?«, fragte Isabel.

»Beziehungen sind alles«, antwortete Katja. »Das ist für mich genau ein Anruf beim Auktionshaus, dann kennen wir den Einlieferer und wissen, wo wir den letzten Akt spielen lassen.«

»Das kannst du dir sparen«, schaltete sich Isabel ein und erntete fragende Blicke. »Bei Graziano. Im *Lichtentaler Hof*!«

»Woher weißt du das?«

»Erklär ich euch später. Ich war nicht nur bei Franz Berlin im Pool, sondern habe auch meine Hausaufgaben gemacht! Ich denke mal, ich kann euch das fehlende Puzzleteil jetzt liefern. Habt ihr einen fahrbaren Untersatz?«

Und was für einen, in drei Teufels Namen, feixte Tinker.

Sie machten sich auf den Weg zum Ausgang, als Sabrina noch einmal stehen blieb und sich ein letztes Mal suchend im Saal umblickte.

Keine Spur von Tom.

Plötzlich zuckte sie zusammen.

Dieser kleine, elegant gekleidete Mittfünfziger, der sich lässig an einen der goldverzierten Pfeiler zwischen den edlen, blauen Vorhängen gelehnt hatte, war ihr schon bekannt vorgekommen, als sie Platz genommen hatte.

War das möglich? Er war dem Buckligen aus Livade wie aus dem Gesicht geschnitten, doch seine Haltung war aufrecht und der Bart gepflegt und adrett geschnitten. Fast war sie versucht, sich die Augen zu reiben, als er plötzlich in ihre Richtung sah und ihr wissend zunickte. Dabei fuhr sein rechter Zeigefinger wie zum Zeichen des Schweigens kurz und fast unmerklich an seine Lippen.

Jetzt, im feinen Anzug wie James Bond in *Casino Royale*, fehlte nur noch das standesgemäße Glas Wodka Martini in seiner Hand. Konnte das sein? War er es wirklich?

Stribor, der bucklige Landstreicher aus Livade?

*

Belinda war es nicht entgangen, wie einsilbig und verstört Sabrina die Auktion im Casino verfolgt hatte. Auch auf der Fahrt zum *Lichtentaler Hof* hatte sie noch geschwiegen, selbst als sie von Isabel unterrichtet worden waren, was sie im Schwarzwald herausgefunden hatte.

»Es ist wegen Tom?«, raunte Belinda, als sie vor dem *Lichtentaler Hof* aus dem Cayenne stiegen.

Sabrina nickte.

»Wo steckt er? Auf welcher Seite steht er? Er hat diese verdammte Trüffel geflogen! Und ist immer noch spurlos verschwunden!«

»Das stimmt so nicht!«, sagte Belinda so leise, dass die beiden anderen es nicht hören konnten. »Schau mal unauffällig zu der Linde am Eck!«

Sabrina folgte Belindas Aufforderung und bemerkte drei Männer, die unter den ausladenden Ästen des mächtigen Baumes in ein Gespräch vertieft waren. Sie erkannte diesen Ivo, den ihr Belinda im Casino gezeigt hatte, und neben ihm diesen Milan, der sie in das verlassene Dorf gekarrt hatte. Der Dritte war – Tom!

»Pst!«, hauchte Belinda. »Tom ist sicher nicht umsonst hier«, flüsterte sie, »ich finde, du solltest ihm vertrauen, bis das alles vorbei ist! Danach kannst du ihn immer noch ohrfeigen.«

Oder küssen, entschied Tinker.

»Und nun, Mädels?«, unterbrach Isabel. »Der letzte Akt? Das große Finale?«

Katja nickte. »Ich denke, wir werden die Feier hier mal kurz hochgehen lassen.«

*

»Täusche ich mich, oder riecht es hier verdammt deutlich nach Trüffel?«, fragte Belinda, als sie das Restaurant im *Lichtentaler Hof* betraten.

»Wahrscheinlich hat dieser Graziano die Stuhlbeine im Gastraum mit Trüffelöl eingerieben, um das köstliche Aroma zu verbreiten. Soll ein gängiger Trick im Trüffelgeschäft sein«, bemerkte Sabrina bissig.

»Oder du bringst hinterm Tresen Wasser mit Trüffelöl zum Kochen, das riecht auch wundervoll nach frischer Trüffel«, ergänzte Isabel.

»Man merkt, ihr drei seid mit allen kriminellen Wassern gewaschen, ob es nun kocht oder eher so gefroren ist, wie die

Gesichtszüge unseres Gastgebers«, kommentierte Katja zum Schluss und deutete auf Graziano, der versuchte, sein Erstaunen über das Auftauchen der Quadriga durch eine saloppe Begrüßung zu überspielen:

»So viele hübsche junge Damen hatte ich noch selten in meinem Lokal. Was für eine Ehre! Darf ich Ihnen einen Prosecco anbieten?«

Seine Unsicherheit war deutlich zu spüren, und seine aufgesetzte Lockerheit wirkte sehr bemüht und fahrig.

»Unsere Anwesenheit dürfte Ihnen einen Champagner wert sein!«, meldete sich Katja zu Wort, und Grazianos Gesichtsausdruck verriet, dass er weder verstanden hatte noch vermutete, was ihn durch diesen Überraschungsbesuch noch erwarten würde.

Mit aufgesetztem Grinsen und einem unsicheren Griff fischte er eine Flasche aus der Kühlschublade und suchte unter den Gläsern, die hinter ihm auf einem beleuchteten Holzregal aufgereiht standen, nach den passenden Sektkelchen.

Als er das Tablett mit den fünf gefüllten Gläsern in der eleganten Manier eines Kellners zu den Frauen trug, schien er sich wieder etwas gefasst zu haben. Er reichte ihnen den Champagner, nahm das letzte Glas und wandte sich an Katja:

»Stoßen wir also auf Ihre Trüffel an, junge Frau. Ein Traumexemplar, formvollendet und wunderschön – wie seine neue Besitzerin. Es passt wundervoll zu Ihnen.«

Na, na! Jetzt kommt aber ordentlich der Italiener in dir durch!, schimpfte Tinker.

Belinda beobachtete die Szene sprachlos, hörte nur ein ganz leises, aber entrüstetes: »Schmierbeutel!« aus Katjas Richtung.

»Dass wir mit Ihnen, Graziano, seinen Vorbesitzer auch noch kennenlernen dürfen, ist uns eine große Ehre«, sprang sie auf die italienische Baggerserenade auf, »das macht die Trüffel nur noch wertvoller und zu etwas ganz Besonderem.«

Grazianos Gesichtsausdruck verriet seine Anspannung. Die vage Ankündigung Katjas und die Erkenntnis, dass die Frauen etwas über die ersteigerte Trüffel wussten, machten ihn merklich nervös.

Katja machte drei Schritte auf Sabrina zu, die zwischen Belinda und Isabel stand. Was sie den drei jungen Frauen mitteilte, konnte keiner der anderen verstehen oder ihr von den Lippen ablesen, da sie den Frauen zugewandt mit dem Rücken zum Rest der Anwesenden stand. Sabrina holte tief Luft, während Belinda und Isabel nur nickten.

Katja richtete das Wort schließlich an Graziano und bat ihn höflich, aber bestimmt, kurz in die Küche vorauszugehen und dort auf sie zu warten. Der Restaurantbesitzer bewegte sich ohne Widerrede oder Rückfrage zur Küchentür.

Katja nutzte den kurzen und unbeobachteten Moment, um noch etwas in Richtung der drei Mädels zu flüstern, und folgte ihm. Die Schwingtür war noch nicht hinter ihr zum Stillstand gekommen, als Sabrina, Belinda und Isabel zu Grazianos großer Verwunderung ebenfalls die Küche betraten. Sie waren zu später Stunde allein, das Personal schien schon Feierabend gemacht zu haben.

Sabrina war Katjas Aufforderung kommentarlos gefolgt. Der Gedanke, im Restaurant jeden Moment Tom zu begegnen, bereitete ihr Unbehagen. Als sie die Küche betraten, lehnte Katja an einer der Edelstahlanrichten und schwenkte genussvoll und andächtig ihr Champagnerglas.

»Signore Graziano«, säuselte sie mit gespielt italienischem Akzent und setzte einen perfekten Augenaufschlag gekonnt in Szene. »Ich fühle mich sehr geehrt, Ihren so wertvollen *Tartufo* ersteigert zu haben, dennoch habe ich es mir anders überlegt. Sie sind ein Ehrenmann, das weiß ich, und so kennt man Sie auch hier in Baden-Baden. Daher bin ich mir Ihrer Zustimmung sicher, dass dieses wertvolle Stück seinem wahren Besitzer zurückgegeben werden sollte.«

Grazianos Blick erstarrte in derselben Sekunde.

»Wie meinen Sie das?«

»Ich möchte das Geschäft rückgängig machen!«

Sie ließ eine kurze Pause, in der die Luft zu brennen schien. »Das sollte auch in Ihrem Interesse sein!«

»Sie wollen also Ihr Geld zurück?«, fauchte er.

Katjas »Ja« kam bestimmt und kompromisslos, und genauso fuhr sie fort: »Der Besitzer bekommt seine Trüffel zurück, *und* ich bekomme mein Geld.«

Die Art, wie Katja den zweiten Teil des Satzes betonte, ließ Graziano keine Wahl.

»Inklusive Auktionskosten«, fügte sie noch im Befehlston an.

Graziano hatte Mühe, seine Fassung zu bewahren, doch der Tonfall seiner Stimme änderte sich schlagartig: »Gut. Ich bin einverstanden!«

»Katja!«, entfuhr es den drei Frauen nahezu zeitgleich entsetzt. Es klang wie ein Aufschrei, während er Luft holte und das Wort ergriff:

»Belle Donne, als ehrenhafter Gastwirt und Geschäftsmann hätte ich das ohnehin vorgeschlagen. Auch mir ist zu Ohren gekommen, dass irgendetwas bei dieser Trüffel nicht ganz sauber gelaufen ist. Selbstverständlich unterstütze ich Ihr Vorhaben! Wir Italiener sind Ehrenmänner.«

Genau, du Signore d'onore!, stichelte Tinker,

»Wie durchtrieben«, durchfuhr es Sabrina im selben Moment, »er riecht Lunte und zieht sofort den Schwanz ein, nur um das Saubermann-Image zu pflegen. Feigling!«

Dass Graziano ohne Zögern gewillt war, die lukrative Summe, die ihm Katja für die Trüffel bezahlt hatte, wieder herauszurücken, erschien ihr trotzdem sehr suspekt. Allerdings wusste Sabrina nicht, dass diesmal Katja ihr bereits einen Schritt voraus war.

»Un momento!« Graziano verschwand in einer kleinen Nische, die wie eine Vorratskammer aussah.

Katja nutzte erneut die kurze Zeit, um ihren drei Begleiterinnen etwas zu sagen:

»Da habt ihr ganze Arbeit geleistet! Der Typ hat so viel Dreck am Stecken, dass er alles tut, nur um nicht aufzufliegen. Vertraut mir!«

»Warum sollten wir das?«, zischte Sabrina leise. »Immerhin steckst du mit Tom unter einer Decke, und dass ausgerechnet *er* jetzt auch noch da draußen auf seinen Auftritt wartet, ist ganz sicher kein Zufall!«

Isabel und Belinda sahen sich besorgt an, es war beiden nicht wohl in ihrer Haut. Die Anspannung lag wie eine Gewitterfront in der Luft.

»Ich bin eine von euch!«, versuchte Katja Sabrina zu beruhigen und, noch viel wichtiger, sie jetzt zurückzuhalten, damit sie in ihrer Rage den Plan nicht gefährdete, den sie während des kurzen Telefonats vom *San Canzian Village* aus mit Tom ausgetüftelt hatte. Graziano musste sich so sicher fühlen, dass er mitspielte, sonst funktionierte dieser Plan nicht!

»Du bist doch auf Toms Seite, stimmts?«, bohrte Sabrina gereizt weiter. Noch wollte sie sich nicht geschlagen geben.

Graziano, der inzwischen mit Katjas schwarzem Pilotenkoffer wieder aus der Nische aufgetaucht war, nutzte den Zwist der beiden Frauen für seine Zwecke:

»Allora, hier ist Ihr Koffer mit dem Geld. Aber es ist ein viel zu schöner Tag, um ihn nicht gut enden zu lassen. Haben Sie die Trüffel bei sich? Geben Sie sie mir! Wir werden sie gemeinsam ihrem Besitzer Ivo übergeben, und alle sind glücklich! Einverstanden?«

»Fast«, antwortete Katja gehorsam. »Darf ich das selbst übernehmen?«

»Wenn Ihnen daran liegt, sehr gerne. Hauptsache, alles läuft korrekt. Mein Vater hat immer gesagt, es ist das Wichtigste, immer ehrliche Geschäfte zu machen.«

Katja, die die sorgsam eingepackte Trüffel zur Verwunderung aller aus ihrer Handtasche nahm, betrachtete sie andächtig und melancholisch. Weder die drei Freundinnen noch Graziano durchschauten dabei ihre große Schauspielkunst. Außer Katja selbst wusste keiner, was sie im nächsten Schritt tatsächlich mit der Trüffel vorhatte.

»Vertrauen Sie mir, Signore Graziano?«

»Selbstverständlich. Ich sehe, es fällt Ihnen schwer.«

»Ja, aber es ist richtig. Sie sind ein wundervoller Mann, wenn Sie das auch so sehen. Gehen wir nach draußen zu Ivo.«

Die vier Jahre in Amerika im Internat, wo sie auch Schauspielunterricht genommen hatte, sollten sich spätestens jetzt gelohnt haben.

Respekt! Die zieht das eiskalt durch, jubelte Tinker.

Graziano verließ als Erster die Küche, gefolgt von Isabel, Belinda und Sabrina, hinter der Katja mit der Trüffel in der Hand in den Gastraum zurückging.

»Mist! Was hat die jetzt mit Ivo vor?«, fragte Belinda leise, doch Sabrina war so paralysiert, dass sie nur noch die Messer am Magnetbrett hinten in der Küche anstarrte.

*

Sabrina spürte bei der Rückkehr ins Restaurant, wie der dunkle Holzboden unter ihren Füßen zu schwanken schien. Der plötzliche und unvorbereitete Anblick Toms im flackernden Licht der Retroglühbirnen, die Carsten Schechinger im ganzen Restaurant angebracht hatte, war wie ein Schock für sie. Es war eindeutig der Kreislauf, der ihr jetzt zu versagen drohte, und sie, die selbst das heftigste Beben nicht umhauen konnte, spielte mit dem Gedanken, sich hinter dem Tresen zu verschanzen.

Tom, wie er dort stand, eine Styroporkiste in der Größe einer Schuhschachtel in beiden Händen hielt und dabei keine Miene verzog, hatte fast etwas Bedrohliches.

Seit dem seltsamen Aufeinandertreffen an der Strandpromenade in Novigrad hatte sie ihn nicht mehr gesehen und auch nichts von ihm gehört. Ebenso schien er in diesem Moment den Blickkontakt mit ihr zu vermeiden.

»Das würde ich an deiner Stelle auch tun!«, dachte Sabrina und fragte sich, wie sie diesem Falschspieler so lange auf den Leim hatte gehen können. So unrasiert und im diffusen Schatten des stimmungsvollen, aber nicht zu hellen Lichts im Raum wirkte der Mann, mit dem sie noch vor Kurzem intensive Nächte voller Leidenschaft erlebt und sich hatte fallen lassen, fast zwielichtig und sogar bedrohlich.

Tom, der von Ivo und Milan flankiert wurde, hatte die Styroporkiste vor sich auf einem hübsch gedeckten Zweiertisch abgestellt. Graziano hatte sich zu Ivo begeben, und um sein Gesicht spielte ein kaum merkliches Grinsen. Er stieß Ivo siegessicher mit dem Ellbogen an und deutete erwartungsvoll auf Katja und das Bündel in ihrer Hand.

Isabel machte sich darauf gefasst, dass Katja nun allen Ernstes die Trüffel Ivo überreichen würde, Belinda verfolgte die Szene mit größter Anspannung und schielte immer wieder nervös zur Tür. Sabrina starrte ins Leere und bereute einmal mehr, dass sie keines der Messer aus der Küche mitgenommen hatte.

Würden Katja und Tom sie jetzt alle zusammen einsperren und verschwinden? Sollte sie das Messer noch holen? Mitten in diesem Inferno sah sie Tom in die Augen und wollte schon losbrüllen, als er auf einmal mit ganz ruhiger Stimme zu Graziano sagte:

»Ich denke, wir sind hier rasch fertig. Es wäre sehr nett, wenn Sie mir noch einen Kaffee machen könnten. Ich nehme ihn gerne mit. Haben Sie Coffee to go-Becher?«

Sabrina stockte der Atem. War es jetzt Tom, der ihr eine Botschaft zukommen ließ? Hatte er ihr Signal in Novigrad verstanden, und befand *er* sich jetzt in der gleichen Situation wie sie damals?

War Tom womöglich doch auf ihrer Seite?

»Wir liefern nur noch die letzte Ware für heute aus und rechnen ab«, unterbrach Milans Stimme ihre Gedanken, »und danach wird getrunken, und wie ich sehe, sind ja auch alle Grazien für uns bereit. Eine für jeden von uns!«

Er sah Ivo, Tom und auch Graziano auffordernd an.

»Du darfst dir eine aussuchen«, meinte er zu Tom und deutete auf Sabrina. »Wenn ihr neuer Lover nicht an ihrer Seite ist, hat sie ja vielleicht Lust auf dich! Ich nehme die Kleine von Vlado!«

Er grinste Katja fies an. »Vlado meinte, du bist noch hübscher geworden als damals und sicher noch immer wild wie eine Katze!«

Katja wich seinem Blick nicht aus und fauchte ihn unbeeindruckt an.

»Vlado ist nicht mehr meine Liga. Und du bist nicht mehr als sein armseliger Handlanger. Was soll ich mit dir?«

»Zuerst das Geschäft«, unterbrach Tom die beiden, deutete auf die schwarze Styroporkiste und nickte Graziano zu.

»Hier, deine Bestellung. Frische Schwarze Herbsttrüffeln. Spezialauslese!«

Graziano hob die Arme, um nach der Trüffelkiste zu greifen, doch Tom hielt die Hand auf. »Zuerst die Kohle!«, forderte er.

»Der spielt seine Rolle genial«, flüsterte Belinda bewundernd.

Oscarreif!, jubilierte Tinker.

»WENN er spielt«, zweifelte Sabrina und ließ Katja dabei keine Sekunde aus den Augen.

Die packte unterdessen das Bündel mit der Weißen Trüffel wieder in die Handtasche, nickte Tom zu und lehnte sich abwartend an die Theke.

Graziano griff jetzt in die Innentasche seines Jacketts und brachte einen Umschlag zum Vorschein. Er wollte ihn Ivo reichen, doch Tom kam ihm zuvor, nahm ihn an sich und steckte ihn ein.

»*Der* ist für mich!«, sagte er und ignorierte die perplexen Mienen von Milan und Ivo. »Und *die* ist jetzt für dich!«

Er schob Graziano die Kiste entgegen und beobachtete genüsslich, wie der Koch den Deckel anhob.

»Das sind doch …!«

»Trüffeln. Und zwar ganz spezielle Trüffeln. Nur für dich.«

»Steine!«, schrie Graziano.

»Genau dein Qualitätsanspruch«, erklärte Tom.

»Bingo!«, dachte Isabel und hatte die minderwertigen Trüffeln aus der ersten Lieferung an Franz Berlin vor Augen.

»Danke für die Kohle.«

Graziano zückte ein Messer.

Tom blieb die Ruhe selbst und sagte nur: »Steck dein Austernmesser weg, das kenn ich schon von deinen Kumpels, und im Knast brauchst du keines!«

»Was soll das?«, fuhr Ivo ihn an.

»Das möchte ich auch wissen«, schaltete sich Milan ein und baute sich, zusammen mit Ivo, bedrohlich vor Tom auf.

»Männer«, sagte der lässig, »ich hab längst kapiert, was Sache ist, nur ihr habt nichts gepeilt!«

»Drei gegen einen, Mann«, raunte Ivo, »glaubst du wirklich, dass du da auch nur die geringste Chance hast?«

Sabrina zuckte zusammen.

»Das würde ich mir gut überlegen!«, rief eine Stimme laut, und Toms Gegner fuhren herum.

Aus dem Türrahmen des Hinterausgangs trat ein kleiner, elegant gekleideter Mann und schüttelte seelenruhig den Kopf in Richtung Grazianos, der das Messer immer noch gegen Tom erhoben hatte.

»Vlado lässt euch grüßen, und ihr sollt keine Dummheiten machen, das gilt auch für dich, Graziano!«

Eine seltsame Macht ging von dem Mann aus, und seine Stimme duldete keinen Widerstand.

»Stribor?«, entfuhr es Milan, und Graziano ließ das Messer sinken.

»Der Bucklige!«, durchzuckte es Sabrina. Hatte sie sich im Casino also doch nicht getäuscht.

Hinter Tom, der unter der Tür vom Eingangsflur zum Gastraum stand, tauchte an der Wand ein weiterer Schatten auf. Sabrina traute ihren Augen nicht. Belinda neben ihr atmete erleichtert auf.

»Jan!«, entfuhr es Sabrina erregt. Was hatte er mit diesen Trüffelschmugglern zu tun? Und was mit Tom? Mit Katja? Der Kellner aus Livade gab ihr ein Zeichen, ruhig zu bleiben.

»Was macht Jan hier?«, flüsterte sie zu Belinda.

»Abwarten!«, antwortete Belinda. »Ich hatte, wie von dir angeregt, Kontakt zu ihm aufgenommen. Und wir haben uns getroffen. Im *San Canzian Village*«, fügte sie noch geheimnisvoll hinzu. Zu mehr kam sie nicht, denn der Aufschrei Ivos erfüllte den Raum:

»Du – hier?« Ivo erstarrte.

Tom grinste wissend und kostete seine Überlegenheit voll aus.

»Ja. Jan hier! Und der Mann, den ihr als den Buckligen kennt und alle unterschätzt habt! Es wird Zeit, dass wir jetzt mal so langsam Licht ins Dunkel bringen und das Rollenspiel beenden«, meinte er und sah das erste Mal an diesem Abend Sabrina bewusst und mit seinem sympathischen Lächeln an.

»Fangen wir mit Stribor an, wie ihr ihn nennt. Er ist in Wirklichkeit Kommissar im Auftrag des *Joint Research Centers* der Europäischen Kommission, um Food Fraud aufzudecken.«

Schwätz Deutsch, Mann!, protestierte Tinker.

»Man könnte auch einfach sagen, ich bin Lebensmittelbetrug im großen Stil auf der Spur«, ergänzte der Mann, der sich Stribor nannte.

»Und wozu die Verkleidung?«, zischte Milan.

»Wozu? Um die betrügerischen Praktiken im internationalen und globalen Warenverkehr aufzudecken, musste ich unerkannt im Zentrum des Geschehens agieren.«

»Und nicht nur das«, ergänzte Tom. »Als Stribor – nennen wir ihn einfach weiterhin so – mitbekam, dass ich Pilot bin, hat er mich unter strengster Geheimhaltung eingeweiht und eingefädelt, dass ich für euch fliege. Mit Erfolg, wie wir hier sehen!«

»Aber –«, fiel ihm Sabrina ins Wort, doch Tom ließ sich nicht unterbrechen. »Ich musste Stillschweigen bewahren. Ohne Ausnahme. Das war ein Teil der Abmachung.«

Er wandte sich Sabrina zu und richtete seine nächsten Worte ausschließlich an sie: »Tut mir leid.«

Sabrina hatte ihr Arme verschränkt und den Blick nach unten gesenkt. Sie holte tief Luft, ohne etwas darauf zu erwidern oder Tom anzusehen.

»Das ist starker Tobak«, flüsterte Belinda, und Isabel nickte.

»Und nun zu Jan«, übernahm Tom, der offensichtlich noch mehr zu sagen hatte. »Möchtest du deine wahre Identität selbst aufdecken?«

Der Angesprochene nickte, doch es war nicht zu übersehen, dass es ihm schwerfiel, die richtigen Worte zu finden.

Jetzt war es an Katja, ihren großen Showdown einzuläuten, und sie ging von der Theke, an der sie gestanden hatte, wortlos auf den jungen Kellner zu und übergab ihm das Bündel aus ihrer Handtasche.

Isabel und Sabrina sahen sich verständnislos an, nur Belinda lächelte wissend.

»Ich wurde gezwungen, Tom den Flirt mit dir vorzuspielen und ihn zu täuschen«, begann er und richtete seinen Blick auf Sabrina. »Denen war jedes Mittel recht, um Tom auf ihre Seite zu bringen. So sollte er endgültig als Pilot zum Spielball ihrer Machenschaften werden.«

»Ja«, höhnte jetzt Milan, »und du wirst es noch bereuen, heute hier aufgetaucht zu sein! Wie kommst du hierher?«

»Ich wurde eingeladen«, antwortete Jan selbstbewusst. »Es war eine lange Fahrt, aber ich weiß, wofür.«

»Du hast doch mitgespielt!«, fuhr Milan ihn an. »Wir mussten dich zwar ein bisschen überreden, den Lover von Toms Freundin zu spielen, als wir dich aus deinem Zimmer gezerrt haben, aber unsere Argumente haben gezogen.«

Sabrina horchte auf.

»So hässlich ist die Kleine doch gar nicht«, höhnte Milan, »du musstest sie ja nicht gleich heiraten. Es sollte nur so aussehen!«

»Sie haben dich gezwungen?«, hakte Sabrina nach.

»Ja.«

»Aber womit?«

»Ich tat es für Joško. Sie haben gedroht, man würde die wertvolle Weiße Trüffel bei ihm entdecken und ihn als lizenzierten Trüffeljäger verdächtigen, sie unterschlagen zu haben. Das hätte ihn seinen Job gekostet, und er hätte seine Ehre verloren.«

»Joško? Der Trüffeljäger? Dann hat er die Trüffel gefunden und bei Ivo abgeliefert?«, fragte Sabrina ungläubig.

»Ja«, antwortete Tom zu ihrer Verwunderung. »Er hatte Sorge, sie würden seine Hunde sonst vergiften.«

»Und woher weißt du das alles?«

»Von Stribor. Er hat es mir aber erst heute gesagt.«

»Und ich habe daraufhin von Tom erfahren, wer Sie in Wirklichkeit sind, Jan«, warf Katja ein und wandte sich jetzt an Graziano: »Du hättest es gerne gesehen, wenn ich die Weiße Trüffel Ivo gegeben hätte, dann wäre sie nicht für dich verloren gewesen. Tut mir leid, dass ich dir den Gefallen nicht tun konnte. Ehre, wem Ehre gebührt, aber ich weiß sehr wohl, wie diese wertvolle Trüffel wieder zu ihrem wahren Besitzer gelangt.«

Sie sah Jan an, der die Weiße Trüffel wie einen Schatz in seinen Händen hielt. Ivo und Milan hatten regungslos zugehört und duckten sich unter dem strengen Blick Stribors in eine Ecke, während Graziano in sich zusammengesunken war.

Drei Engel für Trüffel und drei Bengel mit Rüffel, spottete Tinker.

Sabrina hatte atemlos zugehört, und mit jedem Wort Katjas dämmerte ihr mehr, wer dieser junge Kellner in Wirklichkeit war.

»Aber dann bist du …«, stammelte sie.

»Er ist«, antwortete Belinda an Jans Stelle und ging mit einem milden Lächeln auf ihn zu, »der wahre Sohn des Trüffeljägers!«

*

»Jetzt wird es Zeit, dass auch ich dir was erkläre«, meinte Tom, als er Sabrinas Überraschung wahrgenommen hatte. »Ich muss gestehen, in Novigrad war ich fast so weit hinzuschmeißen. Das hatten sich die Kerle sauber ausgedacht. Die Frau, die zu mir gehört, in den Armen eines anderen. Da musste ich mich ja verraten!«

»Dann hat dir mein Signal mit dem *Coffee to go* also geholfen?«

»Diesen pinkfarbenen Becher werde ich nie vergessen! Danach wusste ich, dass ich das falsche Spiel so lange mitspielen konnte, bis ich wieder bei dir war. Ich wusste, dass ich in Deutschland die Chance haben würde, alles aufzulösen.«

»Ich glaube, wir sollten endlich etwas trinken«, unterbrach Katja das Geplänkel der beiden, und Sabrina sah sie giftig an.

»Wie wär's mit Champagner?«, fragte Katja jetzt süffisant Graziano, der kleinlaut, aber mit wutentbranntem Blick hinter der Theke verschwunden war. Diese Quadriga hatte ihm die Suppe ordentlich versalzen, und er ahnte nicht, dass Isabel noch eine unerwartete Zugabe für ihn bereithielt, die sie ihm jetzt lächelnd ankündigte:

»Bevor du einen ausgibst, du *Anmutiger*«, begann sie zynisch, »ich hätte da noch eine entzückende Überraschung für dich!«

Graziano sah sie irritiert an, und Sabrina ahnte, was nun kommen würde.

»Du wusstest von Anfang an, dass Katjas Weiße Trüffel nicht sauber war, und hast sie trotzdem versteigern lassen«, warf ihm Isabel vor.

»Das müsst ihr mir immer noch beweisen!«, forderte er.

»Das kann ich«, behauptete Isabel. »Es ist nämlich nicht die erste Trüffel, die du illegal in Umlauf bringen wolltest!«

»Maledetta!«

Nicht schon wieder Flüche, die man nicht versteht!, schimpfte Tinker. Das ist auf Mallorca schon einmal in die Hose gegangen.

Isabel überreichte Graziano ein lieblos zusammengeschnürtes Tuch. Er schien den Inhalt zu ahnen, doch als er es mit spitzen Fingern aufschlug, froren ihm die Gesichtszüge ein.

»Das ist der traurige Rest von dieser Weißen Trüffel, die ihr aus Franz Berlins Kühlraum entwendet habt, nachdem er nicht auf euren Deal eingegangen ist.«

»Verdammte Hexe!«

Geht doch!

»Ach, ich dachte, ich bin die *göttliche Schöne*?« Isabel grinste breit.

»Cerca hat mich auf die richtige Spur gebracht. Ihr Herrchen ist ein gewisser Achim Bäumler und seines Zeichens Pilzwirt, wie du sehr wohl weißt. Dein Kumpel hat übrigens keine Lust, wegen dieser Trüffelgeschichte eine Anzeige zu bekommen, und wird gegen dich aussagen«, pokerte Isabel und bemerkte, wie Graziano bleich im Gesicht wurde. Er ahnte, dass es eng für ihn werden würde. Süffisant fuhr sie fort: »Es sei denn …«

»Du gibst jetzt endlich einen aus!«, fiel Belinda ihr ins Wort.

»Genau!«, stimmte Katja zu. »Wo bleibt der Champagner?«

»Mir würde ein Gin Tonic reichen!«, zischte Sabrina, der noch immer das für sie wichtigste Teil zum Puzzle fehlte.

»Zwei!«, ergänzte Isabel.

»Für mich auch zwei«, lachte Belinda.

So ist's recht, Mädels. Immer schön ins alte Strickmuster zurückfallen!, kommentierte Tinker.

»Also dann: Gin Tonic für alle! Und zwar den guten Schwarzwald-Dry-Gin, den mit den Maultaschen. Und bitte stilecht, mit Eis und Wacholderbeeren«, befahl Katja und zwinkerte Tom listig zu.

Graziano hatte die verdorbene Trüffel stumm beiseitegelegt und wusste, dass er auf ganzer Linie verloren hatte. Er stellte kleinlaut die gefüllten Gin-Gläser auf die Theke.

Sabrina leerte ihres in zwei Zügen.

Isabel und Belinda beobachteten ihre Freundin kopfschüttelnd.

»Auf die Freundinnen!«, sagte Isabel und ließ ihr Glas mit Belindas erklingen.

»Auf die Liebenden!«, sagte Tom, stieß mit Katja an und drückte sie innig an sich.

Sabrina war starr vor Zorn, das Glas entglitt ihren Fingern und zerbarst auf dem Boden.

Schade um die Hasenköttel!, bemerkte Tinker, als die Wacholderbeeren unter die Theke kullerten.

Sabrina traute ihren Augen nicht, als sie Tom mit Katja an seiner Seite auf sich zugehen sah.

»Das ist jetzt nicht dein Ernst!«, herrschte sie ihn an.

»Sabrina – doch!«, entgegnete er. »Es ist mein voller Ernst!«

»Warum tust du mir das an?« Sie hatte Mühe, sich zu beherrschen und nicht einfach laut zu schreien. »Schaff mir diese Frau vom Hals!«

»Du wirst mit ihr leben müssen«, antwortete Tom trocken und hatte sogar noch den Mut, dabei zu lächeln.

»Müssen? Warum sollte ich? Sag mir nur einen einzigen Grund!«

Sabrina hatte noch immer die scharfen Stahlklingen an dem Messerbrett in Grazianos Küche vor Augen und funkelte ihn zornig an.

»Ganz einfach: Weil Blut dicker als Wasser ist.«

*

Der kühle Morgen hatte die düstere Nacht schon vertrieben, und zwischen tiefstehenden, grauen Wolken schob sich die Sonne matt über die Höhenzüge hinter der Küste von Portorož, als die zweimotorige Piper die Landebahn entlang der *Salinen von Sečovlje* anflog und wenig später sanft im Dämmerlicht aufsetzte. Der Wind hatte aufgefrischt und wirbelte dürres Laub über das Vorfeld, und die salzhaltige Luft glitt mit einem kalten Hauch von Herbst in das Cockpit, als der Pilot die Kabinentür öffnete.

Der Platz neben ihm war leer, nur ein kleiner schwarzer Koffer lag auf dem Co-Pilotensitz. Toms Finger strichen sanft über das schwarze Leder, und die Erinnerung an seine letzten Flüge verschaffte ihm Unbehagen. Noch einmal musste er eine Weiße Trüffel liefern. Er schlug den Kragen seiner Fliegerjacke hoch, als er ausstieg, um zu seiner letzten Mission aufzubrechen.

EPILOG

Zwei Tage später

Als Sabrina aufwachte, war das Bett neben ihr leer. Sie richtete sich so weit auf, dass sie, das Buchweizenkissen im Genick, die vor ihr liegende Landschaft erfassen konnte, und genoss die Ruhe eines herbstlichen Morgens. Ihr Blick glitt über das weiße Laken durch die hohe Glastür hinaus auf eine kahle, dürre Wiese und über das silberne Blattwerk der Olivenbäume bis zu den sanften Hügeln, die in der Ferne den Horizont begrenzten. In einem schmalen Taleinschnitt entdeckte sie in einem tiefen Dunkelblau einen Streifen des Meeres, das wieder glatt und ohne Schaumkronen war.

»Der Sturm da draußen ist vorbei«, dachte sie. »Und der in deinem Leben?«

Immer noch gelähmt von den Geschehnissen der letzten Tage, aber auch mit großer innerer Freude stellte sie erleichtert fest, dass es ihr keine Bange bereitete, das Bett neben sich leer vorzufinden. Es gab keine Ängste mehr, und sie wusste, dass der Mann, in dessen Armen sie in der Nacht erschöpft und zufrieden eingeschlafen war, dieses Mal zurückkommen würde.

Sie hatte wahrgenommen, wie der Mann neben ihr wieder zu dem Tom wurde, der er vor dieser Trüffelgeschichte für sie gewesen war, und dass er ihr mit jeder gemeinsamen Minute wieder vertrauter wurde. Die letzten Zweifel verschwanden allmählich, und sie war zuversichtlich, das Misstrauen mit der Zeit ablegen zu können.

Tom betrat über die Holzstufen der Terrasse das kleine Holzchalet, zwei schwarze, mit weißen Punkten verzierte Tassen frischen Kaffees in der Hand.

»So früh schon wach?«, fragte er und genoss den Anblick ihrer nackten Schultern und des vorsichtigen Lächelns, das ihm entgegenkam.

Tom hatte bemerkt, wie sie gekämpft hatte, in sich gekehrt

war und vieles von dem immer noch zu verarbeiten schien, was er ihr zugemutet hatte.

»Ich bring dir deinen Milchkaffee«, erklärte er, reichte ihr eine Tasse und setzte sich zu ihr auf das Bett. »Es ist Zeit, ein paar liebgewonnene Traditionen wiederzubeleben, findest du nicht? Wie geht es dir? Ich weiß, das alles ist ein bisschen viel gewesen für dich.«

Sabrina nippte an ihrem heißen Kaffee und begann zu reden: »Für dich war es nicht weniger dramatisch. Im Gegensatz zu dir musste ich nicht mit dieser heimlichen Angst vor der Aufdeckung meiner wahren Identität leben. Das hat es doch so schwierig gemacht für dich.«

»In der Tat. Ich bin nicht zum Undercover-Piloten geboren. Aber auch dein Misstrauen mir gegenüber hat die Sache nicht gerade leichter gemacht. Du hast vom ersten Moment an perfekt taktiert. Ich habe nicht gemerkt, wie stark du gezweifelt hast.«

Sabrina stellte ihre Tasse auf dem kleinen Nachttischchen ab und drehte sich zu Tom.

»Das hätten wir uns sparen können, mein Lieber. All diese Geheimnisse. Der amerikanische Pass, dieses zweite Handy.«

»Ich brauchte ein neues. Mein altes ist noch ein Firmenhandy aus Südafrika, so wie die Maschine, die ich nach Deutschland zurückbrachte.«

»Warum hast du mir nie deine *wirkliche* Geschichte erzählt?«

Tom räusperte sich und bettete ihren Kopf in seine Armbeuge.

»Ich kann es dir auch nicht sagen. Aber ich will versuchen, es dir zu erklären. Magst du?«

»Bitte!«

»Mein Verhältnis zu meinem Vater war bis vor Kurzem nicht das beste. Ein reiches Elternhaus ist nicht immer ein Segen, besonders wenn du jung bist und dein eigenes Leben haben willst. Wir wohnten damals in Baden-Baden, der Firmensitz meines Vaters. Bad Soden kam erst, nachdem Vater krank wurde.

Meine Eltern haben mich schon sehr früh in die renommiertesten Internate gesteckt. Ich habe den größten Teil meiner Kindheit und Jugend hinter den Mauern von Hohenwerda und Schloss Salem verbracht. Mein Vater war in der ganzen Welt zu Hause und hatte nur Zeit für sein Unternehmen. Selbst in den Ferien hing er nur am Telefon. Meine Mutter hat verzweifelt ein Familienleben versucht. Wir hatten dieses Ferienhaus in Kroatien.«

»Daher kennst du dich hier so gut aus und sprichst auch die Sprache?«

»Ein bisschen. Wenn du mit Einheimischen Dattelmuscheln schmuggelst, weil du endlich einmal, wie alle anderen in deinem Alter, etwas Verbotenes tun willst, musst du die Sprache verstehen.«

»Kennst du Vlado und Milan aus dieser Zeit?«

»Milan nicht. Vlado schon. Er war damals unsterblich in Katja verliebt.«

»Weißt du, was mit ihnen wird?«

»Vlado ist untergetaucht. Milan und Ivo hatten nur ein One-Way-Ticket nach Deutschland. Wenn Stribor sie und Graziano anzeigt, dürfen sie allesamt einpacken. So lange können sie jetzt erst mal bei ihrem italienischen Komplizen Kartoffeln schälen.«

Sabrina schmunzelte, und Tom fuhr in ernstem Ton fort:

»Kurz vor meinem 18. Geburtstag habe ich rebelliert, ich hatte die Schnauze voll und wollte einfach auch mal cool sein. Dann kam Arizona. Seltsamerweise hat sich mein Vater darauf eingelassen, dass ich nach Amerika wollte. Aber er wäre nicht mein Vater gewesen, wenn er nicht seine Idealvorstellung von meiner Zukunft umgesetzt hätte. Es musste Harvard, Yale oder Princeton sein. Hauptsache elitär.«

»Du hattest aber andere Pläne?«

»Als ich an die Westküste ging, war das ein Skandal. Er hat es von meiner Mutter erfahren. Ich wollte nach Phoenix, Arizona, um meinen Traum vom Fliegen zu verwirklichen. Die *Westwind School of Aeronautics* war mein Harvard.«

»Kamst du so an deinen amerikanischen Pass, Mister *Ferdinand T. S. Seidler*?«

»Ja. Ferdinand wie mein Vater. Thomas ist nur mein Zweitname. Thomas-Siegbert, wenn du es wissen willst.«

»Oh nein!«

»In meinem deutschen Pass steht Tom. Der Rest ist Geschichte. Für den amerikanischen Pass musste ich die Beziehungen meines Vaters nutzen.«

»Lass mich raten: Du hast eine Green Card bekommen?«

»Ja. Über eine seiner Partnerfirmen wurde ich *Lawful Permanent Resident* und konnte nach drei Jahren die amerikanische Staatbürgerschaft beantragen.«

»Dein Vater hat das einfach so akzeptiert?«

»Zuerst nicht. Er hat meine Schwester nach Amerika geschickt, um mich zurückzuholen. Aber Katja hat dann an der *Embry-Riddle Aeronautical University* in Prescott den Helikopterschein gemacht.«

Sabrina dachte an Katja und den Hubschrauberflug nach Deutschland. Und an die Worte in Grazianos Restaurant, die ihr vor zwei Tagen endgültig die Augen geöffnet hatten:

»Ganz einfach: Weil Blut dicker ist als Wasser!«

»Katja ist deine … Schwester?«, hatte sie fassungslos gefragt.

»Ja, das ist sie«, hatte Tom gesagt.

»Pass auf ihn auf«, hatte Katja, zu Sabrina gewandt, geflüstert. »Manchmal denk ich, mein kleiner Bruder wird nie erwachsen!«

Sabrina sah Tom an. Schließlich fragte sie: »Warum hast du mir nie von Katja und deiner Familie erzählt?«

»Vielleicht hatte ich einfach Angst, dass dich meine Kohle abschreckt. Mein Vater hat nicht nur zehn Millionen auf dem Konto, sondern auch ein paar handfeste Skandale an der Backe. Katja führt inzwischen die Geschäfte in Baden-Baden, aber es ist nicht gerade ruhmreich, ein Spross des *Ferd-Seid-Konzerns* zu sein.«

Sabrina erinnerte sich an den Bürokomplex in Baden-Baden.

»Ich bin für dich lieber der Buschpilot Tom, und ich hätte den Gedanken nicht ertragen, dass meine schwarze Kreditkarte und meine Privatmaschine für dich eine Rolle spielen.«

Sabrina holte Luft.

»Weißt du, wie wichtig die beiden vergangenen Tage für mich waren?«

*

Noch in der Nacht, als sie dem Falschspieler Graziano das Handwerk gelegt hatten, waren Sabrina, Jan und Tom gemeinsam nach Slowenien zurückgeflogen.

»Warum noch einmal zurück?«, hatte Sabrina gefragt und sich zunächst geweigert, zu fliegen. Ihr hatte der Sinn mehr nach einer Nacht an der Roof-Bar und in einem Doppelzimmer des *Roomers* gestanden.

»Du wirst im Restaurant in Livade erwartet«, hatte Katja geheimnisvoll erklärt und keinen Widerspruch zugelassen: »Es ist deine letzte Mission!«

Sie hatte die drei in ihrem weißen Cayenne zum Baden-Airpark gefahren, und sie waren in den frühen Morgenstunden wieder in Richtung Süden gestartet. Jan hatte stumm aus dem Fenster gestarrt, und Sabrina hatte während des kompletten Flugs auf dem Rücksitz erschöpft geschlafen.

In Portorož hatten sie Toms Mietwagen genommen und waren die Strecke über Plovanija zurück nach Livade gefahren.

»Übernachten wir nicht im *San Canzian*?«, hatte Sabrina gefragt, doch Tom hatte sie schulterzuckend angesehen.

»Diesmal nicht. Ich würde mit dir gerne zurück nach Slowenien fahren. Ein guter Freund hat in Bonini bei Koper ein ganz wundervolles Chalet für zwei. Er nennt es *Healthy House Glamping*, und ich glaube, es wird dir gefallen.«

»Und diesem Freund können wir trauen?« fragte sie ironisch.

»Ja. Er ist kein Typ wie Vlado. Er macht eine geniale Pizza und müsste damit jetzt nur noch ins Guinnessbuch der Rekorde«, spielte Tom auf Giancarlo Zigante an. »Gregor ist ein klasse Typ. Was er richtig gut kann, ist trinken!«

»Na, dann werden auch wir Freunde.«

Eine Viertelstunde später hatten sie Livade erreicht.

Nach alldem, was sie in den vergangenen Tagen erlebt und bewegt hatte, und in Gedanken bei einigen der Menschen, denen sie begegnet war, verspürte Sabrina eine gewissen Schwere, ja Melancholie, als sie, gefolgt von Tom und Jan, das noch leere Trüffelrestaurant betrat. An der Nachbildung der Millenniumtrüffel, die am Eingang stand, hielt sie kurz andächtig inne und hob die Hand schützend über die goldene Trüffel.

Nur die Silhouette eines Mannes war an einem der Tische in dem unbeleuchteten Restaurant zu erkennen. Der Schwergewichtige, den Belinda einst als Goldfinger bezeichnet hatte, erhob sich von einem der Stühle, und der Trüffeljäger schloss seinen Sohn wortlos in die Arme.

»Danke«, sagte Jan.

Sabrina und Tom hatten die Erleichterung des alternden Mannes gespürt. Tom reichte ihr den schwarzen Pilotenkoffer, und Sabrina übergab die professionell verpackte, wertvolle Weiße Trüffel ihrem wahren Besitzer.

»Da ist noch etwas,« sagte sie zu Joško und zog einen Umschlag aus ihrer Jackentasche. Zu Jan gewandt erklärte sie:

»Das ist die Summe, die Graziano im vermeintlichen Triumph über seinen Trüffeldeal seinen Komplizen schon als Kopfgeldprämie ausgehändigt hatte. Sag bitte deinem Vater, es gehört ihm. Ebenso das Geld, das Tom ihm für die letzte Lieferung in Form von Steinen abgeknöpft hat. Das ist eine kleine Entschädigung für die erste Weiße Trüffel, die sie ihm auf ihre miese Art abgenommen haben und nicht losgeworden sind. Ich habe das mit Stribor so besprochen. Dein Vater kann es ohne schlechtes Gewissen annehmen. Bitte tut mir den Gefallen.«

Sabrina sah Tom an, und sie ließen Jan mit seinem Vater allein.

Tom bemerkte Sabrinas feuchte Augen, und sie sagte nur, während sie sich schon in Richtung Tür umdrehte: »Zeit zu gehen.«

Eine Hand berührte plötzlich ihre Schulter. Sabrina drehte sich um und blickte in das sonnengegerbte, fein geschnittene Gesicht eines Mannes, dessen Ausstrahlung sie sofort gefangen nahm. Er war gut einen Kopf kleiner als Tom. Seine zu Schlitzen verengten Augen ruhten in grazilen Fältchen, und um seine schmalen Lippen spielte ein besonnenes Lächeln. Er musste sich nicht vorstellen, Sabrina erkannte Giancarlo Zigante auf den ersten Blick. Der Trüffelkönig stand vor ihr und reichte ihr dankend die Hand.

»Hvala ti, dobra kuharica«, sagte er, und sie sah Tom fragend an.

»Danke dir, gute Köchin«, übersetzte er.

»Sag ihm, ich danke ihm«, bat sie. »Was er für sein Land und die Menschen tut, hat mich tief berührt. Ich bin dankbar für die Zeit hier und werde sie in meinem Herzen bewahren.«

Giancarlo Zigante nickte und nahm ihre Hand. Er griff hinter sich und reichte ihr eine Flasche Wein. Sie verstand seine Worte nicht, doch Tom flüsterte: »Das ist sein ganz persönlicher Lieblingswein, ein roter *Teran*. Er stammt aus seinem Weingut, und er wünscht sich, dass du an die Trüffeln von Livade denkst, wenn du ihn trinkst, und dass du zurückkommst.«

Der Mann, der mit seiner Milleniumtrüffel Geschichte geschrieben und sein ganzes Leben den Diamanten der Erde gewidmet hatte, drückte sie und verabschiedete sich.

»Was hat er noch gesagt?«, fragte Sabrina, immer noch tief beeindruckt von dieser Begegnung.

»Die Sterneköchin hat ihre Sterne über dem Land der Weißen Trüffeln leuchten lassen und es vor großem Schaden bewahrt.«

Sabrina unterdrückte ihre Tränen.

»Ich glaube, ich brauche jetzt Zeit, um das alles zu verarbeiten.«

*

Tom und Sabrina genossen in der gemütlichen Holzhütte die Ruhe des beginnenden Tages, als ein unruhiger Klingelton sie aus ihren Träumen holte.

»Das ist deines!«, bemerkte Tom.

»Ich erwarte keinen Anruf mehr«, entgegnete Sabrina. »Geh nicht ran, bitte!«

»Das solltest du aber«, meinte Tom, der auf das Display geschaut hatte. »Zavelstein!«

»Was?« Sie fuhr hoch und nahm Tom das iPhone aus der Hand. »Franz?«

»Hallo, Sterneköchin«, hörte sie ihn sagen. »Schläfst du noch?«

»Hast du mal auf die Uhr geschaut?«

»Aha. Schwäbischer Sternekoch an istrische Trüffelheldin. Bitte kommen!«

»Kommen? Wie meinst du das?«

»Na, so, wie ich es sage: Hierher, wo du hingehörst! Deine zwei Mädels sind schon da.«

»Und wozu brauchst du mich dann noch?«

»Na, zum Kochen! Schluss mit den paar Sternen in Istrien, hier gibt's jetzt die ganze Milchstraße im Kochtopf! Schnapp dir eine Handvoll Trüffeln und mach dich auf den Weg!«

Sabrina richtete sich im Bett auf und fragte:

»Warum Trüffeln? Die *Mission Drei Engel für Trüffel* ist erfolgreich abgeschlossen!«

»Von wegen! Die fängt jetzt erst an! Du brauchst doch sicher jetzt wieder eine neue Herausforderung, Agentin ohne Mission.«

Sabrina schmunzelte.

»Was will er?«, fragte Tom, und sie spürte, wie seine Finger über ihren nackten Rücken nach vorne krochen.

»Er braucht mich«, flüsterte sie.

»Oha, eine neue Mission? Ich hoffe, mit Flugbegleitung.«

»Ich würde mich wirklich freuen, wenn du mir mit deinen Ideen und deiner Kreativität zur Seite stehst, wo du doch bei ZIGANTE gekocht hast«, fuhr Franz unterdessen fort. »Mir schwebt eine geniale Begegnung von schwäbischer Küche mit istrischer Trüffel vor. *Spätzle tartufissimo*, was meinst du?«

»Augenblick!«, antwortete Sabrina, nahm das Telefon kurz vom Ohr und sah Tom fragend an. Der nickte, und seine Augen lachten.

»Deine Mission ist meine Mission«, sagte er. »Wann soll's losgehen?«

»Keinesfalls, bevor ich nicht mit dir in einem Restaurant noch einmal ausgiebig Trüffeln gegessen habe. In Ruhe, nur wir zwei und ohne Missverständnisse.«

»Und, was ist?«, fragte Franz dazwischen, so laut, dass sie es hörte und das Handy wieder ans Ohr nahm.

»Moment«, sagte sie. »Ich kläre das grade noch mit der Flugleitung. – Franz sagte, ich soll Trüffeln mitbringen«, gab sie noch an Tom weiter, »ich fürchte, du fliegst noch einmal mit derselben Ladung.«

Tom schmunzelte. »Ich schätze, dann werde ich für den legalen Warentransport eben in die Verlängerung gehen und gleich mal die Maschine tanken.«

»Also keine Trüffel für zwei?«, fragte sie und klang enttäuscht.

»Ich fürchte, meine Liebe, in diesem Fall wirst du dich mit *Trüffel to go* anfreunden müssen«, prophezeite Tom. »Sag Franz, dass wir kommen!«

»Wir? Du kommst also wirklich mit?«, jubelte Sabrina.

»Du glaubst ja wohl nicht, dass ich dich in der neuen *Mission Drei Engel für Franz* unbeobachtet diesem Sternekoch überlasse?«, gab Tom halb scherzend, halb ernst zurück, nachdem sie das Telefonat mit Franz Berlin beendet hatte.

»Ich bekomme allerdings gerade die Meldung, dass die Betankung der Maschine erst in drei Stunden erfolgen kann!«, fügte er noch hinzu.

»Drei?«, fragte sie und zog ihn zu sich aufs Bett.

»Vier?«

»Mehr!«

»Fünf?«

»Erinnerst du dich an den Song, der grade lief, als du an jenem Nachmittag vom Strand zurückgekommen bist?«

»Sechs?«

»I need more of you …«

ENDE

Rezepte von Sternekoch Franz Berlin, Berlins KroneLamm, Zavelstein

Schwabengold

»Spätzle tartufissimo«

Spätzle und Schwarzwurst mit Trüffeln veredelt

Buchweizenspätzle:
175 ml Milch
4 Eier
200 g Buchweizenmehl
150 g Mehl
Salz

Milch und Eier verrühren, Buchweizenmehl, Mehl und etwas Salz mischen und den Teig in einer Küchenmaschine mit dem Knethaken kräftig schlagen, bis ein glatter, gleichmäßiger Teig entsteht. Den Teig kurz ruhen lassen. Anschließend mit einer Palette auf einem Spätzle-Brett in kochendes Salzwasser schaben. Sobald die Spätzle an der Wasseroberfläche schwimmen, mit einer Schaumkelle herausnehmen und in kaltem Wasser abschrecken.

Schwarzwurst- und Trüffel-Carpaccio:
Schwarzwurst und Trüffel nach Bedarf auf der Aufschnittmaschine in ca. 0,1 mm dünne Scheiben schneiden und diese abwechselnd am Tellerrand auflegen, so dass sie leicht überlappen. Es sollten jeweils 8 Scheiben sein. Am besten bei ca. 70 °C im warmen Backofen auf Temperatur bringen, damit die Trüffel und die Schwarzwurst ihr volles Aroma entfalten können.

Trüffelsauce:
3 Schalotten
50 g Weißes vom Lauch
75 g Trüffeln

15 g Butter
25 ml weißer Portwein
50 ml Noilly Prat
250 ml Geflügelfond
75 ml Sahne
1 EL Crème fraîche
Salz, Pfeffer, Trüffelöl; etwas Mondamin zum Binden

Schalotten, Weißes vom Lauch und Trüffeln fein würfeln und mit der Butter glasig anschwitzen. Mit weißem Portwein und Noilly Prat ablöschen und vollständig reduzieren, Geflügelfond zugeben und etwas einköcheln lassen. Sahne und Creme fraîche zugeben, aufkochen, abschmecken und mit Mondamin zu einer cremigen Sauce abbinden.
Anrichten:
Die Buchweizenspätzle in einer beschichteten Pfanne in etwas Butter schwenken, dabei sollten sie nur leicht bräunen. Sauce nach Bedarf hinzugeben, vermengen und nochmals abschmecken. In die Mitte des vorgewärmten Tellers Schwarzwurst- und Trüffel-Carpaccio setzen. Nach Belieben mit gehobelter Trüffel verfeinern und sofort servieren.

Carpaccio vom Rinderfilet mit Paprikasalsa, Feige-Laugencroûtons und Trüffeln

1 Rinderfilet küchenfertig pariert, in Klarsichtfolie gleichmäßig dick einrollen und einfrieren.
1 Laugenbrötchen in 0,5 x 0,5 cm große Würfel schneiden und in einer Pfanne leicht goldbraun braten.
2 Stück reife Feigen, in kleine Stücke geschnitten

Paprikasalsa:
etwas junges grünes Olivenöl
2 Schalotten
je 1 Paprika rot und gelb

etwas Weißwein und Noilly Prat
150 ml Geflügelfond
50 g Piment-d'espelette-Gelee
etwas weißer Balsamico-Essig
Salz, Pfeffer, etwas Trüffelöl

Schalotten anschwitzen, Paprika in feine Würfel schneiden und ebenfalls mit anschwitzen, mit Weißwein und Noilly Prat ablöschen und vollständig reduzieren lassen, etwas Geflügelfond zugeben und einkochen. Mit Piment-d'espelette-Gelee, weißem Balsamico-Essig, Salz, Pfeffer und Trüffelöl abschmecken.

Trüffelvinaigrette:
2 Schalotten
50 g Trüffeln
25 ml Trüffelsaft
15 ml roter Portwein
15 ml Madeira
15 ml Weinbrand
75 ml Geflügelfond
Weißer Balsamico-Essig, grünes Olivenöl, Trüffelöl, Salz und Pfeffer

Schalotten und Trüffeln sehr fein würfeln und in etwas Öl anschwitzen. Mit rotem Portwein, Madeira und Weinbrand ablöschen und vollständig einkochen. Geflügelfond und Trüffelsaft zugeben und etwas einköcheln lassen. Mit Salz, Pfeffer und Trüffelöl abschmecken, abkühlen lassen und zum Schluss Trüffeln in Würfeln nach Belieben zugeben.
Das Rinderfilet mit der Aufschnittmaschine in gleichmäßig dünne Scheiben schneiden und im Kreis auf einen runden Teller legen, bis der ganze Teller bedeckt ist. Mit der Vinaigrette marinieren, die Feigenstücke verteilen und einen Löffel von der Paprikaschmelze in die Mitte geben. Zum Schluss die Laugen-Croûtons gleichmäßig verteilen und Trüffeln darüberhobeln.

Rezept von Zigante Tartufi Restaurant ZIGANTE, Livade, Istrien

Linguini mit frischer Schwarzer Trüffel
Eine frische Schwarze Trüffel
250 g Linguini, gerne auch Trüffellinguini
10 g Mehl oder Stärke
20 g Butter
1 EL weiße Trüffelbutter
200 ml Gemüsebrühe
20 g Grana Padano
Salz und Pfeffer

Die Butter bei schwacher Hitze schmelzen. Mehl (oder Stärke) untermischen und über die Gemüsebrühe gießen. Salz und Pfeffer hinzufügen. Grana Padano und Schwarze Trüffel reiben und hinzugeben. Abschließend Trüffelbutter im Saucengemisch schmelzen. Gekochte Linguini zur Sauce geben und kurz bei reduzierter Hitze kochen.
Abschließend noch ein wenig frische Trüffeln über die fertigen Linguini reiben.

Rezept von Hotelier Andreas Rademacher

Trüffelsauce aus dem »Kleinen Prinz«, Baden-Baden
Eine frische Trüffel
Butter
Cognac
Demi-Glace Braune Rotwein-Sauce

Die Trüffel in Scheiben schneiden oder besser hobeln. Danach in Butter anschwitzen lassen und mit etwas Cognac ablöschen. Eine Demi-Glace Braune Rotwein-Sauce in die Pfanne oder einen Topf geben und etwa fünf Minuten aufkochen lassen.